성어

故事成語

···

고사성어

차평일편저

동해출판

예나 지금이나 어른들의 가장 큰 걱정은 아이들을 바르게 키우는 것일 겁니다. 어느 부모, 어느 스승일지라도 그러한 책임 앞에선 초라해질 수밖에 없을 테고.......

그래서 한 부분이나마 채울 수 있었으면 하는 마음으로 이 책 『고사성어』를 만들었습니다.

우리나라는 독창적인 문자인 '한글'을 갖고 있지만, 우리 역사상 '한자'를 무시할 수 없습니다. 한동안은 '우리말 찾기 운동'이 꽤나 힘을 받았던 것도 사실이지만, 그 이전의 역사나 시문이 묻혀 버리는 것 역시 묵과해서는 안 될 것입니다.

옛것을 익혀 새로운 것을 안다는, '溫故知新온고지신'의 지혜를 잊어서는 안 될 것입니다. 서구의 물질문명과 과학만능주의의 이 시대를 살더라도, 세상의 중심은 인간입니다. 그 중에서도 이 책을 읽고 있는, 학생들, 바로 '여러분'이 주인공인 것입니다.

따라서 정신을 중요시 여기는 동양고전은, 배움의 시기에 있는 '여러분' 에겐 그 어떤 책보다 든든한 마음의 양식이 될 것입니다. 거기다가 풍부한 어휘력의 표현에 있어 조미료 같은 이 책 『고사성어』는 그 시작이 될 것이고, 그 뜻 하나하나를 새긴다면 더 이상의 훌륭한 스승, 훌륭한 역사책은 찾을 필요가 없지 않나 싶습니다.

그리고 이러한 마음에 더해서, 최근 불고 있는 한자열풍에 발맞춰 누구나 한자를 쉽게 대할 수 있도록 작은 부분도 세심히 살폈습니다. 초보자도 쉽게 이해할 수 있는 해설은 물론, 한자를 쉽게 접할 수 있도록 풀이도 풍부하게 곁들였습니다.

이 책을 여러분의 것으로 만드는 것은 여러분의 노력에 달려 있는 것입니다. '여러분'의 힘을 믿습니다.

아울러 이 책 『고사성어』는 초급용임을 밝힙니다. 학문은 끝이 없습니다. 하지만 의지가 있는 사람은 분명 그 밝은 빛을 볼 수 있을 것입니다.

— 차평일

8

가정맹어호 苛政猛於虎

苛 · 가혹할 가 | 政 · 정사 정 | 猛 · 사나울 맹 | 於 · 어조사
어(…보다) | 虎 · 범 호
— 출전:『禮記』,『檀弓記』
● 가혹한 정치는 백성들에게 있어 호랑이에게 잡혀 먹히는
　고통보다 더 무섭다는 말.

　춘추시대春秋時代 말엽, 공자孔子의 고국인 노魯나라에서는
조정의 실세實勢인 대부大夫 계손자季孫子의 가렴주구苛斂誅求
로 백성들이 몹시 시달리고 있었다.

　어느 날, 공자가 수레를 타고 제자들과 태산泰山 기슭을
지나가고 있을 때, 한 여인의 애절한 울음소리가 들려왔다.
일행이 발길을 멈추고 살펴보니 길가의 풀숲에 무덤 셋이
보였고, 여인은 그 앞에서 울고 있었다. 자비심이 많은 공
자는 제자인 자로子路에게 그
연유를 알아보라고 했다. 자
로가 여인에게 다가가서 물
었다.

　"부인, 어인 일로 그렇듯

가정苛政 가혹한 정치, (동)학정
虐政, (반)관정寬政.
가렴주구苛斂誅求 세금을 혹독하게 징수하
고 백성들의 재산을 강제로 빼앗다.

슬피 우십니까?"

여인은 깜짝 놀라 고개를 들더니 이윽고 이렇게 대답했다.

"여기는 아주 무서운 곳이랍니다. 수년 전에 저희 시아버님이 호환虎患을 당하시더니 작년에는 남편이, 그리고 이번에는 자식까지 호랑이한테 화를 당했답니다."

"그러면, 왜 이곳을 떠나지 않으십니까?"

"하지만 이곳에서는 혹독한 세금에 시달리거나 못된 벼슬아치에게 재물을 빼앗기는 일은 없지요."

자로에게 이 말을 전해들은 공자는 제자들에게 이렇게 말했다.

"잘들 기억해 두어라. '가혹한 정치는 호랑이보다 더 무섭다[苛政猛於虎]'는 것을......."

각주구검 刻舟求劍

刻 · 새길 각 | 舟 · 배 주 | 求 · 구할 구 | 劍 · 칼 검
— 준말 : 각주 刻舟, 각선 脚線, 각현 刻鉉
— 동의어 : 수주대토 守株待兎
— 출전 : 『呂氏春秋』「察今篇」
● 칼을 강물에 떨어뜨리자 뱃전에 표시를 했다가 나중에 그
  칼을 찾으려 한다는 뜻으로, 어리석어 시세에 어둡거나 완
  고함을 비유한 말.

전국시대戰國時代 초楚나라의 한 젊은이가 양자강揚子江을
건너기 위해 배를 탔다. 그런데 배가 강 한복판에 이르렀을
때, 깜빡 졸던 젊은이는 손에 들고 있던 칼을 강물에 떨어
뜨리고 말았다.

'아뿔싸! 이를 어쩐다?'

허둥대던 젊은이는 허리춤에서 단검을 빼들고 칼을 떨
어뜨린 그 뱃전에다 표시를 했다. 이윽고 배가 나루터에 닿
자 그는 곧 옷을 벗어 던지고 표시를 한 뱃전 밑의 강물 속
으로 뛰어들었다. 그러나 칼이 그 밑에 있을 리 없었다.

간담상조 肝膽相照

肝 · 간 간 | 膽 · 쓸개 담 | 相 · 서로 상 | 照 · 비칠 조
— 동의어 : 피간담披肝膽
— 출전 : 한유韓愈의 『柳子厚墓誌銘』
● 서로 간과 쓸개를 꺼내 보인다는 뜻. 곧 상호간에 진심을
   터놓고 격의 없이 사귐, 혹은 마음이 잘 맞는 절친한 사이
   를 말함.

당송팔대가唐宋八大家 중 당대唐代의 두 명문名文 대가에 한
유韓愈와 유종원柳宗元이 있었다. 이들은 함께 고문 부흥古文
復興 운동을 제창한 문우로서 세인으로부터 한유韓柳라 불릴
정도로 절친한 사이였다.

당나라 11대 황제인 헌종憲宗 때 유주 자사柳州刺史로 좌천
되었던 유종원이 죽자 한유는 그의 죽음을 슬퍼하며 묘비
명墓碑銘을 썼다. 생전의 그와의 우정을 기리는 동시에 세상
의 경박한 사귐을 개탄하는 내용이었다.

"......사람이란 곤경에 처했을 때라야 비로소 절의節義가
나타나는 법이다. 평소 평온하게 살아갈 때는 서로 그리워
하고 기뻐하며 때로는 놀이나 술자리를 마련하여 부르곤
한다. 또 흰소리를 치기도 하고 지나친 우스갯소리도 하지

15

만 서로 양보하고 손을 맞잡기도 한다. 어디 그뿐인가. '서로 간과 쓸개를 꺼내 보이며 肝膽相照 해를 가리켜 눈물짓고 살든 죽든 서로 배신하지 말자고 맹세한다. 말은 제법 그럴 듯하지만 대부분 사람이 일단 조금이라도 이해관계가 생기는 날에는 눈을 부릅뜨고 언제 봤냐는 듯 안면을 바꾼다. 더욱이 함정에 빠져도 손을 뻗쳐 구해 주기는커녕 오히려 더 깊이 빠뜨리고 위에서 돌까지 던지는 인간이 이 세상 곳곳에 널려 있는 것이다."

건곤일척 乾坤一擲

乾 · 하늘 건 | 坤 · 땅 곤 | 一 · 한 일 | 擲 · 던질 척
— 동의어 : 일척건곤 一擲乾坤
— 출전 : 한유韓愈의 시「過鴻溝」
● 하늘과 땅을 걸고 한 번 주사위를 던진다는 뜻. 곧 운명과 흥망을 걸고 단판걸이로 승부나 성패를 겨룸, 혹은 흥하든 망하든 운명을 하늘에 맡기고 결행함을 비유한 말.

이 말은, 당나라의 대문장가인 한유가 홍구鴻溝를 지나다

가 그 옛날, 한왕漢王 유방劉邦에게 '건곤일척'을 촉구한 장량張良 · 진평陳平을 기리며 읊은 회고시 「과홍구過鴻溝」에 나오는 마지막 구절이다.

龍疲虎困割川原용피호곤할천원
　　　용은 지치고 범은 피곤하여 강을 나누니
億萬蒼生性命存억만창생성명존
　　　만천하 백성들의 목숨이 보존되었구나.
誰勸君王回馬首수권군왕회마수
　　　누가 군왕에게 말머리를 돌리도록 권하여
眞成一擲賭乾坤진성일척도건곤
　　　진정 '건곤일척'의 성패를 겨루게 했는가.

·역전歷戰 3년만에 진秦나라를 멸하고 스스로 초패왕楚覇王이 된 항우는 팽성彭城을 도읍으로 정하고 의제義帝를 초나라의 황제로 삼았다. 그리고 유방을 비롯해서 진나라 타도에 기여한 유공자들을 왕후王侯로 봉함에 따라 천하는 일단 진정되었다. 그러나 이듬해 의제가 시해되고 논공행상에 불만을 품고 있던 제후들이 각지에서 반기를 들자 천하는 다시 혼란에 빠졌다.

항우가 전영田榮·진여陳餘·팽월彭越 등의 반군을 치는 사이에 유방은 관중關中을 합병하고, 이듬해 의제 시해에 대한 징벌을 구실로 56만의 대군을 휘몰아 단숨에 팽성을 공략했다. 그러나 급보를 받고 달려온 항우가 반격하자 유방은 아버지와 아내까지 적의 수중에 남겨둔 채로 겨우 목숨만 살아 형양滎陽으로 패주했다.

그 후 병력을 보충한 유방은 항우와 일진일퇴의 공방전을 계속하다가 홍구를 경계로 천하를 양분하고 싸움을 멈췄다. 항우는 유방의 아버지와 아내를 돌려보내고 팽성을 향해 철군 길에 올랐다. 이어 유방도 철군하려 하자 참모인 장량과 진평이 유방에게 진언했다.

"한나라는 천하의 태반을 차지하고 제후들도 따르고 있사오나 초나라는 군사들이 몹시 지쳐 있는 데다가 군량마저 바닥이 났사옵니다. 이야말로 하늘이 초나라를 멸하려는 천의天意이오니 당장 쳐부숴야 하옵니다. 지금 치지 않으면 '호랑이를 길러 후환을 남기는 꼴(養虎遺患, 양호유환)'이 될 것이옵니다. 부디 건곤일척乾坤一擲하십시오."

여기서 마음을 굳힌 유방은 말머리를 돌려 항우를 추격해 해하垓下에서 초나라 군사를 포위하고 '사면초가四面楚歌' 작전을 폈다. 참패한 항우는 오강烏江으로 패주하여 자결하고, 유방은 천하 통일의 길로 들어섰다.

걸해골 乞骸骨

乞 · 빌 걸 | 骸 · 뼈 해 | 骨 · 뼈 골
― 준말 : 걸해乞骸
― 원말 : 원사해골願賜骸骨
― 동의어 : 걸신乞身
― 출전 : 『史記』「項羽本記」, 『子春秋』

● 해골을 빈다는 뜻으로, 늙은 재상宰相이 나이가 많아 조정
에 나오지 못하게 될 때 임금에게 사임을 주청奏請함을 이
르는 말.

초패왕楚覇王 항우項羽에게 쫓긴 한왕漢王 유방劉邦이 고전
하고 있을 때의 일이다. 유방은 지난해(B.C. 203년) 항우가 팽
월彭越 · 전영田榮 등을 치기 위해 출병한 사이에 초나라의
도읍인 팽성彭城을 공략했다가 항우의 반격을 받고 겨우 형
양滎陽으로 도망쳤다. 그러나 수개월 후 군량軍糧 수송로까
지 끊겨 더 이상 지탱하기 어렵게 되자 항우에게 휴전을 제
의했다. 항우는 응할 생각이었으나 아부(亞父 : 아버지 다음으로

존경하는 사람이란 뜻) 범증范增이 반대하는 바람에 쉽게 이루어지지 않았다. 이 사실을 안 유방의 참모 진평陳平은 간첩을 풀어 초나라 진중陣中에 '범증이 항우 몰래 유방과 내통하고 있다'고 헛소문을 퍼뜨렸다.

이에 화가 난 항우는 은밀히 유방과 강화의 사신을 보냈다. 진평은 항우를 섬기다가 유방의 신하가 된 사람인만큼 누구보다도 항우를 잘 알았다. 그래서 성급하고도 단순한 항우의 성격을 겨냥한 이간책은 멋지게 맞아떨어진 것이다. 진평은 장량張良 등 여러 중신重臣과 함께 정중히 사신을 맞이하고 이렇게 물었다.

"아부(범증을 지칭)께서는 안녕하십니까?"

"나는 초패왕의 사신으로 온 사람이요."

사신은 불쾌한 말투로 대답했다.

"뭐, 초왕의 사신이라고? 난 아부의 사신인 줄 알았는데......."

진평은 짐짓 놀란 체하면서 잘 차린 음식을 소찬素饌으로 바꾸게 한 뒤 말없이 방을 나가 버렸다. 사신이 돌아와서 그대로 보고하자 항우는 범증이 유방과 내통하고 있는 것으로 확신하고 그에게 주어진 모든 권리를 박탈했다. 범증은 크게 노했다.

"천하의 대세는 결정된 것과 같사오니, 전하 스스로 처리하소서. 신은 이제 '해골을 빌어乞骸骨' 초야에 묻힐까 하나이다."

항우는 어리석게도 진평의 책략에 걸려 유일한 모신謀臣을 잃고 말았다. 범증은 팽성으로 돌아가던 도중에 등창이 터져 75세의 나이로 죽었다고 한다.

격물치지 格物致知

格 · 이를 격 | 物 · 만물 물 | 致 · 이를 치 | 知 · 알 지
― 준말: 격치格致
― 출전: 『大學』 「八條目」
① 사물의 이치를 연구하여 후천적인 지식을 명확히 함(주자朱子의 설)
② 낱낱의 사물에 존재하는 마음을 바로잡고 선천적인 양지良知를 갈고 닦음(왕양명王陽明의 설)

사서四書의 하나인 『대학大學』은 유교의 교의教義를 간결하게 체계적으로 서술한 책으로서 그 내용은 삼강령(三綱領:

明明德, 新民, 止於至善), 팔조목(八條目 : 格物, 致知, 誠意, 正心, 修身, 齊家, 治國, 平天下)으로 요약된다.

팔조목 중 여섯 조목에 대해서는 『대학』에 해설이 나와 있으나 '격물'과 '치지', 두 조목에 대해서는 해설이 없다. 그래서 송대宋代 이후 유학자들 사이에 그 해석을 둘러싸고 여러 설이 나와 유교 사상의 근본 문제 중의 하나로 논쟁의 표적이 되어왔다. 그중 대표적인 것으로는 송나라 주자(朱子:朱熹, 1130~1200년)의 설과 명明나라 왕양명(王陽明:王守仁, 1472~1528년)의 설을 들을 수 있다.

① 주자의 설 : 만물萬物은 모두 한 그루의 나무와 한 포기의 풀에 이르기까지 각각 '이理'를 갖추고 있다. '이'를 하나하나 궁구(窮究:속속들이 깊이 연구함)해 나가면 어느 땐가는 활연(豁然:환하게 터진 모양)히 만물의 겉과 속, 그리고 세밀함과 거침을 명확히 알 수가 있다.

② 왕양명의 설 : 격물格物의 '물'이란 사事이다. '사'란 마음의 움직임, 곧 뜻이 있는 곳을 말한다. '사'라고 한 이상에는 거기에 마음이 있고, 마음밖에는 '물'도 없고 '이'도 없다. 그러므로 격물의 '격'이란 '바로잡는다'라고 읽어야 하며 '사'를 바로잡고 마음을 바로잡는 것이 '격물'이다. 악을 떠나 마음을 바로잡음으로써 사람은 마음속에

선천적으로 갖추어진 양지良
知를 명확히 할 수가 있다. 이
것이 지知를 이루는 것이니,
곧 '치지致知'이다.

양지良知 ① 배우지 않고도 알 수
있는 타고난 재능.
② **양명학**陽明學에서 말하는 마음의 본체.

견토지쟁 犬兎之爭

犬 · 개 견 │ 兎 · 토끼 토 │ 之 · 갈 지(…의) │ 爭 · 다툴 쟁
─ 동의어 : 전부지공田父之功, 방휼지쟁蚌鷸之爭,
  어부지리漁父之利, 좌수어인지공坐收漁人之功
─ 출전 : 『戰國策』 「齊策」
● 개와 토끼의 다툼이란 뜻. 곧 양자의 다툼에 제삼자가 힘들
  이지 않고 이득을 본다는 말.

전국시대, 제齊나라 왕에게 중용重用된 순우곤淳于髡은 원
래 해학諧謔과 변론이 뛰어난 세객說客이었다. 제나라 왕이
위魏나라를 치려고 하자 순우곤은 이렇게 진언했다.

"한자로韓子盧라는 매우 발이 빠른 명견名犬이 동곽준東郭

逡이라는 썩 재빠른 토끼를 뒤쫓았사옵니다. 그들은 수십 리에 이르는 산기슭을 세 바퀴나 돈 다음 가파른 산꼭대기까지 다섯 번이나 올라갔다 내려오는 바람에 개도 토끼도 지쳐 쓰러져 죽고 말았나이다. 이때 그것을 발견한 '전부(田父 : 농부)는 힘들이지 않고 횡재[田父之功]'를 하였나이다. 지금 제나라와 위나라는 오랫동안 대치하는 바람에 군사도 백성도 지치고 쇠약하여 사기가

24

크게 떨어져 있는데 서쪽의 진秦나라나 남쪽의 초楚나라가 이를 기회로 '전부지공'을 거두려 하지 않을까 그게 걱정이옵니다."

이 말을 듣자 왕은 위나라를 칠 생각을 깨끗이 버리고 오로지 부국강병富國强兵에 힘썼다.

경원 敬遠

敬·공경할 경 | 遠·멀·멀리할 원
— 원말 : 경이원지敬而遠之
— 출전 : 『論語』의 「雍也篇용야편」
● 존경하는 대상에 의지하거나 무엇을 해주기를 바라지 말라는 말.

어느 날, 공자孔子에게 번지樊遲라는 제자가 찾아와 물었다.

"선생님, 지知란 무엇입니까?"

공자는 이렇게 대답했다.

"사람이 해야 할 도리를 다하고자 노력하고, '혼령魂靈이나 신神에 대해서는 공경은 하되 멀리한다면[敬神而遠之]' 이

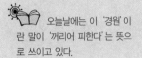
오늘날에는 이 '경원'이
란 말이 '꺼리어 피한다'는 뜻으
로 쓰이고 있다.

것을 지知라고 할 수 있을 것이
다."

이것은 『논어論語』의 「옹야
편雍也篇」에 실려 있는 글이다.

또 「술이편述而篇」에는 이런 글이 실려 있다.

"공자는 괴怪·난亂·신神을 말하지 않았다(子不語 怪力亂神:
자불어 괴력란신)." 즉, 공자가 괴이怪異·폭력暴力·문란紊亂·
귀신鬼神에 대해 말하지 않았다는 것은, 그가 불가사의한
존재에 의지하여 인격을 완성하기보다는 현실 세계에서의
도덕적인 완성을 더욱 중요시했다는 뜻이 된다.

계구우후 鷄口牛後

鷄·닭 계 | 口·입 구 | 牛·소 우 | 後·뒤 후
— 원말 : 寧爲鷄口 勿爲牛後 영위계구 물위우후
— 출전 : 『史記』「蘇秦列傳」
● 닭의 부리가 될지언정 소의 꼬리는 되지 말라는 뜻. 곧 큰
  집단의 말석보다는 작은 집단의 우두머리가 낫다는 말.

전국시대 중엽, 동주東周의 도읍 낙양洛陽에 소진蘇秦이란

26

종횡가縱橫家가 있었다.

그는 합종책合縱策으로 입

신할 뜻을 품고, 당시 최

강국인 진秦나라의 동진東

進 정책에 전전긍긍戰戰兢

兢하고 있는 한韓 · 위魏 ·

조趙 · 연燕 · 제齊 · 초楚의 6국을 순방하던 중 한나라 선혜
왕宣惠王을 알현하고 이렇게 말했다.

　"전하, 한나라는 지세가 견고한데다 군사도 강병으로 알
려져 있사옵니다. 그런데도 싸우지 아니하고 진나라를 섬
긴다면 천하의 웃음거리가 될 것이옵니다. 게다가 진나라
는 한 치의 땅도 남겨 놓지 않고 계속 국토의 할양을 요구
할 것이옵니다. 하오니 전하, 차제에 6국이 남북으로 손을
잡는 합종책을 펼쳐 진나라의 동진책을 막고 국토를 보존
하시오소서. '차라리 닭의 부리가 될지언정[寧爲鷄口] 소의
꼬리는 되지 말라[勿爲牛後]'는 옛말도 있지 않사옵니까."

　선혜왕은 소진의 합종책에 전적으로 찬동했다. 이런 식
으로 6국의 군왕을 설득하는 데 성공한 소진은 마침내 여
섯 나라의 재상을 겸임하는 대정치가가 되었다.

계군일학 鷄群一鶴

鷄 · 닭 계 | 群 · 무리 군 | 一 · 한 일 | 鶴 · 학 학
—동의어 : 군계일학群鷄一鶴, 계군고학鷄群孤鶴
—출전 : 『晉書』 「冊紹傳」
● 닭의 무리 속에 한 마리의 학이라는 뜻으로, 여러 평범한
   사람들 가운데 뛰어난 한 사람이 섞여 있음을 말함.

위진魏晉시대, 완적阮籍 · 완함阮咸 · 혜강冊康 · 산도山濤 ·
왕융王戎 · 유령劉伶 · 상수尙秀, 곧 죽림칠현竹林七賢으로 불리
는 일곱 명의 선비가 있었다. 이들은 종종 지금의 하남성河
南省 북동부에 있는 죽림에 모여 노장老莊의 허무 사상을 바
탕으로 한 청담淸談을 즐겨 담론했다.

그런데 죽림칠현 중 위나라 때 중산대부中散大夫로 있던
혜강이 억울한 죄를 뒤집어쓰고 처형을 당했다. 그때 혜강
에게는 나이 열 살 밖에 안 되는 아들 혜소冊紹가 있었다.
혜소가 성장하자 중신重臣 산도가 그를 무제(武帝:사마염司馬炎)
에게 천거했다.

"폐하, 『서경書經』의 「강고편康誥篇」을 보면, 부자간의 죄
는 서로 연좌連坐하지 않는다고 적혀 있나이다. 혜소가 비
록 혜강의 자식이긴 하오나 총명함이 춘추시대 진晉나라의

대부 극결郤缺에게 결코 뒤지지 않사오니 그를 비서랑秘書郎으로 기용하시오소서."

"경卿이 천거薦擧하는 사람이라면 승丞이라도 능히 감당할 것이오."

이리하여 혜소는 비서랑보다 한 계급 위인 비서승에 임명되었다.

혜소가 입궐하던 그 이튿날, 어떤 사람이 자못 감격하여 왕융에게 말했다.

"어제 구름처럼 많이 모인 사람들 틈에 끼어서 입궐하는 혜소를 보았습니다만, 그 늠름한 모습은 마치 '닭의 무리 속에 우뚝 선 한 마리의 학[鷄群─鶴]' 같았습니다."

그러자 왕융은 미소를 띠고 이렇게 말했다.

"그대는 혜소의 아버지를 본 적이 없을 테지. 그는 혜소보다 훨씬 더 늠름했다네."

계륵 鷄肋

鷄 · 닭 계 | 肋 · 갈빗대 륵
─ 출전 : 『後漢書』「楊修傳」, 『晉書』「劉伶傳」
● 먹자니 먹을 것이 별로 없고 버리자니 아까운 닭갈비란 뜻.
곧 쓸모는 별로 없으나 버리기는 아까운 것을 말함.

후한後漢 말, 위왕魏王 조조曹操는 대군을 이끌고 한중漢中
으로 원정을 떠났다. 익주(益州:사천성四川省)를 차지하고 한중
으로 진출하여 한중왕이라 불리는 유비劉備를 치기 위해서
였다.

유비의 군사는 제갈량諸葛亮의 계책에 따라 정면 대결을
피한 채 시종 보급로 차단에만 주력했다. 조조의 군대는 크
게 사기가 떨어진 데다 굶주림에 지쳐 도망치는 군사가 속
출했고, 이에 조조는 근심이 쌓여 있었다.

어느 날, 참모 중 한 사람이 후퇴의 여부를 묻기 위해 조
조의 군막을 찾았는데, 마침 닭고기를 뜯고 있던 조조는 아
무런 말도 없이 닭갈비[鷄肋]만 들었다 놓았다 할 뿐이었다.

모두들 영문을 몰라 어리둥절하고 있는데 주부主簿 벼슬
에 있던 양수楊修만은 서둘러 후퇴 준비를 시작했다. 참모
들이 그 이유를 묻자 양수는 이렇게 대답했다.

"닭갈비는 먹자니 먹을 게 별로 없고 버리자니 아까운 것이지요. 지금 전하께서는 한중 역시 그런 닭갈비 같은 땅으로 여기고 철군撤軍을 결심하신 듯하오."

한중漢中 섬서성陝西省의 서남 쪽을 흐르는 한강(漢江:양자강의 큰 지류) 북안의 험한 땅으로서 진秦나라를 멸한 유방이 항우로부터 분봉分封받아 한왕漢王이라 일컬어지던 곳이다.

과연 조조는 며칠 후 한중으로부터 전군을 철수시키고 말았다.

계명구도 鷄鳴拘盜

鷄·닭 계 | 鳴·울 명 | 拘·개 구 | 盜·도둑 도
—출전 : 『史記』「孟嘗君列傳」
● 닭의 울음소리를 잘 버는 사람과 개 흉버를 잘 버는 좀도둑이라는 뜻. 곧 선비가 배워서는 안 될 천한 재주를 가진 사람, 혹은 아무리 천한 재주를 가진 사람도 떄로는 쓸모가 있음을 말함.

전국시대 중엽, 제齊나라 맹상군孟嘗君은 왕족으로서 재상을 지낸 정곽군靖郭君의 서자로 태어났으나 정곽군은 자

질이 뛰어난 그를 후계자로 삼았다. 이윽고 설薛 땅의 영주가 된 맹상군은 선정을 베푸는 한편 널리 인재를 모음으로써 천하에 명성을 떨쳤다. 수천 명에 이르는 그의 식객 중에는 문무지사文武之士는 물론 '구도'(狗盜:밤에 개가죽을 둘러쓰고 인가에 숨어들어 도둑질하는 좀도둑을 말함)에 능한 자와 닭 울음소리[鷄鳴]을 잘 내는 자까지 있었다.

이 사실을 전해들은 진秦나라 소양왕昭襄王은 맹상군을 재상으로 삼고자 그를 초대했다. 맹상군은 내키지 않았으나 나라간의 화평을 위해 수락해야 했다. 그는 곧 식객 중의 몇 사람만 데리고 진나라의 도읍 함양咸陽에 도착하여 소양왕을 알현하고 값비싼 호백구(狐白泃:여우의 겨드랑이 털가죽만 모아 만든 최상급의 가죽 옷)를 예물로 진상했다. 이윽고 소양왕이 맹상군을 재상으로 기용하려 하자 중신들이 반대하고 나섰다.

"전하, 제나라의 왕족을 재상으로 중용하심은 진나라를 위한 일이 아닌 줄로 아옵니다."

결국 약속은 깨졌고, 소양왕은 맹상군이 원한을 품고 복수를 꾀할까 두려워 그를 은밀히 죽여버리기로 했다. 이를 눈치챈 맹상군은 궁리 끝에 소양왕의 총희寵姬에게 무사히 귀국할 수 있도록 주선해 달라고 간청했다. 그러자 그녀는 엉뚱한 요구를 했다.

"내게도 왕께 진상한 것과 똑같은 호백구를 주시면 한번 힘써 보지요."

당장 어디서 그 귀한 호백구를 구한단 말인가. 맹상군은 맥이 빠졌다. 이 사실을 안 '구도'가 그날 밤 궁중에 잠입해서 전날 진상한 그 호백구를 감쪽같이 훔쳐내어 총희에게 주었다. 소양왕은 총희의 간청에 못 이겨 맹상군의 귀국을 허락했다.

맹상군은 일행을 거느리고 서둘러 국경인 함곡관函谷關으로 향했다. 한편 소양왕은 맹상군을 놓아 준 것을 크게 후회하고 추격병을 급파했다. 한밤중에 함곡관에 닿은 맹상군 일행은 거기서 더 나아갈 수가 없었다. 첫닭이 울 때까지는 관문을 열지 않기 때문이었다. 일행이 안절부절못하고 있는데 '계명'이 인가人家쪽으로 사라지자 첫닭의 울음소리가 들려왔다. 이어 온 동네의 닭들이 울기 시작했다. 잠이 덜 깬 병졸들이 눈을 비비며 관문을 열자 일행은 쏜살같이 말을 달려 어둠 속으로 사라졌다. 소양왕이 보낸 군사가 함곡관에 도착한 것은 이미 맹상군 일행이 멀리 떠난 뒤의 일이었다.

고복격양 鼓腹擊壤

鼓 · 북, 북칠 고 | 腹 · 배 복 | 擊 · 칠 격 | 壤 · 땅 양
— 준말 : 격양擊壤
— 동의어 : 격양지가擊壤之歌, 격양가擊壤歌
— 출전 : 『十八史略』의 「帝堯篇」, 『樂府詩集』의 「擊壤歌」
● 배를 두드리고 발을 구르며 흥겨워한다는 뜻으로, 태평성
   대를 일컫는 말.

먼 옛날 중국에 성천자聖天子로 이름난 요堯 임금이 선정
을 베풀어 온 지도 어느덧 50년이 지났을 무렵이다.

하루하루를 태평하게 지내던 어느 날, 요 임금은 정말로
세상이 잘 다스려지고 있는지 궁금하여 평복차림으로 민
정民情을 살펴보러 나갔다. 어느 네거리에 이르자 아이들이
손을 맞잡고 요 임금을 찬양하는 노래를 부르고 있었다.

立我烝民입아증민 우리가 이처럼 잘 살아가는 것은

莫匪爾極막비이극 모두가 임금님의 지극한 덕이라네

不識不知불식부지 우리는 알지도 느끼지도 못하는 사이에

順帝之則순제지칙 임금님이 정하신 대로 따르고 살아가네.

마음이 흐뭇해진 요 임금은 어느새 마을 끝까지 걸어갔다. 그 곳에서는 한 노인이 손으로 '배를 두드리고[鼓腹]' 발로 '땅을 구르며[擊壤]' 흥겹게 노래를 부르고 있었다.

日出而作 日入而息일출이작 일입이식 해가 뜨면 일하고 해가 지면 쉬네.
耕田而食 鑿井而飮경전이식 착정이음 밭을 갈아먹고 우물을 파서 마시니
帝力何有于我哉제력하유우아제 임금님의 힘이 나에게 무슨 소용인가.

이 노랫소리를 들은 요 임금은 크게 기뻐했다. 백성들이 아무 불만 없이 배를 두드리고 발을 구르며 흥겨워하고, 정치의 힘 따위는 완전히 잊어버리고 있으니, 그야말로 정치가 잘 되고 있다는 증거가 아니겠는가.

고침안면 高枕安眠

高 · 높을 고 | 枕 · 베개 침 | 安 · 편안할 안 | 眠 · 잘 면
 – 동의어: 고침이와高枕而臥, 고침무우高枕無憂
 – 출전: 『戰國策』「魏策 哀王」, 『史記』「張儀列傳」
 ● 베개를 높이 하여 편히 잘 잔다는 뜻. 곧 근심 걱정이 없는
   편안한 상태를 말함.

전국시대, 소진蘇秦과 장의張儀는 종횡가縱橫家로서 유명
한데 소진은 합종책合縱策을, 장의는 연횡책連衡策을 주장했
다. 합종책이란 진秦나라 이외의 여섯 나라, 곧 한韓 · 위
魏 · 조趙 · 연燕 · 제齊 · 초楚가 동맹하여 진나라에 대항하는
것이며, 연횡책이란 여섯 나라가 각각 진나라와 손잡는 것
이지만 실은 진나라에 복종하는 것이나 다름없었다.

소진보다 악랄했던 장의는 진나라의 무력을 배경으로
이웃 나라를 압박했다. 진나라 혜문왕惠文王 10년(B.C. 328년)
에는 장의 자신이 진나라 군사를 이끌고 위나라를 침략했
다. 그 후 위나라의 재상이 된 장의는 진나라를 위해 위나
라 애왕哀王에게 합종을 탈퇴하고 연횡에 가담할 것을 권했
으나 받아들여지지 않았다. 그러자 진나라는 본보기로 한
나라를 공격하고 8만에 이르는 군사를 죽였다. 이 소식을

전해들은 애왕은 잠을 이루지 못했다. 장의는 이 때를 놓치지 않고 애왕에게 말했다.

"전하, 만약 진나라를 섬기게 되면 초나라나 한나라가 쳐들어오는 일은 없을 것이옵니다. 초나라와 한나라의 침략만 없다면 전하께서는 '베개를 높이 하여 편히 잘 주무실 수 있사옵고[高枕安眠] 나라도 아무런 걱정이 없을 것이옵니다."

애왕은 결국 진나라와 화목하고 합종을 탈퇴했다. 장의는 이 일을 시작으로 나머지 다섯 나라를 차례로 방문, 설득하여 마침내 주周나라 난왕赧王 4년(B.C. 311년)에 연횡을 성립시켰다.

곡학아세 曲學阿世

曲 · 굽을 곡 | 學 · 학문 학 | 阿 · 아첨할 아 | 世 · 인간, 세대 세
― 동의어 : 어용학자御用學者
― 출전 : 『史記』「儒林傳」
● 학문을 굽히어 세속世俗에 아첨한다는 뜻으로, 정도正道를 벗어난 학문으로 세상 사람에게 아첨함을 이르는 말.

한漢나라 6대 황제인 경제景帝는 즉위하자 천하에 널리 어진 선비를 찾다가 산동山東에 사는 원고생轅固生이라는 학자를 등용하기로 했다.

그는 당시 90세의 고령이었으나 직언을 잘하는 대쪽 같은 선비로도 유명했다. 그래서 사이비 학자들은 원고생을 중상中傷하는 상소를 올려 그의 등용을 극구 반대했으나 경제는 끝내 듣지 않았다.

당시 원고생과 함께 등용된 소장少壯 학자가 있었는데, 그 역시 산동 사람으로 이름을 공손홍公孫弘이라고 했다. 공손홍은 원고생을 늙은이라고 깔보고 무시했지만 원고생은 전혀 개의치 않고 공손홍에게 이렇게 말했다.

"지금, 학문의 정도正道가 어지러워져서 속설俗說이 유행하고 있네. 이대로 내버려두면 유서 깊은 학문의 전통은 결국 사설邪說로 인해 그 본연의 모습을 잃고 말 것일세. 자네는 다행히 젊은 데다가 학문을 좋아하는 선비란 말을 들었네. 그러니 부디 올바른 학문을 열심히 닦아서 세상에 널리 전파해 주기 바라네. 결코 자신이 믿는 '학설을 굽히어[曲學]'이 '세상 속물들에게 아첨하는 일[阿世]'이 있어서는 안 되네."

원고생의 말이 끝나자 공손홍은 몸둘 바를 몰랐다. 고매

한 인격을 갖춘 원고생과 같은 태산북두泰山北斗를 보지 못한 자신이 부끄러웠기 때문이다. 공손홍은 그 자리에서 지난날의 무례를 사과하고 원고생의 제자가 되었다고 한다.

공중누각 空中樓閣

空 · 빌 공 | 中 · 가운데 중 | 樓 · 다락 루 | 閣 · 누각 각
— 동의어 : 과대망상誇大妄想
— 출전 : 『夢溪筆談』
공중에 떠 있는 누각蜃氣樓신기루]이란 뜻. 곧 내용이 없는 문장이나 쓸데없는 의론議論, 진실이나 현실성이 없는 일을 말함.

송宋나라의 학자 심괄(沈括:호는 몽계옹夢溪翁)이 저술한 일종의 박물지博物誌인 『몽계필담夢溪筆談』에는 다음과 같은 글이 실려 있다.

登州四面臨海 春夏時 遙見空際 城市樓臺之狀 土人謂之海市

등주사면임해 춘하시 요견공제 성시루대지상 토인위지해시

등주登州는 사면이 바다에 임하여 봄과 여름철에는 저 멀리 하늘가에 성시누대城市樓臺의 모습을 볼 수 있다. 이 고장 사람들은 이것을 해시海市라고 이른다.

훗날 청淸나라의 학자 적호翟灝는 그의 저서『통속편通俗篇』에서 심괄의 이 글에 대해 이렇게 쓰고 있다.

今稱言行虛構者 日空中樓閣 用此事금칭언행허구자 왈공중누각 용차사

지금 언행이 허구에 찬 사람을 일컬어 '공중누각' 이라고 말하는 것은 이 일을 인용한 것이다.

이처럼 '공중누각' 이란 말은 이미 청나라 때부터 쓰여 왔으며, 심괄의 글 가운데 '해시' 라는 것은 '신기루' 를 가리키는 말이다.

과유불급 過猶不及

過 · 지날 과 | 猶 · 같을 유 | 不 · 아니 불 | 及 · 미칠 급
– 참조 : 조장助長
– 출전 : 『論語』「先進扁」
● 정도를 지나침은 미치지 못하는 것과 같다는 뜻.

어느 날 제자인 자공子貢이 공자에게 물었다.

"선생님, 자장子張과 자하子夏 중 어느 쪽이 더 현명합니까?"

공자는 두 제자를 비교한 다음 이렇게 말했다.

"자장은 아무래도 매사에 지나친 면이 있고, 자하는 부족한 점이 많은 것 같다."

"그렇다면 자장이 낫겠군요?"

자공이 다시 묻자 공자는 이렇게 대답했다.

"그렇지 않다. 지나침은 미치지 못한 것과 같다[過猶不及]."

> **자공子貢** 성은 단목端木, 이름은 사賜. 위衛나라 출신으로 공문십철孔門十哲의 한 사람. 정치에 뛰어나 후에 노魯나라·위衛나라의 재상을 역임했다. 제자 중에서 제일 부자였으므로 경제적으로 공자를 도왔다고 한다.
>
> **자하子夏** 성은 복卜, 이름은 상商. 공문십철의 한 사람으로, 시문詩文에 뛰어나 후에 위魏나라 문후文侯의 스승이 되었다. 공문 중에서 후세에까지 가장 많은 영향을 끼친 제자로, 공자가 산정刪定한 『시경詩經』, 『역경易經』, 『춘추春秋』를 전했다.

공자는 중용(中庸:어느 한쪽으로 치우침이 없음)의 도道를 말했던 것이다.

과전이하 瓜田李下

瓜 · 오이 과 │ 田 · 밭 전 │ 李 · 오얏(자두) 리 │ 下 · 아래 하
— 원말 : 과전불납리 이하부정관 瓜田不納履 李下不整冠
— 동의어 : 오비이락 烏飛梨落
— 출전 : 『列女傳』, 『文選』 「樂府篇」
● 오이 밭에서 신을 고쳐 신지 말고, 자두나무 아래서 갓을 고쳐 쓰지 말라는 뜻으로, 의심받을 짓은 처음부터 하지 말라는 말.

전국시대인 제齊나라 위왕威王 때의 일이다. 위왕이 즉위한 지 9년이나 되었지만 간신 주파호周破湖가 국정을 제멋대로 휘둘러 왔던 탓에 나라꼴은 말할 수 없을 정도로 어지러웠다. 그래서 이를 보다 못한 후궁 우희虞姬가 위왕에게 아뢰었다.

"전하, 주파호는 속이 검은 사람이오니 그를 내치시고 북곽北郭 선생과 같은 어진 선비를 등용하시오소서."

이 사실을 알게 된 주파호는 우희와 북곽 선생은 전부터 서로 사모해 오던 사이라며 우희를 모함하기 시작했다. 결국 위왕은 우희를 옥에 가두고 관원에게 철저히 조사하라고 명했다. 그러나 주파호에게 매수된 관원은 억지로 죄를 꾸며내려고 했다. 후에 관원의 보고를 들은 위왕은 그 조사 방법이 아무래도 이해가 되지 않았다. 그래서 우희를 불러 직접 묻자 그녀는 이렇게 대답했다.

"전하, 신첩臣妾은 이제까지 한마음으로 전하를 모신 지 10년이 되었사오나 오늘날 불행히도 간신들의 모함에 빠졌나이다. 신첩의 결백은 청천백일青天白日과 같사옵니다. 만약 신첩에게 죄가 있다면, 그것은 '오이 밭에서 신을 고쳐 신지 말고[瓜田不納履]' '자두나무 아래서 갓을 고쳐 쓰지 말라[李下不整冠]'는 옛말처럼 남에게 의심받을 일을 피하지 못했다는 점과, 옥에 갇혀 있는 데도 누구 하나 변명해 주는 사람이 없었다는 신첩의 부덕함뿐이옵니다. 이제 신첩에게 죽음을 내리신다 해도 더 이상 변명치 않겠사오나 주파호와 같은 간신만은 부디 내쳐 주시오소서."

위왕은 우희의 충심어린 호소를 듣고 이제까지의 악몽에서 깨어났다. 이후 위왕은 당장 주파호 일당을 삶아 죽이고 어지러운 나라를 바로잡았다.

관포지교 管鮑之交

管 · 대롱 관 | 鮑 · 절인고기 포 | 之 · 어조사 지(…의) | 交 ·
사귈 교
— 동의어 : 문경지교刎頸之交, 금란지교金蘭之交, 단금지교
  斷金之交, 수어지교水魚之交, 교칠지교膠漆之交, 막역지
  우莫逆之友
— 반의어 : 시도지교市道之交
— 출전 : 『史記』「管仲列傳」, 『列子』「力命篇」
● 관중管仲과 포숙아鮑淑牙 사이와 같은 사귐이란 뜻으로, 시
  세時勢를 떠나 친구를 위하는 두터운 우정을 일컫는 말.

춘추시대 초엽, 제濟나라의 관중과 포숙아는 죽마고우竹
馬故友로 둘도 없는 친구 사이였다.

관중이 공자公子 규糾의 측근보좌관으로, 포숙아가 규의
이복동생인 소백小白의 측근으로 있을 때, 공자의 아버지
양공襄公이 사촌 동생 공손무지公孫無知에게 시해되자 관중
과 포숙아는 각각 공자와 함께 이웃 노魯나라와 거莒나라로
망명했다. 이듬해 공손무지가 살해되자 두 공자는 군위君位
를 다투어 귀국을 서둘렀고 관중과 포숙아는 본의 아니게
정적이 되었다. 관중은 한때 소백을 암살하려 했으나 그가
먼저 귀국하여 환공(桓公:B.C. 685~643년)이라 일컫고 노나라

에 공자 규의 처형과 아울러 관중의 압송押送을 요구했다. 환공이 압송된 관중을 죽이려 하자 포숙아는 이렇게 진언했다.

"전하, 제나라만 다스리는 것으로 만족하신다면 신臣으로도 충분할 것이옵니다. 하오나 천하의 패자覇者가 되시려면 관중을 기용하십시오."

도량이 넓고 식견이 높은 환공은 포숙아의 진언을 받아들여 관중을 대부大夫로 중용하고 정사를 맡겼다. 이윽고 재상이 된 관중은 과연 대정치가다운 수완을 유감없이 발휘했다. '창고가 가득 차야 예절을 안다[倉廩實則 知禮節창름실즉 지예절]', '의식이 풍족해야 영욕을 안다[衣食足則 知榮辱의식족즉 지영욕]'고 한 관중의 유명한 정치철학이 말해 주듯, 그는 덕본주의德本主義를 바탕으로 선정을 베풀어 마침내 환공으로 하여금 춘추시대의 첫 패자로 군림케 하였다.

이 같은 정치적인 성공은 환공의 관용과 관중의 재능이 한데 어우러진 결과이긴 하지만 그 출발점은 역시 관중에 대한 포숙아의 변함없는 우정에 있었다. 그래서 관중은 훗날 포숙아에 대한 감사한 마음을 이렇게 술회하고 있다.

"나는 젊어서 포숙아와 장사를 할 때 늘 이익금을 내가 더 많이 차지했으나 그는 나를 욕심쟁이라고 말하지 않았다. 내가 가난하다는 걸 알고 있었기 때문이다. 또 그를 위해 한 사업이 실패하여 그를 궁지에 빠뜨린 일이 있었지만 나를 용렬하다고 여기지 않았다. 일에는 성패成敗가 있다는 걸 알고 있었기 때문이다. 나는 또 벼슬길에 나갔다가는 물러나곤 했었지만 나를 무능하다고 말하지 않았다. 내게 운이 따르고 있지 않다는 걸 알고 있었기 때문이다. 어디 그뿐인가. 나는 싸움터에서도 도망친 적이 한두 번이 아니었지만 나를 겁쟁이라고 말하지 않았다. 내게 노모가 계시다는 걸 알고 있었기 때문이다. 아무튼 '나를 낳아 준 분은 부모지만 나를 알아준 사람은 포숙아다[生我者父母 知我者鮑淑牙].'"

괄목상대 刮目相對

刮 · 비빌 괄 | 目 · 눈 목 | 相 · 서로 상 | 對 · 대할 대
— 출전 : 『三國志』「吳志 呂蒙傳注」
● 눈을 비비고 본다는 뜻으로, 곧 상대방의 학식이나 재주가 올라볼 정도로 진보한 것을 일컫는 말.

삼국시대三國時代 초엽, 오왕吳王 손권孫權의 신하 중에 여몽呂蒙이 있었다. 그는 무식한 사람이었으나 수많은 전투에서 전공을 쌓아 장군이 되었다. 어느 날 여몽은 손권으로부터 학문에도 힘쓰라는 충고를 받고는 전쟁터에서도 '손에서 책을 놓지 않고[手不釋卷수불석권]' 학문에 정진했다. 그 후 중신重臣 가운데 가장 유식한 재상 노숙魯肅이 전장을 시찰하던 길에 오랜 친구인 여몽을 만났다. 그런데 여몽과 대화를 나누던 노숙은 여몽이 너무나 박식해진 데 그만 놀라고 말았다.

여몽呂蒙 재상 노숙이 병사病死하자 여몽은 그 뒤를 이어 오왕 손권을 보필, 국세國勢를 신장하는 데 힘썼다. 여몽은 촉蜀 땅을 차지하면 형주荊州를 오나라에 돌려주겠다던 약속을 이행하지 않는 유비劉備의 촉군蜀軍을 치기 위해 손권에게 은밀히 위魏나라의 조조曹操와 제휴할 것을 진언, 성사시키고 기회를 노렸다. 그러던 중 형주를 관장하고 있던 촉나라의 명장 관우關羽가 중원中原으로 출병하자 여몽은 이 때를 놓치지 않고 출격하여 관우의 여러 성城을 하나하나 공략攻略한 끝에 마침내 관우까지 사로잡는 큰 공을 세움으로써 오나라의 백성들로부터 명장으로 추앙을 받았다.

"아니, 여보게. 언제 그렇게 공부했나? 자네는 이제 '오나라에 있을 때의 여몽이 아닐세[非吳下阿蒙]' 그려."

그러자 여몽은 이렇게 대꾸했다.

"무릇 선비란 헤어진 지 사흘이 지나서 다시 만났을 땐 '눈을 비비고 대면할[刮目相對]' 정도로 달라져야 하는 법이라네."

광일미구曠日彌久

曠·멀 광 | 日·날 일 | 彌·많을 미 | 久·오랠 구
— 출전 : 『戰國策』 「趙策」
● 오랫동안 쓸데없이 세월만 보낸다는 뜻.

전국시대 말엽, 조趙나라 혜문왕惠文王 때의 일이다. 연燕나라의 공격을 받은 혜문왕은 제齊나라에 사신을 보내어

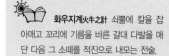

3개 성읍城邑을 할양한다는 조건으로 명장 전단田單의 파견을 요청했다. 전단은 일찍이 연나라의 침략군을 화우지계火牛之計로 격파한 명장으로, 조나라의 요청에 따라 총사령관이 되었다. 그러자 조나라의 명장 조사趙奢가 재상 평원군平原君에게 항의하고 나섰다.

"아니, 조나라엔 사람이 없단 말입니까? 제게 맡겨 주신다면 당장 적을 격파해 보이겠습니다."

평원군은 안 된다고 말했다. 그래도 조사는 물러서지 않았다.

"제나라와 연나라는 원수지간이긴 합니다만 전단은 타국인 조나라를 위해 싸우지 않을 것입니다. 강대한 조나라는 제나라의 패업覇業에 방해가 되기 때문이죠. 그래서 전단은 조나라 군사를 장악한 채 '오랫동안 쓸데없이 세월만 보낼 것입니다[曠日彌久].' 두 나라가 병력을 소모하여 피폐해지는 것을 기다리면서……."

평원군은 조사의 의견을 묵살한 채 미리 정한 방침대로

전단에게 조나라 군사를 맡겨 연나라 침공군과 대적케 했다. 결과는 조사가 예언한 대로 두 나라는 장기전에서 병력만 소모하고 말았다.

교언영색 巧言令色

巧 · 교묘할 교 | 言 · 말씀 언 | 令 · 착할 령 | 色 · 빛 색
— 반의어 : 강의목눌剛毅木訥, 성심성의誠心誠意
— 출전 : 『論語』 「學而篇」
● 발라 맞추는 말과 알랑거리는 태도라는 뜻으로, 남의 환심을 사기 위해 아첨하는 교묘한 말과 보기 좋게 꾸미는 표정을 이르는 말.

공자는 아첨꾼에 대해 『논어論語』 「학이편學而篇」에서 이렇게 말했다.

'巧言令色 鮮矣仁교언영색 선의인

발라 맞추는 말과 아랑거리는 태도에는 '인仁'이 적다.'

말재주가 교묘하고 표정을 보기 좋게 꾸미는 사람 중에 어진 사람은 거의 없다는 뜻이다. 이 말을 뒤집어서 또 공자는 「자로편子路篇」에서 이렇게 말했다.

'剛毅木訥 近仁 강의목눌 근인

강직하며 의연하고 질박하며 어눌한 사람은 '인'에 가
깝다.'

의지가 굳고 용기가 있으며 꾸밈이 없고 말수가 적은 사
람은 '인(덕을 갖춘 군자)'에 가깝다는 뜻. 그러나 이러한 사람
이라도 '인(덕을 갖춘 군자)' 그 자체는 아니라면서 공자는 「옹
야편雍也篇」에서 이렇게 말했다.

'文質彬彬 然後君子 문질빈빈 연후군자

형식과 실질이 잘 어울린 이후에야 군자라 할 수 있다.'

구밀복검 口蜜腹劍

口 · 입 구 | 蜜 · 꿀 밀 | 腹 · 배 복 | 劍 · 칼 검
— 동의어 : 소리장도 笑裏藏刀, 소중유검 笑中有劍
— 출전 : 『新唐書』
● 입 속에는 꿀을 담고 뱃속에는 칼을 지녔다는 뜻으로, 말로
  는 친한 체하지만 속으로는 은근히 해칠 생각을 품고 있음
  을 비유하여 이르는 말.

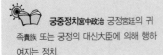
당唐나라 현종玄宗 말엽에 이림보李林甫라는 재상이 있었다. 그는 태자 이하 그 유명한 무장武將 안록산安祿山까지 두려워했던 전형적인 궁중정치가宮中政治家였다. 뇌물로 환관과 후궁들의 환심을 사는 한편 현종에게 아첨하여 마침내 재상이 된 그는, 당시 양귀비楊貴妃에게 빠져 정사政事를 멀리하는 현종의 유흥을 부추기며 조정을 좌지우지했다.

만약 바른말을 하는 충신이나 자신의 권위에 위협적인 신하가 나타나면 가차 없이 제거했다. 그런데 그가 정적을 제거할 때에는 먼저 상대방을 한껏 추켜올린 다음 뒤통수를 치는 표리부동表裏不同한 수법을 썼기 때문에 특히 벼슬아치들은 모두 이림보를 두려워하며 이렇게 말했다.

"이림보는 '입으로 꿀 같은 말을 하지만 뱃속에는 무서운 칼이 들어 있다[口蜜腹劍].'"

구우일모 九牛一毛

九 · 아홉 구 | 牛 · 소 우 | 一 · 한 일 | 毛 · 털 모
— 동의어 : 창해일속 滄海一粟, 창해일적 滄海一滴, 대해일
적 大海一滴
— 참조 : 인생조로 人生朝露, 중석몰촉 中石沒鏃
— 출전 : 『漢書』「報任安書」, 『文選』「司馬遷 報任少卿書」
● 아홉 마리의 소 가운데서 뽑은 한 개의 (쇠)털이라는 뜻으
로, 많은 것 중에 가장 적은 것을 비유한 말.

한漢나라 7대 황제인 무제武帝 때 5,000의 보병을 이끌고
흉노匈奴를 정벌하러 나갔던 이릉李陵 장군은 열 배가 넘는
적의 기병을 맞아 처음 10여 일간은 잘 싸웠으나 결국 중
과부적衆寡不敵으로 패하고
말았다. 그런데 이듬해 놀라
운 사실이 밝혀졌다. 난전亂
戰중에 전사한 줄 알았던 이
릉이 흉노에게 투항하여 환
대를 받고 있다는 것이었다.
이를 안 무제는 크게 노하여
이릉의 일족一族을 참형에
처하라고 엄명했다. 그러나

사마천司馬遷 전한의 역사가. 자는
자장子長. 경칭은 태사공太史公. 젊었을 때 전
국 각처를 주유周遊하며 전국시대 제후諸侯의
기록을 수집, 정리했다. 기원전 104년 공손경
公孫卿과 함께 태초력太初曆을 제정하여 후세
역법曆法의 기틀을 마련했으며 아버지 사마담
史馬談의 뒤를 이어 태사령太史令이 되었다. 흉
노匈奴 토벌 중 포로가 되어 투항한 이릉李陵
장군을 변호하다가 무제武帝의 노여움을 사
궁형宮刑을 받았다. 기원전 97년 불후의 명저
『사기』 130권을 완성했다.

중신을 비롯한 이릉의 동료들은 무제의 안색만 살필 뿐 누구 하나 이릉을 위해 변호하는 사람이 없었다.

그래서 이를 분개한 사마천司馬遷이 그를 변호하고 나섰다. 사마천은 지난날 흉노에게 경외敬畏의 대상이었던 이광李廣 장군의 손자인 이릉을 평소부터 '목숨을 내던져서라도 국난國難에 임할 용장勇將'이라고 굳게 믿어왔기 때문이다. 그는 사가史家로서의 냉철한 눈으로 사태의 진상을 통찰하고 대담하게 무제에게 아뢰었다.

"황공하오나 이릉은 소수의 보병으로 오랑캐의 수만 기병과 싸워 그 괴수를 경악케 하였으나 원군은 오지 않고 아군 속에 배반자까지 나오는 바람에 어쩔 수 없이 패전한 것으로 생각되옵니다. 하오나 끝까지 병졸들과 신고辛苦를 같이한 이릉은 인간으로서 극한의 역량을 발휘한 명장이라 해도 과언이 아닐 것이옵니다. 그가 흉노에게 투항한 것도 필시 훗날 황은皇恩에 보답할 기회를 얻기 위한 고육책苦肉策으로 사료되오니, 차제에 폐하께서 이릉의 무공을 천하에 공표하시오소서."

무제는 진노하여 사마천을 투옥投獄한 후 궁형宮刑에 처했다. 세인世人은 이 일을 가리켜 '이릉의 화[李陵之禍]'라 일컫고 있다. 궁형이란 남성의 생식기를 잘라 없애는 것으로 가장 수치스런 형벌이었다. 사마천은 이를 친구인 '임안任安에게 알리는 글[報任安書]'에서 '최하급의 치욕'이라고 적고, 이어 착잡한 심정을 이렇게 쓰고 있다.

"내가 법에 따라 사형을 받는다고 해도 그것은 한낱 '아홉 마리의 소 중에서 터럭 하나 없어지는 것'과 같을 뿐이니 나와 같은 존재는 땅강아지나 개미 같은 미물과 무엇이 다르겠나? 그리고 세상 사람들 또한 내가 죽는다 해도 절개를 위해 죽는다고 생각하기는커녕 나쁜 말하다가 큰 죄를 지어서 어리석게 죽었다고 여길 것이네."

사마천이 수모를 당하면서까지 살아가는 데는 그만한 이유가 있었다. 당시 사마천은 태사령太史令으로 봉직했던 아버지 사마담司馬談이 임종시에 '통사通史를 기록하라'고 한 유언에 따라 『사기史記』를 집필 중에 있었기 때문이다. 그래서 그는 『사기』를 완성하기 전에는 죽을래야 죽을 수도 없는 몸이었다. 그로부터 2년 후에 중국 최초의 사서史書로서 불후不朽의 명저名著로 꼽히는 『사기』130여권이 완성(B.C. 97년)되어 오늘에 전해지고 있다.

국사무쌍 國士無雙

國 · 나라 국 | 士 · 선비 사 | 無 · 없을 무 | 雙 · 쌍 쌍
— 동의어 : 동량지기棟梁之器
— 출전 : 『史記』「淮陰侯列傳」
● 한 나라 안에 견줄 만한 자가 없는 뛰어난 인재를 일컫는 말.

초패왕 항우와 한왕 유방에 의해 진나라가 멸망한 한왕 원년元年의 일이다. 당시 한군漢軍에는 한신韓信이라는 군관이 있었다. 처음에 그는 초군楚軍에 속해 있었으나 아무리 군략軍略을 권해도 받아 주지 않는 항우에게 실망하여 초군을 이탈, 한군에 투신한 인물이다.

그 후 한신은 우연한 일로 재능을 인정받아 군량을 관리하는 치속도위治粟都尉가 되었다. 이때부터 그는 직책상 승상인 소하蕭何와도 자주 만났다. 그래서 한신이 비범한 인물이라는 것을 안 소하는 그에게 은근히 기대를 걸고 있었다.

그 무렵, 고향을 멀리 떠나온 한군은 향수에 젖어 도망치는 병사가 날로 늘어나는 바람에 사기가 말이 아니었다. 그 도망병 가운데는 한신도 끼어 있었다. 영재英才를 자부하는 그는 치속도위 정도로는 도저히 만족할 수 없었던 것

이다. 소하는 한신이 도망갔다는 보고를 받자 황급히 말에 올라 그 뒤를 쫓았다. 그 광경을 본 장수가 소하도 도망가는 줄 알고 유방에게 고했다. 오른팔을 잃은 듯이 낙담한 유방의 노여움은 하늘을 찌를 듯했다. 그런데 이틀 후 소하가 돌아왔다. 유방은 말할 수 없이 기뻤지만 노한 얼굴로 도망친 이유를 물었다.

"승상丞相이란 자가 도망을 치다니, 대체 어찌된 일이오?"

"도망친 것이 아니오라, 도망친 자를 잡으러 갔던 것이옵니다."

"그래, 누구를?"

"한신이옵니다."

"뭐, 한신? 이제까지 열 명이 넘는 장군이 도망쳤지만, 경은 그 중 한 사람도 뒤쫓은 적이 없지 않은가?"

"이제까지 도망친 제장諸將 따위는 얼마든지 얻을 수 있사오나, 한신은 실로 '국사무쌍'이라고 할 만한 인물이옵니다. 만약 전하께오서 이 파촉巴蜀의 땅만으로 만족하시겠다면 한신이란 인물은 필요 없사옵니다. 하오나 동방으로 진출해서 천하를 손에 넣는 것이 소망이시라면 한신을 제쳐놓고는 함께 군략을 도모할 인물이 없는 줄로 아나이다.”

“물론, 과인은 천하 통일이 소망이오.”

“하오면 한신을 크게 기용하십시오.”

“짐은 한신이란 인물을 모르지만 경이 그토록 천거하니 경을 위해 그를 장군으로 기용하겠소.”

“그 정도로는 활용하실 수 없사옵니다.”

“그러면 대장군에 임명하겠소.”

이리하여 한신은 대장군이 되었다. 즉 기량을 한껏 발휘할 수 있는 출발점에 서게 된 것이다.

군맹무상 群盲撫象

群 · 무리 군 | 盲 · 소경 맹 | 撫 · 어루만질 무 | 象 · 코끼리 상
— 동의어 : 군맹모상群盲摸象, 군맹평상群盲評象
— 출전 : 『涅槃經열반경』
● 여러 소경이 코끼리를 어루만진다는 뜻. 곧 범인凡人은 모든 사물을 자기 주관대로 잘못 판단하거나 그 일부밖에 파악하지 못함을 비유한 말.

인도의 경면왕鏡面王이 어느 날 맹인들에게 코끼리라는

동물을 가르쳐 주기 위해 그들을 궁중으로 불러 모았다. 그리고 신하를 시켜 코끼리를 끌어오게 한 다음 소경들에게 만져 보라고 했다. 얼마 후 경면왕은 소경들에게 물었다.

"이제 코끼리가 어떻게 생겼는지 알았느냐?"

그러자 소경들은 입을 모아 대답했다.

"예, 알았나이다."

"그럼, 어디 한 사람씩 말해 보아라."

소경들의 대답은 각기 자기가 만져 본 부위에 따라 다음과 같이 달랐다.

"무와 같사옵니다." (상아)

"키와 같나이다." (귀)

"돌과 같사옵니다." (머리)

"절굿공이 같사옵니다." (코)

"널빤지와 같사옵니다." (다리)

"항아리와 같사옵니다." (배)

"새끼줄과 같사옵니다." (꼬리)

이 이야기에 등장하는 코끼리는 석가모니釋迦牟尼를 비유한 것이고, 소경들은 밝지 못한 모든 중생衆生들을 비유한 것이다. 그리고 이 이야기는 모든 중생들이 석가모니를 부분적으로 이해할 수 있다는 것, 즉 모든 중생들에게는 각기 석가모니가 따로 있다는 것을 말해 주고 있는 것이다.

군자삼락 君子三樂

君 · 임금 군 | 子 · 아들 자 | 三 · 석 삼 | 樂 · 즐길 락, 좋아 할 요
— 원말 : 군자유삼락 君子有三樂
— 동의어 : 익자삼요益者三樂
— 반의어 : 손자삼요損者三樂
— 출전 :『孟子』「盡心篇」
● 군자에게는 세 가지 즐거움이 있다는 말.

전국시대, 철인哲人으로서 공자의 사상을 계승, 발전시킨 맹자孟子는『맹자孟子』「진심편盡心篇」에서 이렇게 말했다.

君子有三樂군자 유삼락
　　군자에게는 세 가지 즐거움이 있다.
父母具存 兄弟無故부모구존 형제무고
　　첫째 즐거움은 양친이 다 살아 계시고 형제가 무고한

것이요

仰不愧於天 俯不㤗於人앙불괴어천 부부작어인

　둘째 즐거움은 우러러 하늘에 부끄러움이 없고 구부

　려 사람에게 부끄럽지 않은 것이요

得天下英才 而敎育之득천하영재 이교육지

　셋째 즐거움은 천하의 영재를 얻어서 교육하는 것이

　다.

　한편 공자는 『논어論語』「계시편」에서 '손해 되는 세 가지

좋아함[損者三樂손자삼요]'을 다음과 같이 꼽았다. 교락(驕樂:방

자함을 즐김), 일락(逸樂:놀기를 즐김), 연락(宴樂:주색을 즐김).

권토중래 捲土重來

捲 · 말 권 | 土 · 흙 토 | 重 · 거듭할 중 | 來 · 올 래
— 출전 : 두목杜牧의 시「題烏江亭」
● 흙먼지를 말아 일으키며 다시 쳐들어온다는 뜻으로, 한 번 실패한 사람이 세력을 회복해서 다시 도전해 온다는 말.

이 말은 당나라 말기의 시인 두목杜牧의 시「제오강정題烏江亭」에 나오는 마지막 구절이다.

勝敗兵家不可期승패병가불가기　승패는 병가도 기약할 수
　　　　　　　　　　　　　없으니
包羞忍恥是男兒포수인치시남아　수치를 싸고 부끄러움을
　　　　　　　　　　　　　참는 것이 사나이다.
江東子弟俊才多강동자제준재다　강동의 자제 중에는 준재
　　　　　　　　　　　　　가 많으니
捲土重來未可知권토중래미가지　'권토중래'는 아직 알 수
　　　　　　　　　　　　　없네.

오강烏江은 초패왕 항우項羽가 스스로 목을 쳐서 자결한

곳이다. 한왕 유방劉邦과 해하垓下에서 펼친 '운명과 흥망을 건 한판 승부[乾坤一擲]'에서 패한 항우는 오강으로 도망가 정장亭長으로부터 "강동江東으로 돌아가 재기하라"는 권유를 받았다. 그러나 항우는 "8년 전 강동의 8,000여 장정들과 함께 떠난 내가 지금 '무슨 면목으로 강을 건너 강동으로 돌아가[無面江東]' 그들의 부모 형제를 대할 것인가"라며 파란 만장한 31년의 생애를 마쳤던 것이다.

항우가 죽은 지 1,000여년이 지난 어느 날, 두목은 오강의 객사客舍에서 일세의 풍운아風雲兒 항우를 생각했다. 그리고 그는 '강동의 부형에 대한 부끄러움을 참으면 강동은

준재가 많은 곳이므로 권토중래할 수 있는 기회가 있었을 텐데도 그렇게 하지 않고 31세의 젊은 나이로 자결한 항우를 애석히 여기며 이 시를 읊었다. 이 시는 항우를 읊은 시 중에서 가장 잘 알려진 것이다.

그러나 당송 팔대가唐宋八大家의 한 사람인 왕안석王安石은 '강동의 자제는 항우를 위해 권토중래하지 않을 것'이라고 읊었고, 사마천司馬遷도 그의 저서 『사기史記』에서 '항우는 힘을 과신했다'고 쓰고 있다.

금의야행 錦衣夜行

錦 · 비단 금 | 衣 · 옷 의 | 夜 · 밤 야 | 行 · 갈 행
— 동의어 : 의금야행衣錦夜行, 수의야행繡衣夜行
— 반의어 : 금의주행錦衣晝行, 금의환향錦衣還鄉
— 출전 : 『漢書』「項籍傳」, 『史記』「項羽本紀」
● 비단옷을 입고 밤길을 간다는 뜻으로, 곧 아무 보람도 없는 행동이나 입신출비立身出世하여 고향으로 돌아가지 않음을 비유한 말.

유방劉邦에 이어 진秦나라의 도읍 함양咸陽에 입성한 항우

項羽는 유방과는 대조적인 행동을 취했다. 우선 유방이 살려 둔 어린 왕자 자영子嬰을 죽여 버렸다(B.C. 206년). 또 아방궁阿房宮에 불을 지르고 석 달 동안 불타는 그 불을 안주 삼아 미녀들을 끼고 승리를 자축했다. 그리고 시황제始皇帝의 무덤도 파헤쳤다. 유방이 창고에 봉인해 놓은 엄청난 금은보화金銀寶貨도 몽땅 차지했다.

모처럼 제왕帝王의 길로 들어선 항우가 이렇듯 무모하게 스스로 그 발판을 무너뜨리려 하자 모신謀臣 범증范增이 극구 간했다. 그러나 항우는 듣지 않았다. 오히려 그는 오랫동안 누벼온 싸움터를 벗어나 많은 재보와 미녀를 거두어 고향인 강동江東으로 돌아가고 싶어 했다. 그러자 간의대부諫議大夫 한생韓生이 간했다.

"관중關中은 사방이 산과 강으로 둘러싸인 요충지인 데다 땅도 비옥합니다. 하오니 이곳에 도읍을 정하시고 천하를 호령하십시오."

그러나 항우의 눈에 비친 함양은 황량한 폐허일 뿐이었다. 그보다 하루바삐 고향으로 돌아가 성공한 자신을 과시하고 싶었다. 항우는 동쪽 고향 하늘을 바라보며 말했다.

"부귀한 몸이 되어 고향으로 돌아가지 않는 것은 '비단옷을 입고 밤길을 가는 것[錦衣夜行]'과 같다. 누가 이것을 알아줄 것인가.......”

항우에게 함양에 정착할 뜻이 없다는 것을 안 한생은 항우 앞을 물러나자 이렇게 말했다.

“초楚나라 사람은 ‘원숭이에게 옷을 입히고 갓을 씌워 놓은 것처럼 지혜가 없다’고 하더니 과연 그 말대로군.”

이 말을 전해 들은 항우는 크게 노하여 당장 한생을 삶아 죽였다. 그러나 항우가 고향에 안주한 것은 크나큰 실수였다. 훗날 유방이 함양을 차지한 후 천하를 호령했기 때문이었다.

기인지우 杞人之優

杞 · 나라이름 기 | 人 · 사람 인 | 之 · 어조사 지(…의) |
優 · 근심 우
— 준말 : 기우 杞優
— 동의어 : 기인우천 杞人優天, 오우천월 吳牛喘月
— 출전 : 『列子』「天瑞篇 천서편」
● 기杞나라 사람의 근심이란 뜻으로, 곧 쓸데없는 걱정을 비유한 말.

주왕조周王朝 시대, 기나라에 쓸데없는 걱정으로 하루하루를 보내는 사람이 있었다. '만약 하늘이 무너지거나 땅이 꺼진다면 몸 둘 곳이 없지 않은가?' 그는 이런 걱정을 하느라 밤에 잠도 못 이루고 음식도 제대로 먹지 못했다. 그러자 '저러다 죽지 않을까?' 걱정이 된 친구가 그에게 말했다.

"하늘은 (공)기가 쌓였을 뿐이야. 그래서 기가 없는 곳이 없지. 우리가 몸을 굽혔다 펴고 호흡을 하는 것도 늘 하늘 안에서 하고 있다네. 그런데 왜 하늘이 무너져 내린단 말인가?"

"하늘이 과연 기가 쌓인 것이라면 해와 달이 떨어져 내릴 게 아닌가?"

"해와 달 역시 쌓인 기 속에서 빛나고 있는 것일 뿐이야. 설령 떨어져 내린다 해도 다칠 염려는 없다네."

"그럼, 땅이 꺼지는 일은 없을까?"

"땅은 흙이 쌓였을 뿐이야. 그래서 사방에 흙이 없는 곳이 없지. 우리가 뛰고 구르는 것도 늘 땅 위에서 하고 있다네. 그런데 왜 땅이 꺼진단 말인가? 그러니 이젠 쓸데없는 걱정은 하지 말게나."

이 말을 듣고서야 그는 비로소 마음을 놓았다고 한다.

기호지세 騎虎之勢

騎 ·말탈 기 | 虎 ·범 호 | 之 ·어조사 지(…의) | 勢 ·기
세 세
— 원말 : 기수지세騎獸之勢
— 동의어 : 기호난하騎虎難下
— 출전 : 『隨書』「獨孤皇后傳」
● 호랑이를 타고 달리는 기세라는 뜻으로, 곧 중도에서 그만
  둘 수 없는 형세를 말함.

남북조南北朝 시대 말엽, 북조 최후의 왕조인 북주北周의
선제宣帝가 죽자, 재상 양견楊堅은 즉시 입궐하여 국사를 총
괄했다. 외척이지만 한족漢族이었던 그는 일찍이 오랑캐인
선비족鮮卑族에게 빼앗긴 이 땅에 한족의 천하를 세우겠다
는 큰 뜻을 품고 때가 오기만을 기다리고 있던 참에 선제가
죽은 것이다.

양견이 궁중에서 모반을 꾀하고 있을 때, 이미 양견의
뜻을 알고 있는 아내 독고獨孤 부인으로부터 전갈이 왔다.

"'호랑이를 타고 달리는 기세이므로 도중에서 내릴 수
없는 일입니다[騎虎之勢 不得下].' 만약 도중에서 내리면 잡혀
먹히고 말 것입니다. 어떠한 난관이 있더라도 끝까지 호랑

이와 함께 가야만 합니다. 부디 큰 뜻을 이루십시오."

이에 용기를 얻은 양견은 선제의 뒤를 이어 즉위한 나이 어린 정제靜帝를 폐하고 스스로 제위帝位에 올라 문제文帝라 일컫고 국호를 수隋라고 했다. 그로부터 8년 후인 589년, 문제는 남조南朝 최후의 왕조인 진陳나라마저 멸하고 마침내 천하를 통일했다.

기화가거 奇貨可居

奇 · 기이할 기 | 貨 · 재물 화 | 可 · 가할 가 | 居 · 있을 거
— 출전 : 『史記』「呂不韋列傳」
● 진귀한 물건을 사 두었다가 훗날 큰 이익을 얻게 한다는 뜻. 곧 좋은 기회를 기다려 큰 이익을 얻음. 혹은 훗날 이익이 될 수 있는 사람을 돌봐 주며 기회가 오기를 기다림을 뜻함.

전국시대 말, 한韓나라의 큰 장사꾼인 여불위呂不韋는 무역을 하러 조趙나라의 도읍인 한단邯鄲으로 갔다가 우연히 진秦나라 소양왕昭襄王의 손자인 자초子楚가 볼모로 잡혀 있

다는 것을 알았다. 이때 여불위의 머리에는 기발한 영감이 번뜩였다.

'이것이야말로 기회로다. 사 두면 훗날 큰 이익을 얻게 될 것이다.'

여불위는 즉시 낡은 초가에서 어렵게 살고 있는 자초를 찾아가 이렇게 말했다.

"귀공의 부군이신 안국군安國君께서 머잖아 소양왕의 뒤를 이어 왕위에 오르실 것입니다. 하지만 정빈正嬪인 화양부인華陽夫人에게는 소생이 없습니다. 그러면 귀공을 포함한 20명의 왕자 중에서 누구를 태자로 세울까요? 솔직히 말해서 귀공은 결코 유리한 입장에 있다고는 말할 수 없습니다."

"그건 그렇소만, 어쩔 수 없는 일 아니오?"

"걱정 마십시오. 소생에게는 천금千金이 있습니다. 그 돈으로 우선 화양부인에게 선물을 하여 환심을 사고, 또 널리 인재를 모으십시오. 소생은 귀공의 귀국을 위해 조나라의 고관들에게 손을 쓰겠습니다. 그리로 귀공과 함께 진나라로 가서 태자로 책봉되도록 전력을 다하겠습니다."

"만약 일이 성사되면 그대와 함께 진나라를 다스리도록 하겠소."

여불위는 자기 자식을 회임한 애첩 조희趙姬까지 자초에게 양보하여 그를 완전히 손아귀에 넣은 뒤 재력과 능변能辯으로 자초를 태자로 세우는 데 성공했다. 그리고 자초가 왕위에 오르니, 이가 곧 장양왕莊襄王이다. 여불위는 재상이 되었으며, 조희가 낳은 아들 정政은 훗날 시황제始皇帝가 되었다.

낙양지귀 洛陽紙貴

洛 · 물이름 락 | 陽 · 볕 양 | 紙 · 종이 지 | 貴 · 귀할 귀
 – 원말 : 낙양지가귀洛陽紙價貴
 – 동의어 : 낙양지가고洛陽紙價高
 – 출전 : 『晉書』「文苑傳」
 ● 낙양의 종이값을 올린다는 뜻으로, 곧 저서가 호평을 받아 베스트셀러가 됨을 이르는 말.

진晉나라에 시인 좌사左思라는 사람이 있었다. 그는 추남에다 말까지 더듬었지만 일단 붓을 잡으면 장려한 시를 썼다.

그는 임치에서 집필 1년 만에 『제도부齊都賦』를 탈고하고 도읍 낙양洛陽으로 이사한 뒤 삼국시대 촉한蜀漢의 도읍 성도成都, 오吳나라의 도읍 건업建業, 위魏나라의 도읍 업鄴의 풍물을 읊은 『삼도부三都賦』를 10년 만에 완성했다. 그러나 알아주는 사람이 없었다. 그러던 어느 날, 장화張華라는 유명한 시인이 『삼도부』를 읽어 보고 격찬했다.

"이것은 반班·장張의 경지를 넘어선 것이다."

후한後漢 때 『양도부兩都賦』를 지은 반고班固,『이경부二京賦』를 쓴 장형張衡과 같은 대시인에 비유한 것이다. 그러자 『삼도부』는 당장 낙양의 화제작이 되었고, 고관대작은 물론 귀족·환관·문인·부호들이 그것을 다투어 베껴 썼다. 그 바람에 '낙양의 종이값이 크게 올랐다[洛陽紙價貴]'고 한다.

남가일몽 南柯一夢

南 · 남녘 남 | 柯 · 가지 가 | 一 · 한 일 | 夢 · 꿈 몽
— 동의어 : 남가지몽南柯之夢, 한단지몽邯鄲之夢, 무산지
　　몽巫山之夢, 일장춘몽一場春夢
— 출전 : 『南柯記』『異聞集』
● 남쪽 나뭇가지의 꿈이란 뜻으로, 곧 덧없는 한때의 꿈 혹은
　인생의 덧없음을 비유한 말.

당唐나라 9대의 황제인 덕종德宗 때 광릉廣陵 땅에 순우분
淳于棼이란 사람이 있었다. 어느 날, 순우분이 술에 취해 집
앞의 큰 홰나무 밑에서 잠이 들었다. 그러자 남색 관복을
입은 두 사나이가 나타나더니 이렇게 말했다.

"저희는 괴안국왕槐安國王의 명을 받고 대인大人을 모시러
온 사신이옵니다."

순우분이 사신을 따라 홰나무 구멍 속으로 들어가자 국
왕이 성문 앞에서 반가이 맞이했다. 순우분은 부마駙馬가
되어 궁궐에서 영화를 누리다가 남가태수를 제수除授받고
부임했다. 남가군南柯郡을 다스린 지 20년, 그는 그간의 치
적을 인정받아 재상이 되었다. 그러나 때마침 침공해 온 단
라국군檀羅國軍에게 참패하고 말았다. 설상가상雪上加霜으로
아내까지 병으로 죽자 관직을 버리고 상경했다. 얼마 후 국

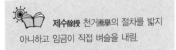

왕은 '천도遷都해야 할 조짐이 보인다' 며 순우분을 고향으로 돌려보냈다.

잠에서 깨어난 순우분은 꿈이 하도 이상해서 홰나무 뿌리 부분을 살펴보았다. 과연 구멍이 있었다. 그 구멍을 더듬어 나가자 넓은 공간에 수많은 개미의 무리가 두 마리의 왕개미를 둘러싸고 있었다. 여기가 괴안국이었고, 왕개미는 국왕 내외였던 것이다. 또 거기서 '남쪽으로 뻗은 가지南柯'에 나 있는 구멍에도 개미떼가 있었는데 그곳이 바로 남가군이었다.

순우분은 개미구멍을 원상대로 고쳐 놓았지만 그날 밤
에 큰 비가 내렸다. 이튿날 구멍을 살펴보았으나 개미는 흔
적도 없이 사라졌다. '천도해야 할 조짐'이란 바로 이 일이
었던 것이다.

남상 濫觴

濫 · 넘칠 람 | 觴 · 술잔 상
— 동의어 : 효시嚆矢, 권여權與
— 출전 : 『荀子』「子道篇」, 『孔子家語』「三恕篇」
● 겨우 술잔觴에 넘칠濫 정도로 적은 물이란 뜻으로, 사물의
  시초나 근원을 이르는 말.

공자의 제자 중에 자로子路라는 사람이 있었다. 그는 공
자에게 사랑도 가장 많이 받았지만 꾸중도 누구보다 많이
듣던 제자였다. 어쨌든 그는 성질이 용맹하고 행동이 거친
탓에 무엇을 하든 남의 눈에 잘 띄었다.

공자는 평소 옷차림에 신경을 쓰지 않는 자로의 검소함
을 칭찬하며 이렇게 말한 적이 있다.

"다 낡은 옷을 입고도 비싼 가죽옷을 입은 사람과 나란히 서서 조금도 부끄러워하지 않을 사람은 우리들 가운데 자로밖에 없을 것이다."

그런데 어느 날, 자로가 화려한 옷을 입고 으스대며 나타나자 공자는 말했다.

"양자강揚子江은 사천四川 땅 깊숙이 자리한 민산岷山에서 흘러내리는 큰 강이다. 그러나 그 근원은 '겨우 술잔에 넘칠 정도[濫觴]'로 적은 양의 물이었다. 그런데 그것이 하류로 내려오면 물의 양도 많아지고 흐름도 빨라져서 배를 타지 않고는 강을 건널 수가 없고, 바람이라도 부는 날에는 배조차 띄울 수 없게 된다. 이는 모두 물의 양이 많아졌기 때문이니라."

공자는, 매사에 시초가 중요하며 시초가 나쁘면 갈수록 더 심해진다는 것을 깨우쳐 주려 했던 것이다. 공자의 이 이야기를 들은 자로는 당장 집으로 돌아가서 옷을 갈아입었다고 한다.

낭중지추 囊中之錐

囊 · 주머니 낭 | 中 · 가운데 중 | 之 · 어조사 지(…의) |
錐 · 송곳 추
— 동의어 : 추처낭중錐處囊中
— 출전 : 『史記』「平原君列傳」
● 주머니 속의 송곳이란 뜻으로, 재능이 뛰어난 사람은 숨어
   있어도 남의 눈에 드러남을 비유한 말.

전국시대 말엽, 진秦나라의 공격을 받은 조趙나라 혜문왕
惠文王은 동생이자 재상인 평원군平原君:趙勝을 초楚나라에 보
내어 구원군을 청하기로 했다. 20명의 수행원이 필요한 평
원군은 그의 3,000여 식객食客 중에서 19명은 쉽게 뽑았으
나 나머지 한 사람을 뽑지 못해 고심하고 있었다. 이 때 모
수毛遂라는 식객이 앞으로 나섰다.

"나리, 저를 데려가 주십시오."

평원군은 어이없다는 얼굴로 이렇게 물었다.

"그대는 내 집에 온 지 얼마나 되었소?"

"이제 3년이 됩니다."

"재능이 뛰어난 사람은 숨어 있어도 마치 '주머니 속의
송곳[囊中之錐]' 끝이 밖으로 나오듯이 남의 눈에 드러나

는 법이오. 그런데 내 집에 온 지 3년이나 되었다는 그대는 이제까지 단 한 번도 이름이 드러난 적이 없지 않소?"

"그건 나리께서 이제까지 저를 단 한 번도 주머니 속에 넣어주시지 않았기 때문입니다. 하지만 이번에 주머니 속에 넣어 주시기만 한다면 끝뿐 아니라 자루[柄]까지 드러내 보이겠습니다."

이 재치 있는 답변에 만족한 평원군은 모수를 수행원으로 뽑았다. 초나라에 도착한 평원군은 모수가 활약한 덕분에 국빈國賓으로 환대받으면서 구원군도 쉽게 얻을 수 있었다고 한다.

노마지지 老馬之智

老 · 늙을 로 | 馬 · 말 마 | 之 · 어조사 지(…의) | 智 · 지혜 지
— 동의어 : 노마지도老馬知道, 노마지교老馬之教
— 출전 : 『韓非子』「說林篇」
● 늙은 말의 지혜란 뜻으로, 아무리 하찮은 것일지라도 저마다 장기나 장점을 지니고 있음을 이르는 말.

춘추시대, 오패五覇의 한 사람이었던 제齊나라 환공桓公 때의 일이다. 어느 해 봄, 환공은 명재상 관중管仲과 대부 습붕隰朋을 데리고 고죽국孤竹國을 정벌하러 나섰다.

그런데 전쟁이 의외로 길어지는 바람에 그 해 겨울에야 끝이 났다. 그래서 혹한 속에 지름길을 찾아 귀국하다가 길을 잃고 말았다. 전군全軍이 진퇴양난進退兩難에 빠져 떨고 있을 때 관중이 말했다.

"이런 때엔 '늙은 말의 지혜[老馬之智]'가 필요하다."

즉시 늙은 말 한 마리를 풀어놓았다. 그리고 전군이 그 뒤를 따라 행군한 지 얼마 안 되어 큰길이 나타났다.

또 한 번은 산길을 행군하다가 식수가 떨어져 전군이 갈증에 시달렸다. 그러자 이번에는 습붕이 말했다.

"개미란 원래 여름엔 산 북쪽에 집을 짓지만 겨울엔 산 남쪽 양지 바른 곳에 집을 짓고 산다. 흙이 한 치[一寸]쯤 쌓인 개미집이 있으면 그 땅 속 일곱 자쯤 되는 곳에 물이 있는 법이다."

군사들이 산을 뒤져 개미집을 찾은 다음 그곳을 파 내려가자 과연 샘물이 솟아났다.

이 이야기에 이어 한비자韓非子는 그의 저서 『한비자』에서 이렇게 쓰고 있다.

"관중의 총명과 습붕의 지혜로도 모르는 것은 늙은 말과 개미를 스승으로 삼아 배웠다. 그러나 그것을 수치로 여기지 않았다. 그런데 오늘날 사람들은 자신이 어리석음에도 성현의 지혜를 스승으로 삼아 배우려 하지 않는다. 이것은 잘못된 일이 아닌가."

녹림 綠林

綠 · 푸를 록 | 林 · 수풀 림
— 원말 : 녹림호객綠林豪客
— 동의어 : 백랑白浪, 백파白波, 야객夜客
— 출전 : 『漢書』「王莽傳」, 『後漢書』「劉玄傳」
● 푸른 숲이란 뜻으로, 도둑 떼의 소굴을 일컫는 말.

전한前漢 말, 왕실의 외척인 대사마大司馬 왕망王莽은 한 왕조를 무너뜨리고 스스로 제위에 올라 나라 이름을 신新이라 일컬었다.

왕망은 농지, 노예, 경제 제도 등을 개혁하고 새로운 정책을 폈으나 결과는 좋지 않았다. 복잡한 제도에 걸려 농지를 잃고 노예로 전락하는 농민들이 점점 늘어났다. 또한 화폐가 8년 동안에 네 차례나 바뀌는 등 경제정책 역시 실패로 끝나는 바람에 백성들의 생활은 날로 어려워졌다. 결국 왕망은 백성들은 물론 귀족들로부터도 심한 반감을 샀다. 이러한 혼란 속에서 서북 변경의 농민들이 폭동을 일으키자 이를 계기로 전국 각지에서 대규모의 반란이 잇따라 일어났다.

그 중에서도 지금의 호북성湖北省 당양현當陽縣에 있는 녹림산에 근거지를 둔 8,000여 도적 무리는 스스로를 '녹림지병綠林之兵'이라 일컫고 지주의 창고와 관고官庫를 닥치는 대로 털었다. 그 후 이 녹림지병은 5만을 헤아리는 큰 세력으로 부상했는데, 후한後漢을 세운 광무제光武帝 유수劉秀는 그들을 십분 이용하여 왕망의 신나라를 무너뜨리는 데 성공했다.

농단 壟斷

壟 · 언덕 롱 | 斷 · 끊을 단
— 출전 : 『孟子』「公孫醜篇」
● 깎아 세운 듯이 높이 솟아 있는 언덕이란 뜻으로, 곧 재물이나 이익을 독차지함을 말함.

전국시대, 제齊나라 선왕宣王 때의 일이다. 왕도정치王道政治의 실현을 위해 제국을 순방 중이던 맹자는 제나라에서도 수년간 머물렀으나 뜻을 이루지 못하고 귀국하려 했다. 그러자 선왕은 맹자에게 높은 봉록을 줄 테니 제나라를 떠나지 말아 달라고 제의했다. 그러나 맹자는 거절했다.

"전하, 제 의견이 받아들여지지 않는데 봉록에 달라붙어서 '재물을 독차지[壟斷] 할 생각은 없나이다."

이렇게 말한 맹자는 '농단' 에 대한 이야기를 했다.

"먼 옛날에는 시장에서 물물 교환을 했었습니다. 그런데 한 교활한 사나이가 나타나 시장의 상황을 쉽게 알 수 있는 '높은 언덕[壟斷]' 에 올라가 사방을 둘러보다가, 이익이 날 만한 것들을 모두 독차지했습니다. 그러자 사람들은 모두 이 사나이의 비열한 수법을 증오했고, 감독관은 그에게 무거운 세금을 부과하기로 했지요. 이때부터 장사꾼에게 세금을 부과하는 제도가 생겼다고 합니다."

누란지위 累卵之危

累 · 포갤 루 | 卵 · 알 란 | 之 · 어조사 지(…의) | 危 · 위태
할 위
— 준말 : 누란累卵
— 동의어 : 위여누란危如累卵.
— 출전 : 『史記』 「范雎列傳」
● 알을 쌓아 놓은 것처럼 매우 위태로운 형세를 비유한 말.

　전국시대, 세 치의 혀 하나로 제후를 찾아 유세하는 세
객說客들은 거의 모두 책사策士 · 모사謀士였는데, 그 중에서
도 여러 나라를 종횡으로 합쳐서 경륜하려던 책사 · 모사
를 종횡가縱橫家라고 일컬었다.

　위魏나라의 한 가난한 집 아들로 태어난 범저范雎도 종횡
가를 지향하는 사람이었으나 이름도 연줄도 없는 그에게
그런 기회가 쉽사리 잡힐 리 없었다. 그래서 우선 제齊나라
에 사신으로 가는 중대부中大夫 수가須賈의 종자從者가 되어

그를 수행했다. 그런데 제나라에서는 수가보다 범저의 인기가 더 좋았다. 그래서 기분이 몹시 상한 수가는 귀국 즉시 재상에게 '범저는 제나라와 내통하고 있다'고 참언讒言했다.

범저는 모진 고문을 당한 끝에 거적에 말려 변소에 버려졌다. 그러나 그는 모사답게 옥졸을 설득, 탈옥한 뒤 후원자인 정안평鄭安平의 집에 은거하며 이름을 장록張祿이라 바꾸었다. 그리고 망명할 기회만 노리고 있던 중 때마침 진秦나라에서 사신이 왔다. 정안평은 은밀히 사신 왕계王稽를 찾아가 장록을 추천했다. 어렵사리 장록을 진나라에 데려온 왕계는 소양왕昭襄王에게 이렇게 소개했다.

"전하, 위나라의 장록 선생은 천하의 외교가입니다. 선생은 진나라의 정치를 평하여 '알을 쌓아 놓은 것처럼 위태롭다[累卵之危]'며 선생을 기용하면 국태민안國泰民安할 것이라고 하였사옵니다."

소양왕은 이 불손한 손님을 당장 내치고 싶었지만 인재가 아쉬운 전국시대이므로, 일단 그를 말석에 앉혔다. 그후 범저(장록)는 '원교근공책遠交近攻策'으로 진나라를 부강케 함으로써 자신의 진가를 발휘했다.

능서불택필 能書不擇筆

能 · 능할 능 | 書 · 글 서 | 不 · 아닐 불 | 擇 · 가릴 택 |
筆 · 붓 필
— 출전 : 『唐書』「歐陽詢傳」
● 글씨를 잘 쓰는 사람은 붓을 가리지 않는다는 뜻으로, 곧
그림을 그리거나 글씨를 쓰는 데 종이나 붓 따위를 가리는
사람이라면 서화의 달인이라고 할 수 없다는 말.

당나라는 중국 역사상 가장 찬란한 문화를 꽃피웠던 나
라 중 하나였다. 당시 서예의 달인으로는 당초 사대가唐初四
大家로 꼽혔던 우세남虞世南 · 저수량褚遂良 · 유공권柳公權 · 구
양순歐陽詢 등이 있었다. 그 중에서도 서성書聖 왕희지王羲之
의 서체를 배워 독특하고 힘찬 솔경체率更體를 이룬 구양순
이 유명한데, 그는 글씨를 쓸 때 붓이나 종이를 가리지 않
았다.

그러나 저수량은 붓이나 먹이 좋지 않으면 글씨를 쓰지
않았다고 한다. 어느 날, 그 저수량이 우세남에게 물었다.

"내 글씨와 구양순의 글씨를 비교하면 어느 쪽이 더 낫
소?"

우세남은 이렇게 대답했다.

"구양순은 '붓이나 종이를 가리지 않으면서도[不擇筆紙]' 마음대로 글씨를 쓸 수 있었다[能書]고 하오. 그러니 그대는 아무래도 구양순을 따르지 못할 것 같소."

이 말에는 저수량도 두 손을 들었다고 한다.

다기망양 多岐亡羊

多 · 많을 다 | 岐 · 갈림길 기 | 亡 · 잃을 망 | 羊 · 양 양
— 동의어 : 망양지탄亡羊之歎, 독서망양讀書亡羊
— 출전 : 『列子』「說符篇」
● 달아난 양을 찾는데 길이 여러 갈래로 갈려서 양을 잃었다는 뜻으로, 곧 학문의 길이 다방면으로 갈려 진리를 찾기 어려움을 비유한 말.

전국시대의 사상가로 극단적인 개인주의를 주장했던 양주楊朱라는 사람이 있었다.

어느 날, 양주의 이웃집에서 기르던 양 한 마리가 달아났다. 그래서 그 집 사람들은 물론 양주네 집 하인들까지 청해서 양을 찾아 나섰다. 그 소란스러운 모습을 본 양주가

물었다.

"양 한 마리 찾는데 왜 그리 많은 사람이 나섰느냐?"

양주의 하인이 대답했다.

"예, 양이 달아난 쪽으로는 갈림길이 많기 때문입니다.

얼마 후 모두들 지쳐서 돌아왔다.

"그래, 양은 찾았느냐?"

"갈림길이 하도 많아서 그냥 되돌아오고 말았습니다."

"그러면, 양을 못 찾았단 말이냐?"

"예, 갈림길에 또 갈림길이 있는지라 양이 어디로 달아났는지 통 알 수가 없었습니다."

이 말을 듣자 양주는 우울한 얼굴로 그날 하루 종일 아무 말도 안했다. 제자들이 그 까닭을 물어도 대답조차 하지 않았다. 양주가 우울한 나날을 보내던 어느 날, 한 현명한 제자가 선배를 찾아가 사실을 말하고 스승인 양주가 침묵하는 까닭을 물었다. 그 선배는 이렇게 대답했다.

"선생님께서는 '큰길에는 갈림길이 많기 때문에 양을 잃어버리고, 학자는 다방면으로 배우기 때문에 본성을 잃는다. 학문의 근본은 하나였는데 그 끝에 와서 이같이 달라지고 말았다. 그러므로 하나인 근본으로 되돌아가면 얻는 것도 잃는 것도 없다'라고 생각하시고 그렇지 못한 현실을 안타까워하시는 것이라네."

다다익선 多多益善

多 · 많을 다 | 益 · 더할 익 | 善 · 좋을 선
— 동의어 : 다다익판多多益辦
— 출전 : 『史記』「淮陰侯列傳」
● 많으면 많을수록 좋다는 뜻.

한漢나라 고조 유방劉邦은 명장으로서 천하 통일의 일등 공신인 초왕楚王 한신韓信을 위험한 존재로 여겼다. 그래서 계략을 써 그를 포박한 후 회음후淮陰侯로 좌천시키고 도읍 장안長安을 벗어나지 못하게 했다.

어느 날, 고조는 한신과 여러 장군들의 능력에 대해서 이야기를 나누던 끝에 이렇게 물었다.

"과인은 몇 만의 군사를 통솔할 수 있는 장수감이라고 생각하오?"

"아뢰옵기 황공하오나 폐하께서는 한 10만쯤 거느릴 수 있으실 것으로 생각하나이다."

"그렇다면 그대는?"

"예, 신臣은 '다다익선'이옵니다."

"다다익선? 하하하......."

고조는 한바탕 웃고 나서 물었다.

"다다익선이란 그대가 어찌하여 10만의 장수감에 불과한 과인의 포로가 되었는고?"

한신은 이렇게 대답했다.

"하오나 폐하, 그것은 별개의 문제이옵니다. 폐하께서는 군대를 이끄는 것보다 장수를 거느리는 데 더 능하십니다. 이것이 신이 폐하의 포로가 된 이유의 전부이옵니다."

많으면 많을수록 좋습니다.

단장 斷腸

斷 · 끊을 단 | 腸 · 창자 장
— 동의어 : 구회지장九回之腸
— 출전 : 『世說新語』「黜免(출면)」
● 창자가 끊어졌다는 뜻으로, 곧 창자가 끊어지는 듯한 슬픔을 비유한 말.

　진晉나라의 환온桓溫이 촉蜀나라를 정벌하기 위해 여러 척의 배에 군사를 나누어 싣고 양자강 중류의 협곡인 삼협三峽을 통과할 때 있었던 일이다.

　환온의 부하 하나가 원숭이 새끼 한 마리를 붙잡아서 배에 실었다. 어미 원숭이가 뒤따라왔으나 물 때문에 배에는 오르지 못하고 강가에서 슬피 울부짖었다. 이윽고 배가 출발하자 어미 원숭이는 강가에 병풍처럼 펼쳐진 벼랑도 아랑곳하지 않고 필사적으로 배를 쫓아왔다. 배는 100여 리쯤 나아간 뒤 강기슭에 닿았다. 어미 원숭이는 서슴없이 배에 뛰어올랐으나 그대로 죽고 말았다.

　그 어미 원숭이의 배를 갈라 보니 너무나 애통한 나머지 창자가 토막토막 끊어져 있었다. 이 사실을 안 환온은 크게 노하여, 원숭이 새끼를 붙잡아 배에 실은 그 부하를 매질한

다음 내쫓아 버렸다고 한다.

당랑거철 螳螂拒轍

螳 · 사마귀 당 | 螂 · 사마귀 랑 | 拒 · 막을 거 | 轍 · 수레바
퀴 자국 철
— 동의어 : 당랑지부 螳螂之斧, 당랑당거철 螳螂當車轍,
  당랑지력 螳螂之力
— 출전 : 『韓語外傳』 「卷八」
● 사마귀螳螂가 앞발을 들고 수레바퀴를 가로막는다는 뜻으
  로, 곧 제 분수도 모르고 강적에게 항거하거나 덤벼드는 무
  모한 행동을 비유한 말.

춘추시대, 제齊나라 장공莊公 때의 일이다. 어느 날, 장공
이 수레를 타고 사냥터로 가던 도중 웬 벌레 한 마리가 앞
발을 '도끼처럼 휘두르며[螳螂之
斧]' 수레바퀴를 칠 듯이 덤벼드
는 것을 보았다.

"허, 맹랑한 놈이군. 저건 무슨
벌레인고?"

장공이 묻자 수레를 호종하던

『한시외전』에서의 '당랑지부
螳螂之斧'는 사마귀가 먹이를 공격할
때에 앞발을 머리 위로 추켜든 모습
이 마치 도끼를 휘두르는 모습과 흡
사한 데서 온 말이나 '당랑거철'과 같
은 뜻으로 쓰인다.

신하가 대답했다.

"사마귀라는 벌레이옵니다. 앞으로 나아갈 줄만 알지 물러설 줄은 모르는 놈으로, 제 힘은 생각지도 않고 강적에게 마구 덤벼드는 버릇이 있사옵니다."

장공은 고개를 끄덕이고 이렇게 말했다.

"저 벌레가 인간이라면 틀림없이 천하무적의 용사가 되었을 것이다. 비록 미물이지만 그 용기가 가상하니, 수레를 돌려 피해가도록 하라."

대기만성 大器晚成

大 · 큰 대 | 器 · 그릇 기 | 晩 · 늦을 만 | 成 · 이룰 성
— 동의어 : 대기난성大器難成, 대재만성大才晚成
— 출전 : 『三國志』 「魏書 崔琰傳」, 『後漢書』 「馬援傳」
● 큰 그릇은 늦게 만들어진다는 뜻으로, 곧 큰 사람은 오랜 노력 끝에 이루어짐을 비유한 말.

삼국시대, 위魏나라에 최염崔琰이란 풍채 좋은 유명한 장군이 있었다. 그러나 그의 사촌 동생인 최림崔林은 외모가

시원치 않아서인지 출세를 못 하고 일가친척들로부터도 멸시를 당했다. 하지만 최염만은 최림의 인물됨을 꿰뚫어 보고 이렇게 말했다.

"큰 종鐘이나 솥은 그렇게 쉽사리 만들어지는 게 아니다. 그와 마찬가지로 큰 인물도 대성하기까지는 오랜 시간이 걸린다. 최림 또한 '대기만성' 형이니, 틀림없이 큰 인물이 될 것이다."

과연 그 말대로, 훗날 최림은 천자天子를 보좌하는 삼공 三公 중의 한 사람이 되었다.

또 후한을 세운 광무제光武帝 때 마원馬援이란 명장이 있었다. 그는 변방의 관리로 출발하여 복파장군伏波將軍까지 된 인물인데, 복파장군이란 전한前漢 이후 큰 공을 세운 장군에게만 주어지는 칭호이다.

마원이 생전 처음 지방 관리가 되어 부임을 앞두고 형인 최황崔況을 찾아가자 그는 이렇게 충고했다.

"너는 이른바 '대기만성' 형이야. 솜씨가 좋은 목수가 산에서 막 베어낸 거친 원목을 시간과 노력을 들여 좋은 재목으로 다듬어내듯이 너도 네 재능을 살려 꾸준히 노력하면 큰 인물이 될 것이다. 그러니 부디 자중自重해야 한다."

대의멸친 大義滅親

大·큰 대 | 義·옳을 의 | 滅·멸할 멸 | 親·친할 친
──출전:『春秋左氏傳』「隱公 四年條」
● 대의를 위해서는 친족도 멸한다는 뜻으로, 국가나 사회의
  대의를 위해서는 부모 형제의 정도 돌보지 않는다는 말.

춘추시대인 주周나라 환왕桓王 원년元年의 일이다. 위衛나
라에서는 공자公子 주우州吁가 환공桓公을 시해하고 스스로
군후의 자리에 올랐다. 환공과 주우는 이복 형제간으로서
둘 다 후궁의 소생이었다.

선군先君 장공莊公 때부터 충의지사로 이름난 대부 석작
石碏은 일찍이 주우에게 역심逆心이 있음을 알고 아들인 석
후石厚에게 주우와 절교하라고 했으나 듣지 않았다. 석작은
환공의 시대가 되자 은퇴했다. 그 후 얼마 안 되어 석작이
우려했던 주우의 반역이 현실로 나타난 것이다.

반역은 일단 성공했으나 백성과 귀족들로부터의 반응이
좋지 않자 석후는 아버지 석작에게 그에 대한 해결책을 물
었다. 석작은 이렇게 대답했다.

"역시 천하의 종실宗室인 주나라 황실을 예방하여 천자天
子를 배알拜謁하고 승인을 받는 게 좋을 것이다."

"어떻게 하면 천자를 배알할 수 있을까요?"

"먼저 주왕실과 각별한 사이인 진陳나라 진공陳公을 통해서 청원하도록 해라. 그러면 진공께서 선처해 주실 것이다."

이리하여 주우와 석후가 진나라로 떠나자 석작은 진공에게 밀사를 보내어 이렇게 고하도록 일렀다.

"바라옵건대, 주군主君을 시해한 주우와 석후를 잡아 죽여 대의를 바로잡아 주시옵소서."

진나라에서는 그들 두 사람을 잡아 가둔 다음 위나라에서 파견한 입회관이 지켜보는 가운데 처형했다고 한다.

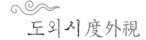

도외시度外視

| 度·법도 도 | 外·바깥 외 | 視·볼 시
― 동의어 : 치지도외置之度外
― 반의어 : 문제시問題視
― 출전 : 『後漢書』 「光武記」
● 안중에 두지 않고 무시한다는 뜻으로, 어떤 일이나 문제를 불문에 붙이는 것을 가리킴.

후한의 시조 광무제光武帝때의 일이다. 광무제 유수劉秀는 한漢나라를 빼앗아 신新나라를 세운 왕망王莽을 멸하고 유현劉玄을 세워 황제로 삼고 한나라를 재흥했다.

대사마大司馬가 된 유수는 그 후 동마銅馬·적미赤眉 등의 반란군을 무찌르고 부하들에게 추대되어 제위에 올랐으나 천하 통일에의 싸움은 여전히 계속되었다. 이윽고 제齊 땅과 강회江淮 땅이 평정되자 중원中原은 거의 광무제의 세력권으로 들어왔다. 그러나 벽지인 진秦나라에 웅거하고 있는 외효隗囂와 역시 산간오지인 촉蜀나라의 성도成都에 거점을 둔 공손술公孫述만은 항복해 오지 않았다.

중신들은 계속 이 두 반군의 토벌을 진언했다. 그러나 광무제는 이렇게 말하며 듣지 않았다.

"이미 중원은 평정平定되었으니 이제 그들은 '문제시할 것 없소[度外視].'"

광무제는 그간 함께 많은 고생을 한 병사들을 하루 속히 고향으로 돌려보내어 쉬게 해주고 싶었던 것이다.

도청도설 道聽塗說

道 · 길 도 | 聽 · 들을 청 | 塗 · 길 도 | 說 · 말씀 설
— 동의어 : 구이지학口耳之學, 가담항설街談巷說, 유언비
어流言蜚語
— 출전 : 『論語』「陽貨篇」,『荀子』「勸學篇」
● 길에서 듣고 길에서 말한다는 뜻으로, 곧 어설피 들은 말을
끝바로 다른 사람에게 옮기는 행위나 혹은 길거리에 떠돌
아다니는 뜬소문을 말함.

공자의 언행을 기록한 『논어論語』「양화편陽貨篇」에는 이
런 글이 실려 있다.

"'길에서 듣고 길에서 말하는 것[道聽塗說]'은 덕을 버
리는 것과 같다[德之棄也]."

길거리에서 들은 좋은 말[道聽]을 마음에 간직하여 자기
수양의 양식으로 삼지 않고 길거리에서 바로 다른 사람에
게 말해 버리는 것[塗說]은 스스로 덕을 버리는 것과 같은
것이다. 좋은 말은 마음에 간직하고 자기 것으로 하지 않으
면 덕을 쌓을 수 없다는 말이다.

수신제가修身齊家 치국평천하治國平天下하고, 천도天道를 지
상地上에서 행하는 것을 이상으로 삼았던 공자는, 그러기
위해서는 각자가 스스로 억제하고 인덕仁德을 쌓으며 실천

해 나가야 한다고 가르쳤다. 그리고 덕을 쌓기 위해서는 끊임없는 노력이 필요하다고 『논어』에서 이르고 있다.

그리고 『순자荀子』「권학편權學篇」에서는 다언多言을 이렇게 훈계하고 있다.

"'소인배의 학문은 귀로 들어가 곧바로 입으로 흘러나오고[口耳之學] 마음속에 새겨 두려고 하지 않는다. 귀와 입 사이는 불과 네 치[寸]로, 이처럼 짧은 거리를 지날 뿐이라면 어찌 일곱 자[尺]의 몸을 훌륭하게 닦을 수 있겠는가. 옛날에 학문을 한 사람은 자기 자신을 닦기 위해서 노력했지만 요즈음 사람들은 배운 것을 금방 다른 사람에게 고하고 자기를 위해 마음속에 새겨 두려고 하지 않는다. 군자의 학문은 자기 자신을 아름답게 하지만 소인배의 학문은 인간을 망가뜨린다. 그래서 묻지 않은 말도 입밖에 낸다. 이것을 '잔소리'라 하며, 하나를 묻는데 둘을 말하는 것을 '수다[饒舌]'라고 한다. 둘 다 잘못되어 있다. 참된 군자君子는 묻는 말에만 대답하고 묻지 않으면 말하지 않는다."

독안룡獨眼龍

獨 · 홀로 독 | 眼 · 눈 안 | 龍 · 용 룡
― 출전 : 『五代史』「唐記」, 『唐書』「李克用傳」
● 애꾸눈의 용이란 뜻. 곧 애꾸눈의 영웅 또는 용맹한 장수를 말함.

당나라 18대 황제인 희종僖宗때의 일이다. 산동山東 출신인 황소黃巢는 왕선지王仙芝 등과 함께 반란을 일으킨 지 5년 만에 10여 만의 농민군을 이끌고 마침내 도읍인 장안에 입성했다. 그리고 스스로 제제齊帝라 일컫고 대제국大齊國을 세웠다.

한편 성도成都로 몽진蒙塵한 희종은 돌궐족突厥族 출신인 맹장 이극용李克用을 기용하여 황소 토벌을 명했다. 당시 4만 여에 이르는 이극용의 군사는 모두 검은 옷을 입고 사정없이 맹공을 가했기 때문에 반란군은 '갈가마귀의 군사[鴉軍]가 왔다!' 며 크게 두려워했다고 한다.

19대 황제인 소종昭宗이 즉위한 그 이듬해 마침내 반란군은 토벌되었고 황소도 패사敗死하고 말았다. 이극용은 그 공에 의해서 농서隴西 군왕郡王에 책봉되었다. 그러나 이극용은 숙적 주전충朱全忠과 정권을 다투다가 패하고 실의 속에 세상을 떠났다.

조정의 실권을 장악한 주전충은 20대 황제인 애종_{哀宗}을 폐하고 스스로 제위에 올라 후량_{後梁}을 세웠으나 16년 후 이극용의 아들 이존욱_{李存涁}에게 멸망했다.

맹장 이극용에 대해 『오대사_{五代史}』「당기_{唐記}」에는 다음과 같이 적혀 있다.

"이극용은 일찍이 그 용맹함으로 이름을 떨쳤는데 군중_{軍中}에서는 이아아_{李鴉兒}라고 일컬었다. 그의 눈은 애꾸눈이 었다. 그가 귀한 자리에 오르자 일컬어 '독안룡'이라고 했 다."

동병상련 同病相憐

同 · 한가지 동 | 病 · 앓을 병 | 相 · 서로 상 | 憐 · 불쌍히
여길 련

— 동의어 : 동우상구同優相救, 동주상구同舟相救, 동기상
구同氣相救, 동악상조同惡相助, 동류상구同類相救, 오
월동주吳越同舟, 유유상종類類相從

— 출전 : 『吳越春秋』「闔閭內傳」

● 같은 병을 앓는 사람끼리 서로 가엽게 여긴다는 뜻으로, 어
려운 처지에 있는 사람끼리 서로 딱하게 여겨 동정하고 돕
는다는 말.

전국시대인 기원전 515년, 오吳나라의 공자 광光은 사촌
동생인 오왕 요僚를 시해한 뒤 오왕 합려闔閭라 일컫고, 자
객을 천거하는 등 반란에 적극 협조한 오자서伍子胥를 중용
했다.

오자서는 7년 전 초나라의 태자소부太子少傅 비무기費無忌
의 모함으로 태자태부太子太傅로 있던 아버지와 역시 관리였
던 맏형이 처형당하자 복수의 화신이 되어 오나라로 피신해
온 망명객이었다. 그가 반란에 적극 협조한 것도 실은 유능
한 광(합려)이 왕위에 오름으로써 부형父兄의 원수를 갚을 수
있는 초나라 공략의 길이 열릴 것으로 믿었기 때문이다.

그 해 또 비무기의 모함으로 아버지를 잃은 백비伯嚭가 오나라로 피신해 오자 오자서는 그를 오왕 합려에게 천거하여 대부大夫 벼슬에 오르게 했다. 이 사실이 알려지자 오자서는 대부 피리被離에게 힐난을 받았다.

"백비의 눈길은 매와 같고 걸음걸이는 호랑이와 같으니 [鷹視虎步], 이는 필시 살인할 악상惡相이오. 그런데 귀공은 무슨 까닭으로 그런 인물을 천거하였소?"

피리의 말이 끝나자 오자서는 이렇게 대답했다.

"뭐 별다른 까닭은 없소이다. 하상가河上歌에도 동병상련 동우상구同憂相救란 말이 있듯이 나와 같은 처지에 있는 백비를 돕는 것은 인지상정人之常情이지요."

그로부터 9년 후 합려가 초나라를 공략, 대승함으로써 오자서와 백비는 마침내 부형의 원수를 갚을 수 있었다. 그러나 그 후 오자서는 불행히도 피리의 예언대로 월越나라에 매수된 백비의 모함에 빠져 분사憤死하고 말았다.

동호지필 董狐之筆

董 · 바를 동 | 狐 · 여우 호 | 之 · 어조사 지(…의) | 筆 · 붓 필
— 동의어: 태사지간太史之簡
— 출전: 『春秋左氏傳』「宣公二年條」
● '동호의 직필直筆'이라는 뜻으로, 곧 기록을 맡은 이가 권세를 두려워하지 않고 사실을 그대로 적어 역사에 남기는 일을 말함.

춘추시대, 진晉나라에 있었던 일이다. 대신인 조천趙穿이 무도한 영공靈公을 시해했다. 당시 재상격인 정경正卿 조순趙盾은 영공이 시해되기 며칠 전에 그의 해학을 피해 망명길에 올랐으나 국경을 넘기 직전에 이 소식을 듣고 도읍으로 돌아왔다. 그러자 사관史官인 동호董狐가 공식 기록에 이렇게 적었다.

'조순, 그 군주를 시해하다.'

조순이 이 기록을 보고 항의하자 동고는 이렇게 말했다.

"물론, 대감께서 영공을 직접 시해하지는 않았습니다. 그러나 대감은 당시 국내에 있었고, 또 도읍으로 돌아와서도 범인을 처벌하려 하지도 않았습니다. 그래서 대감이 공식적으로는 시해자弑害者가 되는 것입니다."

조순은 동호의 말대로 자신의 직무를 다하지 못했음을 인정하고 죄를 시인했다. 훗날 공자는 이 일에 대해 이렇게 말했다.

"동호는 훌륭한 사관이었다. 법을 지켜 올곧게 직필했다. 조순도 훌륭한 대신이었다. 법을 바로잡기 위해 오명을 감수했다. 유감스러운 일이다. 국경을 넘어 외국에 있었더라면 책임은 면했을 텐데......."

득롱망촉 得隴望蜀

得 · 얻을 득 | 隴 · 땅이름 롱 | 望 · 바랄 망 | 蜀 · 나라이름 촉.
— 준말 : 망촉望蜀
— 동의어 : 평롱망촉平隴望蜀, 망촉지탄望蜀之歎
— 출전 : 『後漢書』「光武記」, 『三國志』「魏志」
● 농을 얻고 나니 촉을 바란다는 뜻으로, 끝 끝없는 인간의 욕심을 비유한 말.

후한을 세운 광무제 유수劉秀가 처음으로 낙양에 입성하여 이를 도읍으로 삼았을 무렵(A.D. 26년)의 일이다.

당시 전한의 도읍 장안을 점거한 적미지적赤眉之賊의 유분자劉盆子를 비롯하여 농서隴書에 외효隗囂, 촉蜀에 공손술公孫述, 수양万陽에 유영劉永, 노강盧江에 이헌李憲, 임치臨淄에 장보張步 등이 할거하고 있었는데 그 중 유분자·유양·이헌·공손술 등은 저마다 황제를 일컫는 세력으로까지 발전하게 되었다. 그러나 그 후 외효와 공손술을 제외하고는 모두 광무제에게 토벌되었다. 외효는 광무제와 수호修好하고 서주 상장군西州上將軍이란 칭호까지 받았으나 광무제의 세력이 커지자 촉 땅의 공손술과 손잡고 대항하려 했다.

그러나 이미 성成나라를 세우고 스스로 황제라 칭하던 공손술은 외효의 사신을 냉대하여 그냥 돌려보냈다. 이에 실망한 외효는 생각을 바꾸어 광무제와 수호를 강화하려 했으나 광무제가 신하가 될 것을 강요하므로 외효의 양다리 외교는 결국 실패로 끝나고 말았다.

건무建武9년(A.D. 32년), 광무제와 대립 상태에 있던 외효가 병으로 죽자 이듬해 그의 아들 외구순万寇恂이 항복했다. 따라서 농서 역시 광무제의 손에 들어왔다. 이때 광무제는 이렇게 말했다.

"인간은 만족할 줄 모른다더니 이미 '농을 얻고도 다시 촉을 바라는구나[得隴望蜀].'"

그로부터 4년 후인 건무 13년(A.D. 37년), 광무제는 대군을 이끌고 촉을 쳐 격파하고 천하 평정의 숙원을 이루었다.

광무제 때로부터 약 200년 후인 후한 헌제獻帝 말, 즉 삼국시대가 개막되기 직전의 일이다. 헌제 20년, 촉을 차지한 유비劉備가 강남의 손권孫權과 천하 대사를 논하고 있을 때 조조曹操는 단숨에 한중漢中을 석권하고 농隴땅을 수중에 넣었다. 이때 조조의 명장名將 사마의司馬懿가 진언했다.

"여기서 조금만 더 진격하면 유비의 촉도 쉽게 얻으실 수 있을 것이옵니다."

그러자 조조는 이렇게 말했다.

"인간이란 만족할 줄 모른다고 하지만, 이미 농을 얻었는데 어찌 촉까지 바라겠소?"

이리하여 거기서 진격을 멈춘 조조는 헌제 23년, 한중으로 진격해 온 유비의 촉군蜀軍과 수개월에 걸친 공방전을 벌이다가 결국 '계륵鷄肋'이란 말을 남기고 철수하고 말았다.

등용문 登龍門

登 · 오를 등 | 龍 · 용 룡 | 門 · 문 문
— 반의어 : 점액點額, 용문점액龍門點額
— 출전 : 『後漢書』「李膺傳」
● 용문에 오른다는 뜻으로, 곧 난관을 이겨내고 도약의 발판을 마련한다는 말.

용문龍門은 황하黃河 상류의 산서성山西省과 섬서성陝西省의 경계에 있는 협곡의 이름인데, 이곳을 흐르는 여울은 어찌나 세차고 빠른지 큰 물고기도 여간해서 거슬러 올라가지 못한다고 한다. 그러나 일단 오르기만 하면 그 물고기는 용이 된다는 전설이 있다. 따라서 '용문에 오른다'는 것은 극한의 난관을 돌파하고 약진의 기회를 얻는다는 말인데 중국에서는 진사進士 시험에 합격하는 것이 입신출세의 제일보라는 뜻으로 '등용문'이라 했다.

'등용문'에 반대되는 말을 '점액點額'이라 한다. '점點'은 '상처를 입는다'는 뜻이고 '액額'은 이마인데, 용문에 오르려고 급류에 도전하다가 바위에 이마를 부딪쳐 상처를 입고 하류로 떠내려가는 물고기를 말한다. 즉 출세 경쟁에서의 패배자, 큰 시험에서 낙방한 자를 가리킨다.

후한後漢 말, 환제桓帝 때는 극심한 혼란기였다. 단초單超 등을 필두로 하는 오사五邪의 환관들이 권력을 쥐고 나라를 뒤흔들고 있었기 때문이다. 이때 충신들 중 이응李應이라는 사람이 있었다. 그는 청주자사青州刺史·촉군태수蜀郡太守·탁료장군度遼將軍을 거쳐 하남윤河南尹이 되어 악랄한 환관 세력과 맞서 싸웠다. 그러자 그의 명성은 나날이 올라갔다. 태학太學의 청년 선비들은 그를 경모하여 '천하의 본보기는 이응'이라 평했으며 신진 관료들도 그의 추천을 받는 것을 최고의 명예로 알고, 이를 '등용문'이라 일컬었다.

마부작침 磨斧作針

磨 · 갈 마 | 斧 · 도끼 부 | 作 · 만들 작 | 針 · 바늘 침
— 동의어 : 마저성침磨杵成針, 우공이산愚公移山, 수적천
　석水滴穿石
— 출전 : 『唐書』「文藝傳문예전」, 『方輿勝覽방여승람』
● 도끼를 갈아서 바늘을 만든다는 뜻으로, 곧 아무리 어려운
　일이라도 참고 계속 노력하면 언젠가는 반드시 성취할 수
　있음을 비유한 말.

시선詩仙으로 불리던 당나라의 시인 이백李白이 어렸을 때의 이야기이다. 이백은 아버지의 임지인 촉蜀나라의 성도成都에서 자랐다. 그때 훌륭한 스승을 찾아 상의산象宜山에 들어가 수학修學했는데, 어느 날 공부에 싫증이 나자 그는 스승에게 말도 없이 산을 내려오고 말았다. 집을 항해 걷고 있던 이백이 계곡을 흐르는 냇가에 이르자 백발이 성성한 한 노파가 바위에 열심히 도끼를 갈고 있었다.

"할머니, 지금 뭘 하고 계세요?"

"바늘을 만들려고 도끼를 갈고 있다[磨斧作針]."

"그렇게 큰 도끼를 간다고 바늘이 될까요?"

"틀림없이 된단다. 중도에 그만두지만 않는다면......."

이백은 '중도에 그만두지만 않는다면' 이란 말이 마음에 걸렸다. 여기서 생각을 바꾼 그는 노파에게 공손히 인사하고 다시 산으로 올라갔다. 그 후 이백은 마음이 해이해지면 바늘을 만들려고 열심히 도끼를 갈고 있던 그 노파의 모습을 떠올리며 분발했다고 한다.

마이동풍 馬耳東風

馬 ·말 마 | 耳 ·귀 이 | 東 ·동녘 동 | 風 ·바람 풍
— 동의어 : 우이독경牛耳讀經, 오불관언吾不關焉, 대우탄
금對牛彈琴
— 출전 : 『李太白集』「券十八」

● 말의 귀에 동풍東風=春風이 불어와도 전혀 느끼지 못한다
는 뜻으로, 곧 남의 말을 귀담아 듣지 않고 그대로 흘려버
림, 또는 무슨 말을 들어도 전혀 느끼지 못함을 비유한 말.

당나라의 대시인 이백李白이 벗 왕십이王十二로부터 「한야
독작유회寒夜獨酌有懷」라는 시 한 수를 받자 이에 답하여 「답

왕십이한야독작유회詔王十二寒夜獨酌有懷」라는 시를 보냈는데
'마이동풍'은 그 마지막 구절에 나온다. 장시長詩인 이 시
에서 이백은 "우리네 시인들이 아무리 좋은 시를 짓더라도
이 세상 속물들은 그것을 알아주지 않는다"며 울분을 터뜨
리고 다음과 같이 맺고 있다.

……

世人聞此皆掉頭세인문차개도두

　세인들은 이 말을 듣고 모두 머리를 흔드네.

有如東風射馬耳유여동풍사마이

　마치 동풍이 말의 귀를 쏘듯이……

　그 당시 당나라는 투계鬪鷄를 잘하는 자가 천자의 총애를
받아 거리를 활보하였고, 오랑캐의 침입을 막아 약간의 공
을 세운 자가 으스대고 다녔다. 이처럼 무인만을 숭상하다
보니, 이백이나 왕십이 같은 재능 있는 문인들은 북창 아래
서 시를 지으며 세월을 보낼 뿐이었다. 이들의 작품이 제아
무리 걸작이라고 하여도 세상에서는 물 한 잔 값도 쳐주지
않았던 것이다.

만가輓歌

輓 · 수레 끌 만 | 歌 · 노래 가
— 출전 : 『古今注』「音樂篇」, 『晉書』「禮志篇」, 『古詩源』
　　「歷露歌」·「蒿里曲」
● 상여를 메고 갈 때 부르는 노래, 곧 죽은 사람을 애도하는
　노래를 말함

　　한漢나라 고조 유방劉邦이 즉위하기 직전의 일이다. 한나
라 창업 삼걸三傑 중 한 사람인 한신韓信에게 급습을 당한 제
왕齊王 전횡田橫은 그 분풀이로 유방이 보낸 세객說客 역이
기酈食其를 삶아 죽여 버렸다. 이윽고 고조가 즉위하자 보
복을 두려워한 전횡은 500여 명의 부하와 함께 발해만渤海
灣에 있는 지금의 전횡도田橫島로 도망갔다.

　　그 후 고조는 전횡이 반란을 일으킬까 우려하여 그의 죄
를 용서함과 동시에 도성으로 불러들였다. 전횡은 일단 부
름에 응했으나 낙양을 30여 리 앞두고 스스로 목을 찔러
자결하고 말았다. 포로가 되어 고조를 섬기는 것이 부끄러
웠기 때문이다. 전횡의 목을 고조에게 전한 두 부하를 비롯
해서 섬에 남아 있던 500여 명도 전횡의 절개를 경모하여
모두 순사殉死했다.

그 무렵, 전횡의 문인門人이 해로가薤露歌·호리곡蒿里曲이 라는 두 장章의 상가喪歌를 지었는데 전횡이 자결하자 그 죽음을 애도하여 노래했다.

薤上朝露何易晞해상조로하이희

　부추 잎의 이슬은 어찌 그리 쉬이 마르는가?

露晞明朝更復落노희명조갱부락

　이슬은 말라도 내일 아침 다시 또 내리지만,

人死一去何時歸인사일거하시귀

　사람은 죽어 한 번 가면 언제 다시 돌아오나?

　－「해로가」

蒿里誰家地호리수가지　호리는 뉘 집터인가

聚斂魂魄無賢愚취렴혼백무현우　혼백을 거둘 땐 어질고 어

　　　　　　　　　　　　리석음이 없네.

鬼伯一何相催促귀백일하상최촉　귀백은 어찌 그리 재촉하

　　　　　　　　　　　　는가

人命不得少踟躇인명부득소지주　인명은 잠시도 머뭇거리지

　　　　　　　　　　　　못하네.

　　　　　　　　　　　　－「호리곡」

이 두 상가는 그 후 7대 황제인 무제武帝 때에 악부樂府 총재인 이연년李延年에 의해 작곡되어 「해로가」는 공경귀인公卿貴人, 「호리곡」은 사부서인士夫庶人의 장례 때에 상여꾼이 부르는 '만가'로 정해졌다고 한다.

만사휴의 萬事休矣

萬 · 일만 만 | 事 · 일 사 | 休 · 쉴 휴 | 矣 · 어조사 의(…이다)
— 동의어 : 능사필의能事畢矣
— 출전 : 『宋史』 「荊南高氏世家」
● 모든 일이 끝났다(가망 없다)는 뜻으로, 어떻게 달리 해볼 도리가 없다는 말.

당나라가 망하고 송宋나라가 일어날 때까지 53년 동안에 중원에는 후량後梁 · 후당後唐 · 후진後晉 · 후한後漢 · 후주後周의 다섯 왕조가 일어났다가 쓰러지곤 했는데 이 시대를 오대五代라 일컫는다. 그리고 또 다시 중원을 벗어난 각 지방에는 전촉前蜀·오吳·남한南漢·형남荊南·오월吳越·초楚·민閩·남당南唐·후촉後蜀·북한北漢 등 열 나라가 있었는데, 역사가는 이를 오대십국五代十國이라 일컫고 있다.

이들 열 나라 중에는 형남과 같은 보잘것없는 작은 나라도 있었는데, 이 나라의 왕인 고종회高從誨는 아들 고보욱高保勗을 분별없이 귀여워했다. 그래서 고보욱은 남이 아무리 노한 눈으로 쏘아보아도 싱글벙글 웃어 버리고 마는 것이었다. 이 사실을 안 백성들은 이렇게 생각했다.

'모든 일이 끝장났다[萬事休矣].'

과연 고보욱의 대代에 이르러 형남은 멸망하고 말았다.

망국지음 亡國之音

亡·망할 망 | 國 · 나라 국 | 之 · 어조사 지(…의) |
音 · 소리 음
— 동의어 : 망국지성亡國之聲, 정위지음鄭衛之音
— 출전 : 『韓非子』「十過篇」, 『禮記』「樂記」

● 나라가 망해가는 소리란 뜻으로, 곧 나라를 멸망의 길로 떠
모는 노래를 말함. 또는 음란하고 사치한 음악을 가리키기
도 하고, 곡조가 슬픈 음악을 가리키기도 한다.

춘추시대에 있었던 이야기이다. 어느 날 위衛나라 영공靈
公이 진晉나라로 가던 도중 복수濮水 강변에 이르자 이제까지
들어본 적이 없는 멋진 음악 소리가 들려왔다. 영공은 자기
도 모르게 멈춰 서서 잠시 넋을 잃고 듣다가 수행중인 사연
師涓이란 악사樂師에게 그 음악을 잘 기억해두라고 했다.

이윽고 진나라에 도착한 영공은 진나라 평공平公 앞에서
연주하는 음악을 들으며 '이곳으로 오는 도중에 들은 새로
운 음악'이라고 자랑했다. 당시 진나라에는 사광師曠이라는
유명한 악사가 있었는데 그가 음악을 연주하면 학이 춤을
추고 흰 구름이 몰려든다는 명인이었다.

위나라 영공이 새로운 음악을 들려준다는 연락을 받고
급히 입궐한 사광은 그 음악을 듣고 깜짝 놀랐다. 황급히

연주를 중지시키며 이렇게 말했다.

"그것은 새로운 음악이 아니라 '망국의 음악[亡國之音]'
이오."

이 말에 깜짝 놀란 영공과 평공에게 사광은 그 내력을
말해 주었다.

"그 옛날 은殷나라 주왕紂王에게는 사연師延이란 악사가
있었사옵니다. 당시 폭군 주왕은 사연이 만든「신성백리新
聲百里」라는 음란하고 사치한 음악에 도취하여 주지육림酒池
肉林 속에 빠졌다가 결국 주周나라 무왕武王에게 주벌誅伐당
하고 말았나이다. 그러자 사연은 악기를 안고 복수에 뛰어
들어 자살했는데, 그 후 복수에서는 누구나 이 음악을 들을
수 있게 되었사옵니다. 그래서 사람들은 '망국의 음악'이
라고 무서워하며 그곳을 지날 땐 귀를 막는 것을 철칙으로
삼고 있사옵니다. 이 노래는 끝까지 연주해서는 안 됩니
다."

하지만 평공은 음악을 좋아한다며 끝까지 연주해 줄 것
을 요구했고, 사광은 마지못해 연주를 마쳤다. 그런데 이
일이 있고 난 후, 진나라는 오래도록 가물어 3년 동안 밭에
서 작물이 나지 않았고, 평공도 중병에 걸려 다시는 나라를
다스리지 못했다 한다.

망양지탄 望洋之歎

望 · 바라볼 망 | 洋 · 바다 양 | 之 · 어조사 지 | 歎 · 감탄할 탄
— 출전 :『莊子』「秋水篇」
● 넓은 바다를 보고 감탄한다는 뜻으로, 곧 다른 사람의 원대
함에 감탄하고 그에 미치지 못하는 자신의 미흡함을 부끄
러워한다는 말.

먼 옛날 황하 중류의 맹진孟津에 하백河伯이라는 하신河神
이 있었다. 어느 날 아침, 그는 금빛 찬란히 빛나는 강물을
보고 감탄하여 말했다.

"이런 큰 강은 달리 또 없을 거야."

"그렇지 않습니다."

뒤를 돌아보니 늙은 자라였다.

"그럼, 황하보다 더 큰 물이 있단 말인가?"

"그렇습니다. 제가 듣기로는 해 뜨는 쪽에 북해北海가 있
는데, 이 세상의 모든 강이 1년 내내 그곳으로 흘러들기 때
문에 그 넓이는 실로 황하의 몇 갑절이나 된다고 합니다."

"그런 큰 강이 있을까? 어쨌든 내 눈으로 보기 전엔 못
믿겠네."

황하 중류의 맹진을 떠나 본 적이 없는 하백은 늙은 자

라의 말을 믿으려 하지 않았다. 이윽고 가을이 오자 황하는 연일 쏟아지는 비로 몇 갑절이나 넓어졌다. 그것을 바라보고 있던 하백은 문득 지난날 늙은 자라가 한 말이 생각났다. 그래서 그는 이 기회에 강 하류로 내려가 북해를 한번 보기로 했다. 하백이 북해에 이르자 그곳의 해신海神인 약若이 반가이 맞아 주었다.

"잘 왔소. 진심으로 환영하오."

북해의 해신이 손을 들어 허공을 가르자 파도는 가라앉고 눈앞에 거울 같은 바다가 펼쳐졌다.

'세상에는 황하 말고도 이처럼 큰 강이 있었단 말인가…….'

하백은 이제까지 세상 모르고 살아온 자신이 심히 부끄러웠다.

"나는 북해가 크다는 말을 듣고도 이제까지 믿지 않았습니다. 지금 여기서 보지 않았더라면 나는 나의 짧은 식견을 깨닫지 못했을 것입니다."

북해의 신은 웃으며 말했다.

"'우물 안 개구리[井中之蛙]'였구려. 대해大海를 모르면 그대는 식견이 낮은 신으로 끝나 버려 사물의 도리도 모를 뻔했소. 그러나 이제 그대는 거기서 벗어난 것이오."

맥수지탄 麥秀之歎

麥·보리 맥 | 秀·팰 수 | 之·어조사 지 | 歎·탄식할 탄
— 원말 : 서리맥수지탄 黍離麥秀之歎
— 동의어 : 맥수서유麥秀黍油, 맥수지시麥秀之詩
— 출전 : 『史記』「宋微子世家」, 『詩經』「王風篇」
● 보리 이삭이 무성함을 탄식한다는 뜻으로, 곧 고국이 멸망
한 것을 탄식한다는 말.

중국 고대 3왕조의 하나인 은殷나라 주왕이 폭정을 일삼
자 이를 지성으로 간한 신하 중 삼인三仁으로 불리던 세 왕
족이 있었다. 미자微子, 기자箕子, 비간比干이 그들이다. 미자
는 주왕의 형으로서 누차 간했으나 듣지 않자 국외로 망명
했다. 기자도 망명했는데, 그는 신분을 감추기 위해 거짓미
치광이가 되고 또 노예로까지 전락하기도 했다. 그러나 왕
자 비간은 끝까지 간하다가 결국 가슴을 찢기는 극형을 당
하고 말았다.

이윽고 주왕은 삼공三公의 한 사람이던 서백西伯의 아들
발發에게 주살誅殺당하고 천하는 주왕조周王朝로 바뀌었다.
주나라의 시조가 된 무왕武王 발은 은왕조의 봉제사奉祭祀를
위해 미자를 송왕宋王으로 봉했다. 무왕의 부름을 받고 주
나라의 도읍으로 가던 기자는 은나라의 옛 도읍지를 지나

게 되었다. 번화하던 옛 모습은 간 데 없고 궁궐터엔 보리
와 기장만이 무성했다. 금석지감今昔之感을 금치 못한 기자
는 시 한 수를 읊었다.

麥秀漸漸兮맥수점점혜　보리 이삭은 무럭무럭 자라나고
禾黍油油兮화서유유혜　벼와 기장도 윤기가 흐르는구나.
彼狡童兮피교동혜　교활한 저 철부지(주왕)가
不與我好兮불여아호혜　내 말을 듣지 않았음이 슬프구나.

맹모단기 孟母斷機

孟 · 맏 맹 | 母 · 어미 모 | 斷 · 끊을 단 | 機 · 베틀 기
— 원말 : 맹모단기지교孟母斷機之敎
— 동의어 : 단기지계斷機之戒, 단기계斷機戒
— 출전 : 『列女傳』「母儀傳모의전」, 『蒙求몽구』
● 맹자의 어머니가 베틀에 건 날실을 끊었다는 뜻으로, 학문
을 중도에 그만두는 것은 짜고 있던 베의 날실을 끊어 버리
는 것과 같다는 말.

전국시대를 살다 간 맹자의 어머니의 훈육 일화이다. 집

을 떠나 타향에서 공부하던 어린 맹자가 어느 날 느닷없이 집에 돌아왔다. 어머니가 보고 싶었기 때문이다. 이 때 맹자의 어머니는 베틀에 앉은 채 맹자에게 물었다.

"그래, 글은 얼마나 배웠느냐?"

"별로 배우지 못했습니다. 어머님."

맹자가 대답하자 어머니는 짜고 있던 베의 날실을 끊어 버리고 이렇게 타일렀다.

"네가 공부를 중도에 그만두고 돌아온 것은 지금 내가 짜고 있던 이 베의 날실을 끊어 버린 것과 다를 게 없다."

크게 깨달은 맹자는 다시 스승에게로 돌아가 전보다 더욱 열심히 공부하여 마침내 공자孔子에 버금가는 대유학자가 되었다.

맹모삼천 孟母三遷

孟 · 맏 맹 | 母 · 어미 모 | 三 · 석 삼 | 遷 · 옮길 천
― 원말 : 맹모삼천지교孟母三遷之敎
― 동의어 : 삼천지교三遷之敎, 현모지교賢母之敎
― 출전 : 『列女傳』「母儀傳모의전」
● 맹자의 어머니가 맹자의 교육을 위해 세 번 이사했다는 고사.

전국시대, 당대 최고의 유학자大儒學者로 일컬어지는 맹자는 어렸을 때 아버지를 여의고 홀어머니 손에 자랐다.

맹자의 어머니는 처음 묘지 근처에 살았는데 어린 맹자는 묘지 파는 흉내만 내며 놀았다. 그래서 교육상 좋지 않다고 생각한 맹자의 어머니는 시장 근처로 이사했다. 그런데 이번에는 물건을 팔고 사는 장사꾼 흉내만 내는 것이었다. 이곳 역시 안 되겠다고 생각한 맹자의 어머니는 서당 근처로 이사했다.

그러자 맹자는 제구祭具를 늘어놓고 제사 지내는 흉내를 냈다. 서당에서는 유교에서 가장 중히 여기는 예절을 가르치고 있었기 때문이다. 맹자의 어머니는 이런 곳이야말로 자식을 기르는 데 더할 나위 없이 좋은 곳이라며 기뻐했다고 한다.

명경지수 明鏡止水

明 · 밝을 명 | 鏡 · 거울 경 | 止 · 그칠 지 | 水 · 물 수
— 출전 : 『莊子』「德充符篇덕충부편」
● 맑은 거울과 조용한 물이라는 뜻으로, 티 없이 맑고 고요한 심경을 이르는 말.

춘추시대, 노魯나라에 왕태王駘라는 학덕이 높은 사람이 있었는데, 형벌로 발뒤꿈치를 잘린 불구자였다. 그런 그가 유교의 비조鼻祖인 공자와 맞먹을 만큼 많은 제자들을 거느리고 있자, 공자의 제자인 상계常季가 불만스럽다는 듯이 공자에게 물었다.

"선생님, 저 외발이 불구자는 어째서 많은 사람들로부터 흠모를 받고 있는 것입니까?"

공자가 대답했다.

"그것은 그분의 마음이 조용하기 때문이다. 사람들이 거울 대신 비쳐볼 수 있는 물은 흐르는 물이 아니라 가만히 가라앉아 있는 물이니라."

또 같은 「덕충부편」에는 이런 글도 실려 있다.

"거울에 흐림이 없으면 먼지가 앉지 않으나 먼지가 묻으면 흐려진다. 그와 마찬가지로 인간도 오랫동안 현자賢者와 함께 있으면 마음이 맑아져 허물이 없어진다."

모순 矛盾

矛 · 창 모 | 盾 · 방패 순
— 동의어 : 자가당착自家撞着
— 출전 : 『韓非子』「難勢篇」
● 창과 방패라는 뜻으로, 말이나 행동의 앞뒤가 서로 맞지 않음을 말함.

어느 날 초나라 장사꾼이 저잣거리에 방패[盾]와 창[矛]을 늘어놓고 팔고 있었다.

"자, 여기 이 방패를 보십시오. 이 방패는 어찌나 견고한지 제아무리 날카로운 창이라도 막아낼 수 있습니다."

이렇게 자랑한 다음 이번에는 창을 집어들고 외쳐댔다.

"자, 이 창을 보십시오. 이 창은 어찌나 날카로운지 꿰뚫지 못하는 것이 없습니다."

그러자 구경꾼들 속에서 이런 질문이 튀어나왔다.

"그럼, 그 창으로 그 방패를 찌르면 어떻게 되는 거요?"

장사꾼은 대답을 못하고 서둘러 그 자리를 떠났다.

무산지몽 巫山之夢

巫 · 무당 무 | 山 · 메 산 | 之 · 어조사 지(…의) | 夢 · 꿈 몽
— 동의어 : 무산지운巫山之雲, 무산지우巫山之雨, 조운모
　우朝雲暮雨, 천침석薦枕席
— 출전 : 『文選』「宋玉 高唐賦」
● 무산巫山의 꿈이란 뜻으로, 남녀간의 은밀한 정사를 이르
　는 말.

전국시대, 초나라 양왕襄王이 어느 날 고당관高唐館에서
노닐다가 피곤하여 낮잠을 잤다. 그러자 꿈속에 아름다운
여인이 나타나 고운 목소리로 말했다.

"소첩小妾은 무산에 사는 여인이온데 전하께오서 고당에
납시었다는 말씀을 듣자옵고 침석(枕席:잠자리)을 받들고자
왔나이다."

왕은 기꺼이 그 여인과 운우지정(雲雨之情:남녀간의 육체적 사
랑)을 나누었다. 이윽고 그 여인은 이별을 고했다.

"소첩은 앞으로도 무산 남쪽의 한 봉우리에 살며, 아침
에는 구름이 되고 저녁에는 비가 되어 양대陽臺 아래 머물
러 있을 것이옵니다."

여인이 홀연히 사라지자 왕은 꿈에서 깨어났다. 이튿날
아침, 왕이 무산을 바라보니 과연 여인의 말대로 높은 봉우

리에는 아침 햇살에 빛나는 아름다운 구름이 걸려 있었다.
왕은 그곳에 사당을 세우고 조운묘朝雲廟라 이름지었다.

묵적지수 墨翟之守

| 墨 · 먹 묵 | 翟 · 꿩 적 | 之 · 어조사 지(…의) | 守 · 지킬 수
— 준말 : 묵수墨守
— 출전 : 『墨子』「公輸盤篇」
● '묵적의 지킴'이란 뜻으로, 곧 자기 의견이나 주장을 굽히
  지 않고 끝까지 지킴, 혹은 융통성이 없음을 비유한 말.

춘추시대의 사상가로서 '너나 구별 없이 서로 똑같이 사
랑하고 이롭게 하자'는 겸애교리설兼愛交利說:兼愛說과 비전
론非戰論을 주창한 묵자墨子의 이야기이다.

초楚나라의 도읍 영郢에 도착한 묵자는 공수반公輸盤을 찾
아갔다. 그가 초왕을 위해 운제계雲梯械라는 새로운 공성기
(攻城機:성을 공격하는 기계)를 만들어 송宋나라를 치려 한다는 말
을 들었기 때문이다.

"북방에 나를 모욕하는 사람이 있는데, 그대가 나를 위해 죽여 줄 수 없겠소?"

그러자 공수반은 불쾌한 얼굴로 대답했다.

"나는 의義를 중히 여기는 만큼 살인은 안 하오."

"사람 하나 죽이지 않는 게 '의'라면 왜 죄 없는 송나라 백성을 죽이려 하시오?"

답변에 궁한 공수반은 묵자를 초왕 앞으로 안내했다.

"전하, 새 수레를 소유한 사람이 이웃집 헌 수레를 훔치려 하고 비단옷을 입은 사람이 이웃집 누더기를 훔치려 한다면 전하께서는 이를 어떻게 생각하시겠나이까?"

"그건 도벽이 있어서 그럴 것이오."

"하오면, 사방 5,000리 넓은 국토에다 온갖 짐승과 초목까지 풍성한 초나라가 사방 500리밖에 안 되는 가난한 송나라를 치려 하는 것과 무엇이 다르옵니까?"

"과인은 단지 공수반의 운제계를 한번 실험해 보려 했을 뿐이오."

"하오면, 외신外臣이 여기서 그 운제계에 의한 공격을 막아 보이겠나이다."

이리하여 초왕 앞에서 기묘한 공방전이 벌어지게 되었다. 묵자는 허리띠를 풀어 성 모양으로 사려 놓고 나뭇조각

으로 방패를 만들었다. 공수반은 모형 운제계로 아홉 번 공
격했다. 그러나 묵자는 아홉 번 다 굳게 지켜냈다. 이것을
본 초왕은 묵자에게 송나라를 치지 않겠다고 약속했다.

문경지교 刎頸之交

刎 · 벨 문 | 頸 · 목 경 | 之 · 어조사 지(···의) | 交 · 사귈 교
— 동의어 : 문경지계 刎頸之契, 관포지교 管鮑之交, 금란지
　계 金蘭之契, 단금지계 斷金之契
— 출전 : 『史記』「廉頗藺相如列傳」
● 목을 버어 줄 수 있을 정도로 질친한 사김, 또는 그런 벗.

전국시대, 조趙나라 혜문왕惠文王의 신하 목현繆賢의 식객
에 인상여藺相如라는 사람이 있었다. 그는 진秦나라 소양왕
昭襄王에게 빼앗길 뻔했던 천하 명옥名玉인 화씨지벽和氏之璧
을 원상태로 가지고 돌아온 공으로 일약 상대부上大夫에 임
명됐다.

그리고 3년 후(B.C. 280년), 혜문왕을 욕보이려는 소양왕을
가로막고 나서서 오히려 그에게 망신을 주었다. 인상여는

그 공으로 종일품從一品의 상경上卿에 올랐다.

그리하여 인상여의 지위는 조나라의 명장으로 유명한 염파廉頗보다 더 높아졌다. 그러자 염파는 분개하여 이렇게 말했다.

"나는 싸움터를 누비며 성城을 쳐 빼앗고 들에서 적을 무찔러 공을 세웠다. 그런데 입밖에 놀린 것이 없는 인상여 따위가 나보다 윗자리에 앉다니....... 내 어찌 그런 놈 밑에 있을 수 있겠는가. 언제든 그 놈을 만나면 망신을 주고 말 테다."

이 말을 전해들은 인상여는 염파를 피했다. 그는 병을 핑계대고 조정에도 나가지 않았으며, 길에서도 저 멀리 염파가 보이면 옆길로 돌아가곤 했다. 이 같은 인상여의 비겁한 행동에 실망한 부하가 떠나겠다며 작별 인사를 하러 왔다. 그러자 인상여는 그를 만류하며 이렇게 말했다.

"자네는 염파 장군과 진나라 소양왕 중에 어느 쪽이 더 무섭다고 생각하는가?"

"그야 물론 소양왕이지요."

"나는 그 소양왕도 두려워하지 않고 많은 신하들 앞에서 혼내 준 사람이야. 그런 내가 어찌 염파장군을 두려워하겠는가? 생각해 보면 알겠지만 강국인 진나라가 쳐들어오지

131

않는 것은 염파장군과 내가 버티고 있기 때문일세. 이 두 호랑이가 싸우면 결국 모두 죽게 돼. 그래서 나라의 위기를 생각하고 염파장군을 피하는 거야."

이 말을 전해들은 염파는 부끄러워 몸 둘 바를 몰랐다. 그는 곧 '윗통을 벗은 다음 태형笞刑에 쓰이는 형장荊杖을 짊어지고' 인상여를 찾아가 섬돌 아래 무릎을 꿇었다.

"내가 미욱해서 대감의 높은 뜻을 미처 헤아리지 못했소. 어서 나에게 벌을 주시오."

염파는 진심으로 사죄했다. 그날부터 두 사람은 서로 화해하고 죽음을 같이하기로 한 벗이 되었다.

문전성시 門前成市

門 · 문 문 | 前 · 앞 전 | 成 · 이룰 성 | 市 · 저자 시
— 동의어 : 문전여시門前如市, 문정여시門庭如市
— 반의어 : 문전작라門前雀羅
— 출전 : 『漢書』「鄭崇傳」
● 문 앞이 저자市를 이룬다는 뜻으로, 권세가나 부잣집 문 앞이 방문객으로 저자를 이루다시피 붐빈다는 말.

전한前漢 말, 11대 황제인 애제哀帝 때의 일이다. 애제가 즉위하자 조정의 실권은 대사마大司馬 왕망王莽을 포함한 왕씨 일족으로부터 역시 외척인 부씨傅氏, 정씨丁氏 두 가문으로 넘어갔다. 그리고 당시 20세인 애제는 동현董賢이라는 미동美童과 동성연애에 빠져 국정을 돌보지 않았다. 나랏일을 걱정한 충신들이 거듭 간했으나 마이동풍馬耳東風이었다. 그 중 상서복야尙書僕射 정숭鄭崇은 거듭 간하다가 애제에게 미움만 사고 말았다.

그 무렵, 조창趙昌이라는 상서령尙書令이 있었는데 그는 전형적인 아첨배로 왕실과 인척간인 정숭을 시기하여 모함할 기회만 노리고 있었다. 그는 어느 날 애제에게 이렇게 고했다.

"폐하, 아뢰옵기 황공하오나 정숭의 집 '문 앞이 저자를 이루고 있사온데[門前成市]' 이는 심상치 않은 일이오니 엄중히 문초하시오소서."

애제는 즉시 정숭을 불러 물었다.

"듣자니, 그대의 집 대문 앞은 시장터처럼 사람들이 들끓는다고 하던데, 그게 사실이오?"

"예, 폐하. '신의 문 앞이 시장터와 같다고는 하오나[臣門如市]' 신의 마음은 물같이 깨끗하옵니다. 황공하오나

한 번 더 조사해 주시오소서."

그러나 애제는 정승의 청을 묵살한 채 옥에 가뒀다. 그러자 사례司隸 손보孫甫가 상소하여 조창의 참언讒言을 공박하고 정승을 변호했으나 애제는 손보를 삭탈관직削奪官職하고 서인庶人으로 내쳤다. 그 후 정승은 옥에서 죽고 말았다.

문전작라 門前雀羅

門 · 문 문 | 前 · 앞 전 | 雀 · 참새 작 | 羅 · 벌일 라
— 원말 : 문외가설작라門外可設雀羅
— 반의어 : 문전성시門前成市
— 출전 : 『史記』「汲鄭列傳」, 백거이白居易의「寓意詩」
● 문 앞에 새그물을 친다는 뜻으로, 권세를 잃거나 빈천貧賤
해지면 문 앞에 새그물을 쳐 놓을 수 있을 정도로 방문객의
발길이 끊어진다는 말.

전한 7대 황제인 무제武帝 때 급암汲黯과 정당시鄭當詩라는
두 현신賢臣이 있었다. 그들은 한때 각기 구경九卿의 지위에
까지 오른 적도 있었지만 둘 다 개성이 강한 탓에 좌천·면
직·재등용을 되풀이하다가 급암은 회양 태수淮陽太守를 끝
으로 벼슬을 마쳤다. 이들이 각기 현직에 있을 때에는 방문
객이 늘 문전성시를 이루었으나 면직되자 방문객의 발길
이 뚝 끊어졌다고 한다.

이어 사마천司馬遷은 『사기史記』「급정열전汲鄭列傳」에서 이
렇게 덧붙여 쓰고 있다.

"급암과 정당시 정도의 현인이라도 세력이 있으면 빈객
賓客이 열 배로 늘어나지만 세력이 없으면 당장 모두 떨어
져 나간다. 그러니 보통 사람의 경우는 더 말할 나위도

없다."

또 적공翟公의 경우는 이렇다. 적공이 정위延尉가 되자 빈객이 문전성시를 이룰 정도로 붐볐다. 그러나 그가 면직되자 빈객은 금세 발길을 끊었다. 집 안팎이 어찌나 한산한지 '문 앞에 새그물을 쳐 놓을 수 있을 정도[門外可設雀羅]'였다. 얼마 후 적공은 다시 정위가 되었다. 빈객들이 몰려들자 적공은 대문에 이렇게 써 붙였다.

一死一生 卽知交情일사일생 즉지교정
　한 번 죽고 한 번 삶에 곧 사귐의 정을 알고
一貧一富 卽知交態일빈일부 즉지교태
　한 번 가난하고 한 번 부함에 곧 사귐의 태도를 알며
一貴一賤 卽見交情일귀일천 즉현교정
　한 번 귀하고 한 번 천함에 곧 사귐의 정이 나타나네.

미봉 彌縫

彌 · 꿰맬 미 | 縫 · 꿰맬 봉
— 동의어 : 고식姑息, 임시변통臨時變通
— 출전 : 『春秋左氏傳』 「桓公五年條」
● 꿰매어 깁는다는 뜻으로, 곧 잘못된 것을 임시변통으로 꾸
며대는 것을 말함.

춘추시대인 주周나라 환왕桓王 13년의 일이다. 환왕은 명
목상의 천자국天子國으로 전락한 주나라의 세력을 만회하기
위해 정鄭나라를 치기로 했다. 당시 정나라 장공莊公은 날로
강성해지는 국력을 배경으로 천자인 환왕을 무시하는 경
향이 있었기 때문이다. 환왕은 우선 장공으로부터 왕실 경
사卿士로서의 정치상 실권을 박탈했다. 이 조치에 분개한
장공이 조현(朝見:신하가 임금을 뵙는 일)을 중단하자 환왕은 이
를 구실로 징벌군을 일으키고 제후諸侯들에게 참전을 명했
다.

왕명을 받고 괵虢 · 채蔡 · 위衛 · 진陳나라 군사가 모이자
환왕은 자신이 총사령관이 되어 정나라를 징벌하러 나섰
다. 이윽고 정나라의 수갈繻葛에 도착한 왕군王軍은 장공의
군사와 대치했다. 공자公子인 원元은 장공에게 진언했다.

"지금 좌군左軍에 속해 있는 진나라 군사는 국내 정세가 어지럽기 때문에 전의戰意를 잃고 있습니다. 하오니 먼저 진나라 군사부터 공격하면 반드시 패주할 것입니다. 그러면 환왕이 지휘하는 중군中軍은 혼란에 빠질 것이며 경사卿士인 괵공虢公이 이끄는 채 · 위나라의 우군右軍도 지탱하지 못하고 퇴각할 것입니다. 이 때 중군을 치면 승리는 틀림없습니다."

장공은 원의 진언에 따라 원형圓形의 진진陣을 쳤는데 이때 병거(兵車 : 군사를 실은 수레)를 앞세우고 보병步兵을 뒤따르게 하는 군진軍陣으로서 병거와 병거 사이에는 보병으로 '미봉' 했다. 원이 진언한 전략은 적중하여 왕군은 대패하고 환왕은 어깨에 화살을 맞은 채 물러가고 말았다.

미생지신 尾生之信

춘추시대, 노魯나라에 미생尾生이란 사람이 있었다. 그는
어떤 일이 있더라도 약속을 어기는 법이 없는 사나이였다.

어느 날 미생은 애인과 다리 밑에서 만나기로 약속했다.
그는 정시에 약속 장소에 나갔으나 웬일인지 그녀는 나타
나지 않았다. 미생이 계속 그녀를 기다리고 있는데 갑자기
장대비가 쏟아져 개울물이 불어나기 시작했다. 그러나 미
생은 약속 장소를 떠나지 않고 기다리다가 결국 교각橋脚을
끌어안은 채 익사하고 말았다.

전국시대, 종횡가로 유명한 소진蘇秦은 연燕나라 소왕昭王
을 설파할 때 신의 있는 사나이의 본보기로 이 미생의 이야
기를 들었다.

그러나 같은 전국시대를 살다간 장자莊子의 견해는 그와
반대로 부정적이었다. 장자는 그의 우언寓言이 실려 있는

『장자』「도척편盜獸篇」에서 근엄 그 자체인 공자와 대화를 나누는 유명한 도둑 도척盜獸의 입을 통해 미생을 이렇게 비평하고 있다.

"이런 인간은 제사에 쓰려고 찢어놓은 개나 물에 떠내려 간 돼지, 아니면 쪽박을 들고 빌어먹는 거지와 마찬가지다. 쓸데없는 명목에 구애되어 소중한 목숨을 소홀히 하는 인간은 진정한 삶의 길을 모르는 놈이다."

반근착절 盤根錯節

| 盤·서릴 반 | 根·뿌리 근 | 錯·섞일 착 | 節·마디 절 |
— 출전: 『後漢書』「虞英傳」
● 서린 뿌리와 얽히고섥킨 마디라는 뜻으로, 얽히고섥켜 해
  결하기 매우 어려운 일을 비유한 말.

후한後漢 6대 황제인 안제安帝때의 일이다. 안제가 13세의 어린 나이로 즉위하자 모후母后인 태후太后가 수렴청정垂簾聽政을 하고 태후의 오빠인 등즐鄧騭이 대장군이 되어 병

권을 장악했다.

그 무렵, 서북 변경은 티베트계系 유목 민족인 강족羌族의 침략이 잦았다. 그러나 등즐은 국비 부족을 이유로 양주涼州를 포기하려고 했다. 그러나 낭중郎中 벼슬에 있던 우허虞翊가 반대하고 나섰다.

"함곡관函谷關의 서쪽은 장군을 내고 동쪽은 재상을 낸다고 했습니다. 예로부터 양주는 많은 열사와 무인을 배출한 곳인데 그런 땅을 강족에게 내준다는 것은 당치 않은 일입니다."

중신들도 모두 우허와 뜻을 같이했다. 이 때부터 우허를 미워하던 등즐은 때마침 조가현朝歌縣의 현령이 비적匪賊에게 살해되자 우허를 후임으로 정하고 비적 토벌을 명했다. 친구들이 모여 걱정했으나 우허는 웃으며 이렇게 말했다.

"'서린 뿌리와 얽히고설킨 마디[盤根錯節]'에 부딪혀 보지 않고서야 어찌 칼날의 예리함을 알 수 있겠는가."

현지에 도착한 우허는 우선 전과자들을 모아 적진에 침투시킨 다음 갖가지 계책으로 비적을 토벌했다고 한다.

반식재상 伴食宰相

伴 · 짝 반 | 食 · 먹을 식 | 宰 · 재상 재 | 相 · 서로 상
— 동의어 : 반식대신伴食大臣, 시위소찬尸位素餐, 녹도인
祿盜人, 의관지도衣冠之盜
– 출전 : 『舊唐書』「盧懷愼傳」
● 주인과 객이 함께 음식 대접을 받는 재상이라는 뜻으로, 자
리만 차지하고 있는 무능한 재상을 비꼬아 이르는 말.

당나라 6대 황제인 현종玄宗을 도와 당대 최고의 전성기
인 '개원開元의 치治'를 연 재상은 요숭姚崇이었다.

개원 2년(713년), 현종이 망국의 근원인 사치를 추방하기
위해 문무백관의 호사스런 비단 관복을 정전正殿 앞에 쌓아
놓고 불사른 일을 비롯해, 조세와 부역을 감하여 백성들의
부담을 줄이고, 형벌 제도를 바로잡아 억울한 죄인을 없애
고, 농병農兵 제도를 모병募兵 제도로 고친 것도 모두 요숭의
진언에 따른 개혁이었다.

이처럼 요숭은 백성들의 안녕을 꾀하는 일이 곧 나라 번
영의 지름길이라 믿고 늘 이 원칙을 관철하는 데 힘썼다.
특히 정무재결政務裁決에 있어서의 신속정확迅速的確함에는
그 어느 대신도 요숭을 따르지 못했는데 당시 황문감黃門監
인 노회신盧懷愼도 예외는 아니었다.

노회신은 청렴결백하고 근면한 사람이었으나 휴가중인 요숭의 직무를 10여 일간 대행할 때 요숭처럼 신속히 재결하지 못함으로써 정무를 크게 정체시키고 말았다. 이 때 자신이 요숭에게 크게 미치지 못한다는 것을 체험한 노회신은 매사를 요숭에게 상의한 다음에야 처리하곤 했다. 그래서 사람들은 노회신을 가리켜 '자리만 차지하고 있는 무능한 재상[伴食宰相]'이라고 혹평했다.

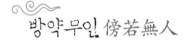

방약무인 傍若無人

傍 · 곁 방 | 若 · 같을 약 | 無 · 없을 무 | 人 · 사람 인
— 동의어 : 안하무인眼下無人
— 출전 : 『史記』「刺客列傳」
● 곁에 사람이 없는 것 같이 여긴다는 뜻으로, 주위의 다른 사람을 전혀 의식하지 않은 채 제멋대로 마구 행동함을 이르는 말.

　　전국시대도 거의 막을 내릴 무렵, 즉 진왕秦王 정(政:훗날의 시황제)이 천하를 통일하기 직전의 일이다. 당시 포학무도한

진왕을 암살하려다 실패한 자객 중에 형가荊軻라는 사람이
있었다.

그는 위衛나라 사람이었으나 위나라 원군元君이 써주지
않자 여러 나라를 전전하다가 연燕나라에서 축(筑:거문고와 비
슷한 악기)의 명수인 고점리高漸離를 만났다. 형가와 고점리는
곧 의기투합意氣投合하여 매일 저자에서 술을 마셨다. 취기
가 돌면 고점리는 축을 연주하고 형가는 노래를 불렀다. 그
러다가 감회가 복받치면 함께 엉엉 울었다. 마치 '곁에 아
무도 없는 것처럼[傍若無人]'……

배반낭자 杯盤狼藉

杯 · 잔 배 | 盤 · 쟁반 반 | 狼 · 이리 랑 | 藉 · 어지러울 자
— 출전 : 『史記』「滑稽列傳골계열전」
● 술잔과 접시가 마치 이리에게 깔렸던 풀처럼 어지럽게 흩
어져 있다는 뜻으로, 곧 술을 마시고 한창 노는 모양이나
술자리가 파한 뒤 술잔과 접시가 어지럽게 흩어져 있는 모
양을 말함.

전국시대 초엽, 제齊나라 위왕威王 때의 일이다. 초楚나라의 침략을 받은 위왕은 언변이 좋은 순우곤淳于髡을 조趙나라에 보내어 원군을 청했다. 이윽고 순우곤이 10만의 원군을 이끌고 돌아오자 초나라 군사는 밤의 어둠을 타서 철수하고 말았다. 전화戰禍를 모면한 위왕은 크게 기뻐했다. 이어 주연을 베풀고 순우곤을 치하하며 환담했다.

"그대는 얼마나 마시면 취하는고?"

"신臣은 한 되[升]를 마셔도 취하옵고 한 말[斗]을 마셔도 취하나이다."

"허, 한 되를 마셔도 취하는 사람이 어찌 한 말을 마실 수 있단 말인고?"

"예, 경우에 따라 주량이 달라진다는 뜻이옵니다. 만약 고관대작高官大爵들이 지켜보는 자리에서 마신다면 두려워서 한 되도 못 마시고 취할 것이오며, 또한 근엄한 친척 어른들을 모시고 마신다면 자주 일어서서 술잔을 올려야 하므로 두 되도 못 마시고 취할 것이옵니다. 옛 벗을 만나 회포를 풀면서 마신다면 그땐 대여섯 되쯤 마실 수 있을 것이옵니다. 하오나 동네 남녀들과 어울려 쌍륙(雙六:주사위 놀이)이나 투호(投壺:화살을 던져 병 속에 넣는 놀이)를 하면서 마신다면 그땐 여덟 되쯤 마시면 취기가 두서너 번 돌 것이옵니다.

그리고 해가 지고 나서 취흥이 일면 남녀가 무릎을 맞대고 신발이 뒤섞이며 '술잔과 접시가 마치 이리에게 깔렸던 풀처럼 어지럽게 흩어지고[杯盤狼籍]' 집 안에 등불이 꺼질 무렵 안주인이 손님들을 돌려보낸 뒤 신臣 곁에서 엷은 속 적삼의 옷깃을 헤칠 때 색정적色情的인 향내가 감돈다면 그땐 한 말이라도 마실 것이옵니다."

이어 순우곤은 주색을 좋아하는 위왕에게 이렇게 간했다.

"전하, 술이 극에 달하면 어지러워지고 '즐거움이 극에 달하면 슬픈 일이 생긴다[樂極侫生]'고 하였사오니 깊이 통촉하시오소서."

위왕은 그 후 술을 마실 때에는 반드시 순우곤을 옆에 앉혀 놓고 마셨다고 한다.

배수진 背水陣

背 · 등 배 | 水 · 물 수 | 陣 · 진 진
—출전 : 『史記』「准陰侯列傳」, 『十八史略』「漢太祖高皇帝」
● 물을 등지고 친 진지라는 뜻으로, 목숨을 걸고 어떤 일에
대처하는 경우를 비유한 말.

한나라 고조 유방劉邦이 제위에 오르기 2년 전의 일이다.
명장 한신韓信은 유방의 명에 따라 위魏나라를 쳐부순 다음
조趙나라로 쳐들어갔다.

그러자 조나라에서는 20만의 군사를 동원하여 조나라로 들어오는 길목인 정형井陘의 협도狹道 출구 쪽에 성채城砦를 구축하고 방어선을 폈다. 이에 앞서 군략가인 이좌거李左車가 재상 진여陳餘에게 '한나라 군사가 협도를 통과할 때 들이치자'고 건의했으나 채택되지 않았다.

척후병을 통해 이 사실을 안 한신은 서둘러 협도를 통과하다가 출구를 10리쯤 앞둔 곳에서 일단 행군을 멈췄다. 이윽고 밤이 깊어지자 한신은 2,000여 기병을 조나라의 성채 바로 뒷산에 매복시키기로 하고 이렇게 명했다.

"본대本隊는 내일 싸움에서 거짓 패주敗走한다. 그러면 적군은 패주하는 아군을 추적하려고 성채를 비울 것이다. 그때 제군은 성채를 점령하고 한나라 깃발을 세우도록 하라."

그리고 한신은 1만여 군사를 협도 출구 쪽으로 보내어 강을 등지고 진을 치게 한 다음 자신은 본대를 이끌고 성채를 향해 나아갔다.

이윽고 날이 밝았다. 한나라 군사가 북을 울리며 진격하자 조나라 군사는 성채를 나와 응전했다. 두세 차례 접전 끝에 한나라 군사는 퇴각하여 강가에 진을 친 부대에 합류했고, 승세勝勢를 탄 조나라 군사는 맹렬히 추격했다. 그 틈에 2,000여 기병대는 성채를 점령하고 한나라 깃발을 세웠다. 강을 등진 한나라 군사는 필사적으로 싸웠다. 이에 견디지 못한 조나라 군사가 성채로 돌아와 보니 한나라 깃발이 나부끼고 있지 않은가. 전쟁은 한신의 대승리로 끝났다. 전승 축하연 때 부하 장수들이 배수진을 친 이유를 묻자 한신을 이렇게 대답했다.

"우리 군사는 이번에 급히 편성한 오합지졸烏合之卒이 아닌가? 이런 군사는 사지死地에 두어야만 필사적으로 싸우는 법이야. 그래서 '강을 등지고 진을 친 것[背水之陣]'이네."

배중사영 杯中蛇影

杯·술잔 배 | 中·가운데 중 | 蛇·뱀 사 | 影·그림자 영
— 동의어 : 의심암귀疑心暗鬼, 반신반의半信半疑
— 출전 : 『晉書』「樂廣傳」, 『風俗通義』
● 술잔 속에 비친 뱀의 그림자란 뜻으로, 쓸데없는 의심을 품고 스스로 고민함을 비유한 말.

진晉 나라에 악광樂廣이라는 사람이 있었다. 그는 집이 가

149

난하여 독학을 했지만 영리하고 신중해서 늘 주위 사람들로부터 칭찬을 받으며 자랐다. 훗날 수재秀才로 천거되어 벼슬길에 나아가서도 역시 매사에 신중했다.

악광이 하남 태수河南太守로 있을 때의 일이다. 자주 놀러 오던 친구가 웬일인지 발을 딱 끊고 찾아오지 않았다. 악광은 이상하다는 생각이 들어 그를 찾아가 물어 보았다.

"아니, 자네 웬일인가? 요샌 통 얼굴도 안 비치니......."

그 친구는 이렇게 대답했다.

"저번에 우리가 술을 마실 때 얘길세. 그때 술을 막 마시려는데 잔 속에 뱀이 보이는 게 아니겠나. 기분이 언짢았지만 그냥 마셨지. 그런데 그 후로 몸이 좋지 않다네."

악광은 이상한 일도 다 있다고 고개를 갸우뚱하며 지난 일을 더듬기 시작했다. 지난번 술자리는 관가官家의 자기 집무실이었고, 그 집무실 벽에 활이 걸려 있었던 게 생각났다. 그 활에는 옻칠로 뱀 그림이 그려져 있었는데 그 뱀 문양이 친구의 술잔에 비친 게 틀림없었다. 안광은 그 친구를 다시 초대해서 저번에 앉았던 그 자리에 앉히고 술잔에 술을 따랐다.

"어떤가? 뭐가 보이나?"

"응, 전번과 마찬가지로 뱀이 보이네."

"술잔 속에 보이는 것은 저 활에 그려져 있는 뱀 그림자일세."

친구는 그제야 사실을 깨닫고 환하게 웃었다. 물론 병도 씻은 듯이 나았다고 한다.

백년하청 百年河淸

百 · 일백 백 | 年 · 해 년 | 河 · 물 하 | 淸 · 맑을 청
— 원말 : 백년사하청百年俟河淸
— 동의어 : 천년하청千年河淸, 부지하세월不知何歲月
— 출전 : 『春秋左氏傳』「襄公八年條」
● 백 년을 기다린다 해도 황하黃河의 흐린 물은 맑아지지 않는다는 뜻으로, 곧 아무리 오래 기다려도 이루어지기 어려운 일을 비유한 말.

춘추시대 중반인 주周나라 영왕靈王 7년, 정鄭나라는 위기에 빠졌다. 초楚나라의 속국인 채蔡나라를 친 것이 화가 되어 초나라의 보복 공격을 받게 된 것이다.

곧 주신들이 모여 대책을 논의했으나 의견은 초나라에

항복하자는 화친론和親論과 진晉나라의 구원군을 기다리며 싸우자는 주전론主戰論으로 나뉘었다. 양쪽 주장이 팽팽히 맞서자 대부인 자사子駟가 말했다.

"주나라의 시에 '황하의 흐린 물이 맑아지기를 기다린다 해도 인간의 짧은 수명으로는 아무래도 부족하다'는 말이 있듯이, 지금 진나라의 구원군을 기다린다는 것은 '백년하청'일 뿐이오. 그러니 일단 초나라에 복종하여 백성들의 불안을 씻어 주도록 합시다."

이리하여 정나라는 초나라와 화친을 맺고 위기를 모면했다.

백면서생 白面書生

| 白·흰 백 | 面·얼굴 면 | 書·글 서 | 生·날 생
— 동의어 : 백면랑白面郎
— 출전 : 『宋書』 「沈慶之傳」
● 글만 읽어 얼굴이 창백한 사람이라는 뜻으로, 곧 세상일에 경험이 없는 젊은이를 이르는 말.

남북조南北朝 시대, 남조인 송宋나라 3대 황제인 문제文帝 때 심경지沈慶之라는 사람이 있었다. 그는 어릴 때부터 열심히 무예를 닦아 그 기량이 뛰어났다. 전前 왕조인 동진東晉의 유신遺臣 손은孫恩 장군이 반란을 일으켰을 때 그는 불과 10세의 어린 나이로 일단一團의 사병私兵을 이끌고 반란군과 싸워 번번이 승리함으로써 무명武名을 떨쳤다.

그의 나이 40세 때 이민족異民族의 반란을 진압한 공로로 장군에 임명되었다. 문제에 이어 즉위한 효무제孝武帝 때는 도읍인 건강建康:南京을 지키는 방위 책임자로 승진했다. 그후 또 많은 공을 세워 건무장군建武將軍에 임명되어 변경 수비군의 총수總帥로 부임했다.

어느 날 효무제는 심경지가 배석한 자리에 문신들을 불러 놓고 숙적인 북위北魏를 치기 위한 출병을 논의했다. 먼저 심경지는 북벌北伐 실패의 전례를 들어 출병을 반대하고 이렇게 말했다.

"폐하, 밭갈이는 농부에게 맡기고 바느질은 아낙에게 맡겨야 하옵니다. 하온데 폐하께서는 어찌 북벌 출병을 '백면서생'과 논의하려 하시나이까?"

그러나 효무제는 심경지의 의견을 듣지 않고 문신들의 의견을 받아들여 출병했다가 크게 패하고 말았다.

백문불여일견 百聞不如一見

百 · 일백 백 | 聞 · 들을 문 | 不 · 아닐 불 | 如 · 같을 여 |
一 · 한 일 |
見 · 볼 견 ── 출전 : 『漢書』「趙充國傳」
● 백 번 듣는 것이 한 번 보는 것만 못하다는 뜻으로, 무엇이
든지 경험해야 확실히 알 수 있다는 말.

전한前漢 9대 황제인 선제宣帝 때의 일이다. 서북 변방에
사는 티베트계系 유목 민족인 강족羌族이 쳐들어왔다. 한나
라 군사는 필사적으로 응전했으나 크게 패하고 말았다. 이
에 선제는 어사대부御史大夫인 병길丙吉에게 후장군後將軍 조
충국趙充國을 찾아가 토벌군의 장수로 누가 적임자인지 물
어 보라고 명했다.

당시 조충국은 나이 70이 넘은 노장老將이었다. 그는 일
찍이 7대 황제인 무제武帝 때 이사장군貳師將軍 이광리李廣利
의 휘하 장수로 흉노 토벌에 출전했다가 포위되자 불과
100여 명의 군사로써 혈전血戰 끝에 포위망을 뚫고 전군을
구출했다. 그 공으로 거기장군車騎將軍에 임명된 그는 이때
부터 오랑캐 토벌전의 선봉장이 되었던 것이다.

조충국을 찾아온 병길은 이렇게 말했다.

"강족을 치는 데 누가 적임자인지, 장군에게 물어 보라는 어명을 받고 왔소이다."

그러자 조충국은 서슴없이 대답했다.

"어디 노신老臣을 능가할 사람이 있겠소?"

선제는 조충국을 불러 강족 토벌에 대해 물었다.

"강족을 토벌하는 데 계책이 있으면 말해 보시오. 또 병력은 얼마나 필요하오?"

조충국은 이렇게 대답했다.

"폐하, '백 번 듣는 것이 한 번 보는 것만 못하옵니다[百聞不如一見].' 무릇 군사軍事란 실지를 보지 않고는 헤아리기 어려운 법이오니 원컨대 신을 금성군金城郡으로 보내 주시오소서. 계책은 현지를 살펴 본 다음에 아뢰겠나이다."

선제는 기꺼이 허락했다. 현지 조사를 마치고 돌아온 조충국은 기병騎兵보다 둔전병(屯田兵:변경에 정착해 평상시에는 농사도 짓게 하던 군사)을 두는 것이 상책이라고 상주했다. 그 후 이 계책이 채택됨으로써 강족의 반란도 수그러졌다고 한다.

백미 白眉

白 · 흰 백 | 眉 · 눈썹 미
―출전 : 『三國志』「蜀志 馬良傳」
● 흰 눈썹白眉을 가진 사람이 가장 뛰어났다는 뜻으로, 곧 여럿 중에서 가장 뛰어난 사람이나 물건을 일컫는 말.

　천하가 위魏·오吳·촉蜀의 세 나라로 나뉘어 서로 패권을 다투던 삼국 시대의 일이다. 유비劉備의 촉나라에 문무文武를 겸비한 마량馬良이라는 이름난 참모가 있었다. 그는 제갈량諸葛亮과 문경지교刎頸之交를 맺은 사이로, 한번은 세 치[三寸]의 혀 하나로 남쪽 변방의 흉포한 오랑캐 무리를 모두 부하로 삼는데 성공했을 정도로 덕성德性과 지모智謀가 뛰어난 인물이었다.

　오형제 중 맏이인 마량은 태어날 때부터 눈썹에 흰 털이 섞여 있었다. 그래서 그는 고향 사람들로부터 '백미白眉'라는 별명을 얻었다. 그들 오형제는 '읍참마속泣斬馬謖'으로 유명한 마속을 포함하여 모두 재주가 비범했는데 그 중에서도 마량이 가장 뛰어났다. 그래서 사람들은 "마씨馬氏네 오형제 중에서 '백미'가 가장 뛰어나다"며 마량을 특히 칭송해 마지않았다. 이 때부터 '백미'란 같은 부류의 여럿 중에서 가장 뛰어난 사람이나 물건을 가리키는 말이 되었다.

백발삼천장 白髮三千丈

| 白 · 흰 백 | 髮 · 터럭 발 | 三 · 석 삼 | 千 · 일천 천 | 丈 ·
길 장
— 출전 : 이백李白의 시 「秋浦歌」
● 흰 머리털의 길이가 삼천 길이란 뜻으로, 중국 문학의 과장
적 표현으로 널리 인용되는 문구.

이백의 「추포의 노래秋浦歌」는 본래 17수로 된 연작시인
데, 그 중 한 수인 오언절구五言絶句에 다음과 같은 구절이
있다.

白髮三千丈백발삼천장 흰 머리털이 (자라 어느새) 삼천 길
緣愁似箇長연수사개장 근심으로 이처럼 길어졌네.
不知明鏡裏부지명경리 알 수 없구나, 밝은 거울 속의 몰골은
何處得秋霜하처득추상 어디서 가을 서리를 맞았는가.

만년에 귀양에서 풀려난 이백이 추포秋浦로 돌아온 후, 거울을 보고 이미 늙어버린 자기 모습에 놀라서 지은 연작連作 중 한 수이다. 이 유명한 '백발의 길이가 삼천 길'이란 표현은 중국 문학의 과장적 표현으로 널리 인용되는 문구인데 요즈음에는 '과장된 것을 비웃는 말'로 흔히 쓰이고 있다.

백아절현 伯牙絶絃

伯 · 맏 백 | 牙 · 어금니 아 | 絶 · 끊을 절 | 絃 · 줄 현
— 동의어 : 백아파금伯牙破琴, 지음知音, 고산유수高山流水
— 출전 : 『列子』「湯問篇」
● 백아가 거문고의 줄을 끊었다는 뜻으로, 곧 서로 마음이 통하는 절친한 벗의 죽음을 슬퍼한다는 말.

춘추시대, 거문고의 명수로 이름 높은 백아伯牙에게는 그 소리를 누구보다 잘 이해해 주는 친구 종자기鍾子期가 있었다. 백아가 거문고를 타며 높은 산과 큰 강의 분위기를 그려내려고 하면 옆에서 귀를 기울이고 있던 종자기의 입에

서는 탄성이 연발했다.

"아, 멋지다. 하늘 높이 우뚝 솟는 그 느낌은 마치 태산泰山같군."

"음, 훌륭해. 넘칠 듯이 흘러가는 그 느낌은 마치 황하黃河같아."

두 사람은 그토록 마음이 통하는 사이었다. 그런데 어느 날, 종자기가 병으로 세상을 떠나고 말았다. 그러자 백아는 절망한 나머지 거문고의 줄을 끊고 다시는 연주하지 않았다고 한다.

지기知己를 가리켜 지음知音이라고 일컫는 것은 이 고사에서 나온 말이다.

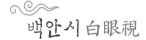

백안시 白眼視

| 白 · 흰 백 | 眼 · 눈 안 | 視 · 볼 시
— 동의어 : 백안白眼　— 반의어 : 청안시靑眼視
— 출전 : 『晉書』「阮籍傳」
● 눈을 희게 하고 본다는 뜻으로, 상대방의 위세을 무시하거
　나 업신여기는 것을 말함.

위진시대魏晉時代에 있었던 이야기이다.

노장老莊의 철학에 심취하여 대나무 숲속에 은거하던 죽림칠현竹林七賢의 한 사람중에 완적阮籍이 있었다. 그는 예의 범절에 얽매인 지식인을 보면 속물이라 하여 '백안시' 했지만, 그렇지 않은 사람들은 푸른 눈[靑眼]을 하고 대했다고 한다.

어느 날 역시 죽림칠현의 한 사람인 혜강冊康의 형 혜희冊喜가 완적이 좋아하는 술과 거문고를 가지고 찾아왔다. 그러나 완적이 업신여기며 상대해 주지 않자 혜희는 당혹감을 감추지 못하며 도망가듯 돌아갔다.

이처럼 상대가 친구의 형일지라도 완적은 그가 속세의 지식인인 이상 청안시靑眼視하지 않고 '백안시' 했던 것이다. 그래서 당시 조야朝野의 지식인들은 완적을 마치 원수를 대하듯 몹시 미워했다고 한다.

백전백승 百戰百勝

百·일백 백 | 戰·싸울 전 | 百·일백 백 | 勝·이길 승
— 동의어 : 연전연승連戰連勝
— 반의어 : 백전백패百戰百敗
— 출전 : 『孫子』「謀攻篇」
● 백 번 싸워 백 번 이긴다는 뜻으로, 싸울 때마다 반드시 이긴다는 말.

춘추시대, 제齊나라 사람으로서 오왕吳王 합려闔閭를 섬긴 병법가 손자孫子:孫武가 쓴 『손자』「모공편謀攻篇」에 다음과 같은 글이 실려 있다.

"승리에는 두 종류가 있다. 적을 공격하지 않고서 얻는 승리와 적을 공격한 끝에 얻는 승리인데 전자는 최상책最上策이고 후자는 차선책次善策이다. '백 번 싸워 백 번 이겼다 [百戰百勝]' 해도 그것은 최상의 승리가 아니다. 싸우지 않고 상대방을 굴복시키는 것이야말로 최상의 승리인 것이다. 곧, 최상책은 적이 꾀하는 바를 간파하고 이를 봉쇄하는 것이다. 그 다음 상

> 여기서 '백百'이란 단순한 숫자상의 '100'이 아니라 '삼三, 구九, 천千, 만萬' 등과 마찬가지로 '많은 횟수'를 가리키는 것이다.

책은 적의 동맹 관계를 끊고 적을 고립시키는 것이고, 세
번째로 적과 싸우는 것이며, 최하책은 모든 수단을 다 쓴
끝에 강행하는 공성(攻城)이다."

복수불반 覆水不返

覆 · 엎을 복 | 水 · 물 수 | 不 · 아닐 불 | 返 · 돌이킬 반
— 동의어 : 복배지수覆杯之水, 복수불수覆水不收, 반수불
수反水不收
— 출전 : 『拾遺記습유기』
● 한번 엎지른 물은 다시 그릇에 담을 수 없다는 뜻으로, 곧
일단 저지른 일은 다시 되돌릴 수 없음을 비유한 말.

주周나라 시조인 무왕武王의 아버지 서백西伯이 사냥을 나
갔다가 위수渭水에서 낚시질을 하고 있는 초라한 노인을 만
났다. 이야기를 나누어 보니 학식이 탁월한 사람이었다. 그
래서 서백은 이 노인이야말로 아버지 태공太公이 바라던
[望] 주나라를 일으켜 줄 바로 그 인물이라 믿고 스승이 되
어 주기를 청했다.

이리하여 이 노인, 태공망(太公望:태공이 대망하던 인물이란 뜻) 여상呂尙은 서백의 스승이 되었다가 무왕의 태부(太傅:태자의 스승)·재상을 역임한 뒤 제齊나라의 제후로 봉해졌다.

태공망 여상은 이처럼 입신출세를 했지만 서백을 만나기 전까지는 끼니조차 제대로 잇지 못하던 가난한 서생이었다. 그래서 결혼 초부터 굶기를 부자 밥 먹듯 하던 아내 마馬씨는 그만 친정으로 도망가고 말았다.

그로부터 오랜 세월이 흐른 어느 날, 그 마씨가 여상을 찾아와서 이렇게 말했다.

"전엔 끼니를 잇지 못해 떠났지만 이젠 그런 걱정 안 해도 될 것 같아 돌아왔어요."

그러자 여상은 잠자코 곁에 있는 물그릇을 들어 마당에 엎지른 다음 마씨에게 말했다.

"저 물을 주워서 그릇에 담으시오."

그러나 이미 땅 속으로 스며든 물을 어찌 주워 담을 수 있단 말인가. 마씨는 진흙만 약간 주워 담았을 뿐이었다. 그러자 여상은 조용히 말했다.

"'한번 엎지른 물은 다시 담을 수 없고[覆水不返] 한번 떠난 아내는 돌아올 수 없는 법이오."

부마駙馬

駙 · 곁말 부 | 馬 · 말 마
— 원말 : 부마도위駙馬都尉
— 출전 : 『搜神記수신기』
● 임금의 사위를 말함.

옛날 농서隴書 땅에 신도탁辛道度이란 젊은이가 있었다. 그는 이름 높은 스승을 찾아 옹주雍州로 가던 도중 날이 저물자 어느 큰 기와집의 대문을 두드렸다. 이윽고 하녀가 나와 대문을 열었다.

"옹주로 가는 나그네인데 하룻밤 재워 줄 수 없겠습니까?"

하녀는 잠시 기다리라며 안으로 들어갔다 나오더니 그를 안방으로 안내했다. 방 안에는 잘 차린 밥상이 있었는데 하녀가 사양 말고 먹으라고 한다. 식사가 끝나자 안주인이 들어왔다.

"저는 진秦나라 민왕閔王의 딸이온데 조趙나라로 시집을 갔다가 남편과 사별을 하고 이제까지 23년 동안 혼자 살고 있습니다. 그런데 오늘 이처럼 찾아 주셨으니 저와 부부의 인연을 맺어 주세요."

신도탁은 그런 고귀한 여인과 어찌 부부의 인연을 맺을 수 있겠느냐고 극구 사양했으나 여인의 끈질긴 간청에 못 이겨 사흘 낮 사흘 밤을 함께 지냈다. 다음날 아침에 여인은 슬픈 얼굴로 말했다.

"좀 더 함께 지내고 싶지만 사흘 밤이 한도예요. 이 이상 같이 있으면 화를 당하게 되지요. 이제 헤어져야 하는데 제 진심을 보여 드릴 수 없는 게 슬프군요. 정표로 이거라도 받아 주세요."

여인은 신도탁에게 금베개[金枕]를 건네주고는 하녀에게 대문까지 배웅하라고 일렀다. 대문을 나선 신도탁이 뒤돌아보니 그 큰 기와집은 온데간데없고 잡초만이 무성한 허허 벌판에 무덤이 하나 있을 뿐이었다. 그러나 품속에 간직한 금베개는 그대로 있었다.

진나라에 도착한 신도탁은 먹을 것을 사기 위해 그 금베개를 팔았다. 얼마 후 진나라 왕비가 금베개를 저잣거리에서 발견하고 관원을 시켜 조사해 본 결과 신도탁의 소행임이 드러났다. 왕비는 그를 잡아다가 경위를 알아본 다음 공주의 무덤을 파고 관을 열어 보니 다른 부장품副葬品은 다 있었으나 금베개만 없어졌다. 그리고 시체를 조사해 본 결과 정교情交한 흔적이 역력했다. 모든 사실이 신도탁의 이야기

와 부합하자 왕비는 신도탁이야말로 내 사위라며 그에게
'부마도위駙馬都尉'라는 벼슬을 내리고 후대했다고 한다.

분서갱유 焚書坑儒

焚 · 불사를 분 | 書 · 글 서 | 坑 · 묻을 갱 | 儒 · 선비 유
— 출전 : 『史記』「秦始皇紀」, 『十八史略』「秦篇」
● 책을 불사르고 선비를 산 채로 구덩이에 파묻어 죽인다는
뜻으로, 진秦나라 시황제始皇帝의 문화 말살 정책을 이르는
말.

기원전 222년, 제齊나라를 끝으로 6국을 평정하고 전국
시대를 마감한 진나라 시황제 때의 일이다. 시황제는 천하
를 통일하자 주周왕조 때의 봉건 제도를 폐지하고 사상 처
음으로 중앙집권中央執權의 군현제도郡縣制度를 채택했다.

군현제를 실시한 지 8년이 되는 그 해 어느 날, 시황제가
베푼 함양궁咸陽宮의 잔치에서 박사博士 순우월淳于越이 '현
행 군현 제도 하에서는 황실의 무궁한 안녕을 기대하기 어
렵다'며 봉건제도로 개체할 것을 진언했다. 시황제가 신하

들에게 순우월의 의견에 대해 가부를 묻자 군현제의 입안

자立案者인 승상 이사李斯는 이렇게 대답했다.

"봉건시대에는 제후들 간에 침략전이 끊이지 않아 천하

가 어지러웠으나 이제는 통일되어 안정을 찾았사오며, 법

령도 모두 한 곳에서 발령發令되고 있나이다. 하오나 옛 책

을 배운 선비들 중에는 그것만을 옳게 여겨 새로운 법령

이나 정책에 대해서는 비난하는 이들이 많사옵니다. 하오

니 차제에 그러한 선비들을 엄단하심과 아울러 백성들에

게 꼭 필요한 의약醫藥 · 복서卜筮 · 종수(種樹:농업)에 관한 책

과 진나라 역사서 외에는 모두 수거하여 불태워 없애 버

리소서."

시황제가 이사의 진언을 받아들임으로써 관청에 압수된

희귀한 책들이 속속 불태워졌는데 이 일을 가리켜 '분서'

라고 한다. 당시는 종이가 발명되기 이전이므로, 책은 모두

글자를 적은 댓조각을 엮어서 만든 죽간竹簡이었다. 그래서

한번 잃으면 복원할 수 없는 것도 많았다.

이듬해 아방궁阿房宮이 완성되자 시황제는 불로장수의

신선술법神仙術法을 닦는 방사方士들을 불러들여 후대했다.

그들 중에서도 특히 노생盧生과 후생侯生을 신임했으나 두

방사는 많은 재물을 사취詐取한 뒤 시황제의 부덕不德을 비

난하며 종적을 감춰 버렸다. 시황제는 진노했다. 그 진노가
채 가시기도 전에 이번에는 시중의 염탐꾼을 감독하는 관
리로부터 '폐하를 비방하는 선비들을 잡아 가뒀다'는 보고
가 들어왔다. 시황제의 노여움은 극에 달했다. 엄중히 심문
한 결과 연루자는 460명이나 되었다. 시황제는 그들을 모
두 산 채로 각각 구덩이에 파묻어 죽였는데 이 일을 가리켜
'갱유'라고 한다.

불구대천지수 不俱戴天之晚

不 · 아니 불 | 俱 · 함께 구 | **戴** · 머리에 일 대
| 天 · 하늘 천 | **晚** · 원수 수
— 동의어 : 불공대천지수不共戴天之晚,
　　　　　철천지원수徹天之怨晚
— 출전 : 『禮記』「曲禮篇」, 『孟子』「盡心篇」
● 함께 하늘을 이고 살 수 없는 원수란 뜻으로, 반드시 죽여
　야 할 원수를 일컫는 말.

『예기禮記』「곡례편曲禮篇」에는 '불구대천지수'에 대해 다
음과 같은 글이 실려 있다.

父之晚弗與共戴天부지수불여공대천

　　아버지의 원수와는 함께 하늘을 이고 살 수 없고

兄弟之晚不反兵형제지수불반병

　　형제의 원수를 보고 무기를 가지러 가면 늦으며

交遊之晚不同國교유지수부동국

　　친구의 원수와는 나라를 같이해서는 안 된다.

즉, 아버지의 원수와는 함께 한 하늘을 이고 살 수 없으므로 반드시 죽여야 한다. 형제의 원수를 만났을 때 집으로 무기를 가지러 갔다가 놓쳐서는 안 되므로 항상 무기를 휴대하고 다니다가 그 자리에서 죽여야 한다. 친구의 원수와는 한 나라에서 같이 살 수 없으므로 나라 밖으로 쫓아내던가 아니면 역시 죽여야 한다.

오늘날 이 말은 아버지의 원수에 한하지 않고 '더불어 살 수 없을 정도로 미운 놈'이란 뜻으로 쓰이기도 한다. 또 이 말은 『맹자孟子』「진심편盡心篇」에 나오는 다음과 같은 맹자의 말과 비교가 되어 다시 생각하게 된다.

"내 이제야 남의 아비를 죽이는 것이 중한 줄을 알겠노라. 남의 아비를 죽이면 남이 또한 그 아비를 죽이고 남의 형을 죽이면 남이 또한 그 형을 죽일 것이다. 그러면 스스

로 제 아비나 형을 죽이는 것은 아니지만 결과는 마찬가지
이니라."

불수진 拂鬚塵

拂 · 떨칠 불 | 鬚 · 수염 수 | 塵 · 먼지 진
— 준말 : 불수拂鬚
— 출전 : 『宋史』「寇準傳」
● 수염에 붙은 티끌을 털어 준다는 뜻으로, 곧 윗사람이나 권력자에게 비굴하게 아첨함을 비유한 말.

송宋나라의 4대 황제인 인종仁宗 때 강직하기로 유명한
구준寇準이라는 재상이 있었다. 그는 나라를 위해 여러 유
능한 인재를 발탁, 천거했는데 참정參政 정위丁謂도 그 중 한
사람이었다.

어느 날 구준이 정위를 포함한 중신들과 회식會食을 하는
데 음식찌꺼기가 수염에 붙었다. 이것을 본 정위는 자리에
서 벌떡 일어나 자기 소맷자락으로 공손히 털어냈다. 그러

자 구준은 웃으며 이렇게 말했다.

"어허, 참정이라면 나라의 중신인데, 어찌 남의 '수염에 붙은 티끌을 털어 주는[拂鬚塵]' 그런 하찮은 일을 하오?"

정위는 부끄러워 고개도 들지 못한 채 도망치듯 그 자리를 물러갔다고 한다.

불입호혈부득호자 不入虎穴不得虎子

不·아니 불 | 入·들 입 | 虎·범 호 | 穴·구멍 혈 |
得·얻을 득 | 子·아들 자
―출전:『後漢書』「班超傳」
● 호랑이 굴에 들어가지 않고는 호랑이 새끼를 못 잡는다는 뜻으로, 모험을 하지 않고는 큰일을 할 수 없음을 비유한 말.

후한後漢 초기의 장군 반초班超는 중국 역사서의 하나인 『한서漢書』를 쓴 아버지 반표班彪, 형 반고班固, 누이동생 반소班昭와는 달리 무인武人으로 이름을 떨쳤다.

반초는 후한 2대 황제인 명제明帝 때 서쪽 오랑캐 나라인 선선국鄯善國에 사신으로 떠났다, 선선국 왕은 반초의 일행 36명을 상객上客으로 후대했다. 그런데 어느 날, 그 후대가 박대薄待로 돌변했다. 반초는 궁중에 무슨 일이 있음을 직감하고 즉시 부하 장수를 시켜 진상을 알아보라고 했다. 이윽고 부하 장수는 놀라운 소식을 갖고 왔다.

"지금 신선국에는 흉노국匈奴國의 사신이 와 있습니다. 게다가 대동한 군사만 해도 100명이 넘는다고 합니다."

흉노는 옛날부터 한족漢族이 만리장성萬里長城을 쌓아 침입을 막았을 정도로 사나운 유목민족이다. 반초는 즉시 일행을 불러 모은 다음 술을 나누며 말했다.

"지금 이곳에는 흉노국의 사신이 100여 명의 군사를 이끌고 와 있다고 한다. 선선국 왕은 우리를 다 죽이거나 흉노국의 사신에게 넘겨 줄 것이다. 그러면 그들에게 끌려가서 개죽음을 당할 텐데 어떻게 하면 좋겠나?"

"가만히 앉아서 죽을 수야 없지 않습니까? 싸워야 합니다!"

모두들 죽을 각오로 싸우자고 외쳤다.

"좋다. 그럼 오늘 밤에 흉노들이 묵고 있는 숙소로 쳐들어가자. '호랑이 굴에 들어가지 않고는 호랑이 새끼를 못 잡는다[不入虎穴不得虎子]'는 말도 있지 않은가!"

그날 밤 반초 일행은 흉노의 숙소에 불을 지르고 닥치는 대로 죽였다. 이 일을 계기고 선선국이 굴복했음은 물론 인근 50여 오랑캐 나라들도 한나라를 상국上國으로 섬기게 되었다.

불혹 不惑

不 · 아니 불 | 惑 · 미혹할 혹
— 원말 : 불혹지년不惑之年
— 출전 : 『論語』「爲政篇」
● 미혹迷惑하지 아니함. 나이 마흔 살을 일컬음.

공자는 일생을 회고하며 자신의 학문 수양의 발전 과정에 대해 『논어』 「위정편爲政篇」에서 이렇게 말했다.

吾十有五而志于學오십유오이지우학 : 志學

　나는 열다섯 살 때 학문에 뜻을 두었고

三十而立삼십이립 : 而立

서른 살 때 입신했다.

四十不惑사십불혹 : 不惑

마흔 살 때는 미혹되지 않았고

五十而知天命오십이지천명 : 知天命

쉰 살 때 하늘의 명을 알았다.

六十而耳順육십이이순 : 耳順

예순 살 때는 귀에 따랐고

七十而從心所欲 不踰矩칠십이종심소욕 불유구 : 從心

일흔 살이 되니 마음 내키는 대로 해도 법도를 넘어서

지 않았다.

20세 : 약관弱冠, 『예기禮記』에서 온 말. 60세 : 환갑還甲. 70세 : 고희古稀, 두보의 시 '人生七十古來稀'에서 온 말. 77세 : 희수喜壽, '喜'의 초서체草書體는 七七이라 읽을 수 있음. 88세 : 미수米壽, '米'자를 분해하면 八十八이 된다.

사면초가 四面楚歌

四·넉 사 | 面·낯 면 | 楚·초나라 초 | 歌·노래 가
— 동의어 : 사면초가성四面楚歌聲
— 출전 : 『史記』「項羽本紀」
● 사면에서 들려오는 초나라 노래란 뜻으로, 곧 사방 빈틈없이 적에게 포위된 고립무원孤立無援의 상태를 말함.

한나라는 벌써
초나라를 다
차지했단 말인가?

진秦나라를 무너뜨린 초패왕楚覇王 항우項羽와 한왕漢王 유
방劉邦은 홍구鴻溝를 경계로 천하를 양분, 강화하고 5년간에
걸친 패권覇權 다툼을 멈췄다. 힘과 기氣에만 의존하다가 범
증范增 같은 유일한 모신謀臣까지 잃고 밀리기 시작한 항우
의 휴전 제의를 유방이 받아들인 것이다.

항우는 곧 초나라의 도읍인 팽성彭城을 향해 철군撤軍 길
에 올랐으나 서쪽의 한중漢中으로 철수하려던 유방은 참모
장량張良·진평陳平의 진언에 따라 말머리를 돌려 항우를

추격했다. 이윽고 해하垓下에서 한신韓信이 지휘하는 한나라 대군에 겹겹이 포위된 초나라 진영陣營은 군사가 격감한 데다가 군량마저 떨어져 사기가 말이 아니었다.

그런데 이게 웬일인가? 한밤중에 '사면에서 초나라 노래[四面楚歌]' 소리가 들려오니 말이다. 초나라 군사들은 그리운 고향 노랫소리에 눈물을 흘리며 다투어 도망쳤다. 항복한 초나라 군사들로 하여금 고향 노래를 부르게 한 장량의 심리 작전이 맞아떨어진 것이다. 항우는 깜짝 놀랐다.

'아니, 한나라는 벌써 초나라를 다 차지했단 말인가? 어찌 저토록 초나라 사람이 많은가?'

이미 끝장났다고 생각한 항우는 결별의 주연을 베풀었다. 항우의 진중에는 우미인虞美人이라 불리는 애인 우희虞姬와 추騅 라는 준마가 있었다. 항우는 우희가 애처로워 견딜 수 없었다. 그래서 비분강개悲憤慷慨하여 시를 읊고 또 읊었다.

力拔山兮氣蓋世역발산혜기개세
　　힘은 산을 뽑고 의기는 온 세상을 뒤덮지만
時不利兮騅不逝시불리혜추불서
　　시국이 불리하니 추도 달리지 않는구나.

騅不逝兮可奈何추불서혜가내하

　추가 나가지 않으니 어찌하면 좋은가?

虞兮虞兮奈若何우혜우혜내약하

　우여, 우여, 그대를 어이해야 하나!

　우희도 이별의 슬픔에 목메어 화답했다. 역발산을 자처하는 천하장사 항우의 뺨에는 어느덧 몇 줄기의 눈물이 흘렀다. 좌우에 배석한 장수들이 오열嗚咽하는 가운데 우희는 마침내 항우의 보검을 뽑아 젖가슴에 꽂고 자결하고 말았다.

　그날 밤, 불과 800여 기騎를 이끌고 포위망을 탈출한 항우는 이튿날, 혼자 적군 속으로 뛰어들어 수백 명을 벤 뒤 오강烏江까지 달려갔다. 그러나 항우는 그와 뜻을 함께한 강동 자제子弟들을 다 잃고 혼자 돌아가는 것이 부끄러워 스스로 목을 쳐 자결하고 말았다. 그때 그의 나이 31세였다.

사이비 似而非

似 · 같을 사 | 而 · 어조사 이 | 非 · 아닐 비
— 원말 : 사이비자似而非者
— 출전 : 『孟子』「盡心篇」, 『論語』「陽貨篇」
● 겉은 제법 비슷하나 속은 전혀 다름, 곧 겉과 속이 전혀 다름을 비유한 말.

전국시대, 아성亞聖으로 불리던 맹자에게 어느 날 만장萬章이라는 제자가 물었다.

"한 마을 사람들이 다 훌륭한 사람이라고 칭찬한다면 그런 사람은 어디를 가든 훌륭한 사람일 것으로 생각됩니다. 그런데 공자께서는 어찌하여 그들을 가리켜 '향원鄕原은 덕德을 해치는 도둑'이라고 말씀하셨을까요?"

맹자는 이렇게 대답했다.

"그들을 비난하려 해도 들어서 비난할 것 없고, 공격하려 해도 공격할 구실이 없으나 세속에 아첨하고 더러운 세상에 합류한다. 또 집에 있으면 충심忠心과 신의가 있는 척하고, 나아가 행하면 청렴결백한 척한다. 그래서 사람들이 다 좋아하고 스스로도 옳다고 생각하지만 그들과는 더불어 요순堯舜의 도道에 들어갈 수 없기 때문이다. 또 공자께

서는 이런 말씀을 하셨느니라.

'사이비한 것[似而非者]을 미
워한다....... 말 잘하는 것을 미

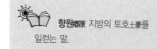

워하는 것은 정의를 혼란시킬까 두려워서이고, 정鄭나라
음악을 미워하는 것은 아악雅樂을 혼란시킬까 두려워서이
다....... 향원을 미워하는 것은 그들이 덕을 혼란시킬까 두
려워서이다.......'"

사족 蛇足

蛇 · 뱀 사 | 足 · 발 족
— 원말 : 화사첨족畵蛇添足
— 출전 : 『戰國策』「齊策」, 『史記』「楚世家」
● 뱀의 발이란 뜻으로, 곧 본질에서 어긋난 소용없는 일을 말함.

전국시대인 초楚나라 회왕懷王 때의 이야기이다. 어떤 인
색한 사람이 제사를 지낸 뒤 여러 하인들 앞에 술 한 잔을
내놓으면서 나누어 마시라고 했다. 그러자 한 하인이 이런

제안을 했다.

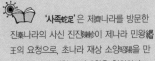
'사족蛇足'은 제齊나라를 방문한 진秦나라의 사신 진진陳軫이 제나라 민왕緡王의 요청으로, 초나라 재상 소양昭陽을 만나 제나라에 대한 공격계획을 철회하라고 설득할 때 인용한 이야기이다.

"여러 사람이 나누어 마신다면 간에 기별도 안 갈 테니, 땅바닥에 뱀을 제일 먼저 그리는 사람이 혼자 다 마시기로 하는 게 어떻겠나?"

"그렇게 하세."

하인들은 모두 찬성하고 제각기 땅바닥에 뱀을 그리기 시작했다. 이윽고 뱀을 다 그린 한 하인이 술잔을 집어들고 말했다.

"이 술은 내가 마시게 됐네. 어떤가, 멋진 뱀이지? 발도 있고."

그때 막 뱀을 그린 다른 하인이 재빨리 그 술잔을 빼앗아 단숨에 마셔 버렸다. 그리고 이렇게 말했다.

"세상에 발 달린 뱀이 어디 있나!"

술잔을 빼앗긴 하인은 공연히 쓸데없는 짓을 했다고 후회했지만 소용이 없었다.

살신성인 殺身成仁

殺 · 죽일 살 | 身 · 몸 신 | 成 · 이룰 성 | 仁 · 어질 인
— 출전 : 『論語』 「衛靈公篇」
● 몸을 죽여 어진 일을 이룬다는 뜻으로, 다른 사람 또는 대
의를 위해 목숨을 버린다는 말.

이 말은 춘추시대, 인仁을 이상의 도덕으로 삼는 공자孔子
의 언행을 수록한 『논어論語』 「위령공편衛靈公篇」에 나오는
한 구절이다.

志士仁人지사인인 높은 뜻을 지닌 선비와 어진 사람은
無求生以害仁무구생이해인 삶을 구하여 '인'을 저버리지
않으며
有殺身以成仁유살신이성인 스스로 몸을 죽여서 '인'을 이
룬다.

공자 사상의 중심을 이루는 '인'의 도는 제자인 증자曾子
가 『논어論語』 「이인편里仁篇」에서 지적했듯이 '충忠과 서恕'
에 귀착한다.

夫子之道 忠恕而已矣부자지도 충서이이의

부자(夫子=孔子)의 도는 '충'과 '서' 뿐이다.

'충' 이란 자기 자신의 최선
을 다하는 정신이고, '서' 란
'충' 의 정신을 타인에게 미치
게 하는 마음이다. 증자는 공
자의 '인' 이 곧 이 '충서'를
가리키는 것으로 보았다.

삼고초려 三顧草廬

三·석 삼 | 顧·돌아볼 고 | 草·풀 초 | 廬·풀집 려
— 동의어 : 초려삼고草廬三顧, 삼고지례三顧之禮
— 출전 : 『三國志』「蜀志 諸葛亮專」
● 초가집을 세 번이나 찾아간다는 뜻으로, 곧 사람을 맞이함
  에 있어 진심으로 예를 다함을 비유한 말.

후한 말엽, 유비劉備는 관우關羽·장비張飛와 의형제를 맺
고 한실漢室의 부흥을 위해 군사를 일으켰다. 그러나 군기

를 잡고 계책을 세워 전군을 통솔할 군사軍師가 없어 늘 조조군曹操軍에게 고전을 면치 못했다. 어느 날 유비가 은사隱士인 사마휘司馬徽에게 군사를 천거해 달라고 청하자 그는 이렇게 말했다.

"복룡伏龍이나 봉추鳳雛 중 한 사람만 얻으시오."

"대체 복룡은 누구고, 봉추는 누구입니까?"

그러나 사마휘는 말을 흐린 채 대답하지 않았다. 그 후 제갈량諸葛亮의 별명이 복룡이란 것을 안 유비는 즉시 수레에 예물을 싣고 양양襄陽 땅에 있는 제갈량의 초가집을 찾아갔다. 그러나 제갈량은 집에 없었다. 며칠 후 또 찾아갔으나 역시 출타하고 없었다.

"저번에 다시 오겠다고 했는데. 이거, 너무 무례하지 않습니까? 듣자니 나이도 젊다던데......."

"그까짓 제갈공명이 뭔데. 형님, 이젠 다시 찾아오지 마십시오."

마침내 동행했던 관우와 장비의 불평이 터지고 말았다.

"다음엔 너희들은 따라오지 말거라."

관우와 장비가 극구 만류하는 데도 유비는 단념하지 않고 세 번째 방문 길에 나섰다. 그 열의에 감동한 제갈량은 마침내 유비의 군사가 되어 적벽대전赤壁大戰에서 조조의

100만 대군을 격파하는 등 많은 전공을 세웠다. 그리고 유비는 그 후 제갈량의 헌책에 따라 위魏나라의 조조, 오吳나라의 손권孫權과 더불어 천하를 삼분三分하고 한실漢室의 맥을 잇는 촉한蜀漢을 세웠으며, 지략과 식견이 뛰어나고 충의심이 강한 제갈량은 재상이 되었다.

삼년불비불명 三年不飛不鳴

| 三·석삼 | 年·해년 | 不·아니불 | 飛·날비 | 鳴·울명 |
— 원말 : 삼년불비 우불명三年不飛 又不鳴
— 출전 : 『呂氏春秋』「審應覽」, 『史記』「滑稽列傳」
● 3년 동안 날지도 않고 울지도 않는다는 뜻으로, 훗날 웅비雄飛할 기회를 기다리고 있음을 이르는 말.

춘추시대 초엽, 오패五覇의 한 사람으로 꼽혔던 초楚나라 장왕莊王이 즉위한 지 얼마 안 되었을 때 있었던 일이다. 어느 날 장왕은 신하들을 모아 놓고 이렇게 선언했다.

"앞으로, 과인에게 감히 간하는 자는 사형死刑에 처할 것이다."

그 후 장왕은 3년간에 걸쳐 국정은 돌보지 않은 채 주색酒色으로 나날을 보냈다. 이를 보다 못한 충신 오거五擧는 죽음을 각오하고 간언諫言할 결심을 했다. 그러나 차마 직간直諫할 수가 없어 수수께끼로써 우회적으로 간하기로 했다.

"전하, 신이 수수께끼를 하나 내볼까 하나이다."

"어서 내보시오."

"언덕 위에 큰 새가 한 마리 있사온데, 이 새는 '3년 동안 날지도 않고 울지도 않사옵니다[三年不飛不鳴].' 대체 이 새는 무슨 새이겠나이까?"

장왕은 서슴없이 대답했다.

"3년이나 날지 않았지만 한번 날면 하늘에 오를 것이오. 또 3년이나 울지 않았지만 한번 울면 세상 사람들을 놀라게 할 것이오. 이제 그대의 뜻을 알았으니 그만 물러가시오."

그로부터 몇 달이 지났으나 장왕의 난행亂行은 조금도 달라지지 않았다. 그래서 이번에는 대부 소종蘇從이 죽음을 각오하고 어전에 나아가 직간했다. 그러자 장왕은 꾸짖듯이 말했다.

"경卿은 포고문도 못 보았소?"

"예, 보았나이다. 하오나 신은 전하께서 국정에 전념해 주신다면 죽어도 여한이 없겠나이다."

"알았소. 물러가시오."

장왕은 그날부터 주색을 멀리하고 국정에 전념했다. 3
년 동안 장왕이 주색을 가까이했던 것은 충신과 간신을 선
별하기 위함이었다. 장왕은 국정에 임하자마자 간신과 부
패한 관리들을 주살誅殺하고 수백 명의 충신을 등용했다.
그리고 오거와 소종에게 정치를 맡겨 어지러웠던 나라가
바로잡히자 백성들은 장왕의 멋진 재기를 크게 기뻐했다

삼십육계주위상계 三十六計走爲上計

| 三 · 석 삼 | 十 · 열 십 | 六 · 여섯 육 | 計 · 꾀할 계 |
| 走 · 달아날 주 | 爲 · 할 위 | 上 · 위 상 |
— 동의어 : 주여도반走與稻飯
— 출전 : 『資治通鑑』 「卷百四一」, 『齊書』 「王敬則專」
● 서른여섯 가지 계책 중에서 피하는 것이 제일 좋은 계책이
란 뜻으로, 일의 형편이 불리할 때는 도망가는 것이 상책이
라는 말.

남북조시대, 제齊나라 5대 황제인 명제明帝는 고제高帝 유

우劉優의 종질從姪로서 고제의
증손曾孫인 3대·4대 황제를
차례로 시해하고 제위를 찬탈
篡奪한 황제이다. 그는 즉위

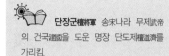

후에도 고제의 직손直孫들은 물론 자기를 반대하는 사람은
가차 없이 잡아 죽였다.

이처럼 피의 숙청이 계속되자 고조 이후의 옛 신하들은
불안을 느끼지 않을 수 없었다. 그 중에서도 개국 공신인
회계會稽 태수 왕경측王敬則의 불안은 날로 심해졌다. 불안
하기는 명제도 마찬가지였다. 그래서 대부 장괴張瑰를 평동
平東장군에 임명하여 회계와 인접한 오군五郡으로 파견했
다. 그러자 왕경측은 1만여 군사를 이끌고 도읍 건강建康을
향해 진군하여 불과 10여 일 만에 건강과 가까운 흥성성興
盛城을 점령했다. 도중에 농민들이 가세함에 따라 병력도
10여 만으로 늘어났다.

한편 병석의 명제를 대신하여 국정을 돌보던 태자 소보
권蕭寶卷은 패전 보고서를 받자 피난 준비를 서둘렀다. 이
소식을 전해들은 왕경측은 껄껄 웃으며 이렇게 말했다.

"단장군檀將軍의 '서른여섯 가지 계책 중 도망가는 것이
제일 좋은 계책[三十六計走爲上計]'이었다고 하더라. 이제

너희 부자父子에게 남은 건 도망가는 길밖에 없느니라."

하지만 그 후 관군에게 포위당한 왕경측은 난전중亂戰中에게 목이 잘려 죽고 말았다.

삼인성호 三人成虎

三·석 삼 | 人·사람 인 | 成·이룰 성 | 虎·범 호
—원말 : 삼인언이성호三人言而成虎
—동의어 : 시유호市有虎, 시호삼전市虎三傳, 증삼살인曾
參殺人, 십작목무부전十斲木無不顚
—출전 : 『韓非子』「內儲設」, 『戰國策』「魏策 惠王」
● 세 사람이 짜면 저잣거리에 호랑이가 나타났다는 말도 할
수 있다는 뜻으로, 거짓말이라도 여러 사람이 하면 곧이듣
는다는 말.

전국시대, 위魏나라 혜왕惠王 때의 일이다. 태자와 중신
방총龐丑이 볼모로 조趙나라의 도읍 한단邯鄲으로 가게 되었
다. 출발을 며칠 앞둔 어느 날, 방총이 심각한 얼굴로 혜왕
에게 이렇게 물었다.

"전하, 지금 누가 저잣거리에 호랑이가 나타났다고 한다

면 전하께서는 믿으시겠나이까?"

"누가 그런 말을 믿겠소."

"하오면, 두 사람이 똑같이 저잣거리에 호랑이가 나타났다고 한다면 어찌하시겠나이까?"

"역시 믿지 않을 것이오."

"만약, 세 사람이 똑같이 아뢴다면 그땐 믿으시겠나이까?"

"그땐 믿을 것이오."

"전하, 저잣거리에 호랑이가 나타날 수 없다는 것은 불을 보듯 명백한 사실이옵니다. 하오나 세 사람이 똑같이 아뢴다면 저잣거리에 호랑이가 나타난 것이 되옵니다. 신은 이제 한단으로 가게 되었사온데, 한단은 위나라에서 저잣거리보다 억만 배나 멀리 떨어져 있사옵니다. 게다가 신이 떠난 뒤 신에 대해서 참언讒言을 하는 자가 세 사람만은 아닐 것이옵니다. 전하, 바라옵건대 그들의 헛된 말을 귀담아 듣지 마시오소서."

"염려 마오. 누가 무슨 말을 하던 과인은 두 눈으로 본 것이 아니면 믿지 않을 것이오."

그런데 방총이 한단으로 떠나자마자 혜왕에게 참언을 하는 자가 있었다. 수년 후 볼모에서 풀려난 태자는 귀국했

으나 혜왕에게 의심을 받은 방총은 끝내 귀국할 수 없었다
고 한다.

새옹지마 塞翁之馬

塞 · 변방 새 | 翁 · 늙은이 옹 | 之 · 어조사 지(…의) | 馬 · 말 마
— 원말 : 인간만사새옹지마人間萬事塞翁之馬
— 동의어 : 새옹마塞翁馬, 북옹마北翁馬, 새옹득실塞翁得
   失, 새옹화복塞翁禍福
— 출전 : 『淮南子』 「人生訓」
● '변방 노인의 말' 이란 뜻으로, 인생의 길흉화복吉凶禍福이
   무상하여 예측할 수가 없음을 가리키는 말.

옛날 중국 북방의 요새要塞 근처에 점을 잘 치는 한 노인
이 살고 있었다. 어느 날, 이 노인의 말[馬]이 오랑캐 땅으
로 달아났다. 마을 사람들이 이를 위로하자 노옹은 조금도
애석한 기색 없이 태연하게 말했다.

"누가 아오? 이 일이 복이 되는지."

몇 달이 지난 어느 날, 그 말이 오랑캐의 준마駿馬를 데리

고 돌아왔다. 마을 사람들이 이를 치하하자 노인은 조금도 기쁜 기색 없이 태연하게 말했다.

"누가 아오? 이 일이 화가 되는지."

그런데 어느 날, 말타기를 좋아하는 노인의 아들이 그 오랑캐의 준마를 타다가 떨어져 다리가 부러졌다. 마을 사람들이 이를 위로하자 노인은 조금도 슬픈 기색 없이 태연하게 말했다.

"누가 아오? 이 일이 복이 되는지."

그로부터 1년이 지난 어느 날, 오랑캐의 대군이 쳐들어오자 마을 장정들은 모두 전쟁터로 끌려 나갔고, 대부분 살아 돌아오지 못했다. 그러나 노인의 아들만은 절름발이었기 때문에 무사했다고 한다.

서시빈목 西施矉目

西 · 서녁 서 | 施 · 베풀 시 | 矉 · 찡그릴 빈 | 目 · 눈 목
— 원말 : 효빈效矉.
— 동의어 : 서시봉심西施捧心, 서시효빈西施效矉
— 출전 : 『莊子』「天運篇」
● 서시가 눈살을 찌푸린다는 뜻으로, 곧 영문도 모르고 남의 흉
  내를 내거나 남의 단점을 장점인 줄 알고 본뜸을 비유한 말.

춘추시대 말엽, 오吳나라와의 전쟁에서 패한 월왕越王 구
천勾踐은 오왕吳王 부차夫差의 방심을 유도하기 위해 절세의
미인 서시西施를 바쳤다. 그러나 얼마 후 서시는 가슴앓이
로 말미암아 고향으로 돌아왔다.

그런데 그녀는 길을 걸을 때 가슴의 통증 때문에 늘 눈
살을 찌푸리고 걸었다. 이것을 본 그 마을의 추녀醜女가 자
기도 눈살을 찌푸리고 다니면 예쁘게 보일 것으로 믿고 서
시의 흉내를 냈다. 그러자 마을 사람들은 모두 기겁하며 집
안으로 들어가 대문을 굳게 걸어 잠그고 아무도 밖으로 나
오려 하지 않았다.

『장자莊子』「천운편天運篇」에 나오는 이 이야기는 원래 반
유교적反儒敎的인 장자가 외형에만 사로잡혀 본질本質을 꿰

뚫어 볼 능력이 없는 사람을 신랄하게 풍자하고 있는 것으로 실로 의미심장意味深長하다.

춘추시대 말엽의 난세亂世에 태어난 공자가 그 옛날 주왕조周王朝의 이상정치理想政治를 그대로 노魯나라와 위衛나라에 재현시키려는 것은 마치 '서시빈목'을 흉내내는 추녀의 행동과 같은 것이라는 의미이다.

서제막급 噬臍莫及

| 噬 : 씹을 서 | 臍 : 배꼽 제 | 莫 : 아닐 막 | 及 : 미칠 급
— 동의어 : 후회막급後悔莫及
— 출전 : 『春秋左氏傳』「莊公六年條」
● 배꼽을 물려고 해도 입이 미치지 않는다는 뜻으로, 곧 기회를 잃고 후회해도 아무 소용없음을 비유한 말.

기원전 7세기 말엽, 주왕조周王朝 장왕莊王 때의 이야기이다.

초楚나라 문왕文王이 지금의 하남성河南省에 있었던 신申나라를 치기 위해 역시 하남성에 있었던 등鄧나라를 지나가자 등나라의 임금인 기후祁侯는 '내 조카가 왔다'며 반갑게 맞이하여 진수성찬으로 환대했다. 그러자 세 현인賢人이 기후 앞으로 나와 이렇게 진언했다.

"아뢰옵기 황송하오나 머잖아 저 문왕은 반드시 등나라를 멸하고 말 것이옵니다. 하오니 지금 조치하지 않으면 훗날 '후회해도 소용이 없을 것이옵니다[樓臍莫及].'"

그러나 기후는 펄쩍 뛰며 듣지 않았다. 그로부터 10년이 지난 후, 문왕은 군사를 이끌고 등나라로 쳐들어왔다. 이리하여 등나라는 일찍이 세 현인이 예언한 대로 문왕에게 멸망하고 말았다.

신서어외 先始於嵬

先·먼저 선 | 始·시작할 시 | 於·어조사 어(…에서) |
嵬·높을 외
─ 출전:『戰國策』「燕策 昭王」
● '먼저 외嵬부터 시작하라'는 뜻으로, 가까이 있는 사람이나 말을 꺼낸 사람부터 시작하라는 말.

전국시대, 연燕나라가 영토의 태반을 제齊나라에 빼앗기

고 있을 때의 일이다. 이런 어려운 시기에 즉위한 소왕昭王은 어느 날, 재상 곽외郭隗에게 실지失地 회복에 필요한 인재를 모으는 방법을 물었다. 곽외는 이렇게 대답했다.

"신은 이런 이야기를 들은 적이 있사옵니다. 옛날에 어느 왕이 천금千金을 가지고 천리마를 구하려 했으나 3년이 지나도 얻지 못했나이다. 그러던 어느 날, 잡일을 맡아보는 신하가 천리마를 구해 오겠다고 자청하므로 왕은 그에게 천금을 주고 그 일을 맡겼나이다. 그는 석 달 뒤에 천리마가 있는 곳을 알고 달려갔으나 애석하게도 그 말은 그가 도착하기 며칠 전에 죽었다고 하옵니다. 그런데 그가 그 '죽은 말의 뼈를 오백 금五百金이나 주고 사 오자[賈死馬骨]' 왕은 진노하여 '과인이 원하는 것은 산 천리마야. 누가 죽은 말뼈에 오백 금을 버리라고 했느냐'며 크게 꾸짖었나이다. 그러자 그는 '이제 세상 사람들이 천리마라면 그 뼈조차 거금으로 산다는 것을 안 만큼 머잖아 반드시 천리마를 끌고 올 것'이라고 말했나이다. 과연 그 말대로 1년이 안 되어 천리마가 세 필이나 모였다고 하옵니다. 하오니 전하께오서 진정으로 현재賢才를 구하신다면 '먼저 신 외부터[先始於隗]' 스승의 예를 받도록 하오소서. 그러면 외 같은 자도 저렇듯 후대를 받는다며 신보다 어진 이가 천리 길도 멀다 않고 스스로 모여들 것이옵니다."

소왕은 곽외의 말을 옳게 여겨 그를 위해 황금대黃金臺라는 궁전을 짓고 스승으로 예우했다. 이 일이 제국諸國에 알려지자 천하의 현재가 다투어 연나라로 모여들었는데 그 중에는 조趙나라의 명장 악의樂毅를 비롯하여 음양설陰陽說의 비조鼻祖인 추연鄒衍, 대정치가인 극신劇辛과 같은 큰 인물도 있었다. 이들의 보필을 받은 소왕은 드디어 제국諸國의 군사와 함께 제나라를 쳐부수고 숙원을 풀었다.

> **매사마골買死馬骨** : 쓸데없는 것을 사서 요긴한 것이 오기를 기다린다는 뜻으로, 쓸데없는 것이라도 소중히 다루면 현인은 그에 끌려 자연히 모여든다는 뜻으로 쓰이는 말.

선즉제인 先則制人

先·먼저 선 | 則·곧 즉 | 制·제압할 제 | 人·사람 인
— 동의어 : 선발제인先發制人, 진승오광陳勝吳廣
— 반의어 : 후즉인제後則人制
— 출전 : 『史記』「項羽本記」, 『漢書』「項籍專」
● 상대방이 준비를 마치기 전에 선수를 쳐 대비를 유리하게
　이끌어 나간다는 뜻.

　진秦나라 2대 황제 원년元年의 일이다. 진시황秦始皇 이래 계속되는 폭정에 항거하여 대택향大澤鄕에서 900여 명의 농민군을 이끌고 궐기한 날품팔이꾼 진승陳勝과 오광吳廣은 단숨에 기현을 석권하고 진秦에 입성했다. 이어 이곳에 장초張楚라는 나라를 세우고, 왕위에 오른 진승은 옛 6개국의 귀족들과 그 밖의 반진反秦 세력을 규합하여 진나라의 도읍 함양咸陽을 향해 진격했다.

　이에 자극을 받은 강동江東의 회계군수會稽君守 은통殷通은 군도郡都 오중吳中의 유력자인 항량項梁을 불러 거병을 의논했다.

　항량은 진나라 군사에게 패사敗死한 옛 초楚나라 명장이었던 항연項燕의 아들인데, 고향에서 살인을 하고 조카인 항우項羽와 함께 오중으로 도망온 뒤 타고난 통솔력을 십분

발휘하여 오중의 실력자가 된 젊은이다.

"지금 강서江西 지방에서는 모두들 진나라에 반기를 들었는데, 이는 하늘이 진나라를 멸망코자 하는 시운時運이 되었기 때문이오, 내가 듣건대 '선수를 쓰면 남을 제압할 수 있고[先則制人]' 뒤지면 남에게 제압당한다고[後則人制] 했소. 그래서 나는 그대와 환초를 장군으로 삼아 군사를 일으킬까 하오."

은통은 오중의 실력자일 뿐 아니라 병법에도 조예가 깊은 항량을 이용, 출세의 실마리를 잡아볼 속셈이었으나 항량은 그보다 한 수 위였다.

"거병하려면 우선 환초부터 찾아야 하는데, 그의 행방을 알고 있는 자는 오직 제 조카인 적뿐입니다. 그러니 지금 밖에 와 있는 그에게 환초를 불러오라고 하명하시지요."

"그럽시다. 그럼, 그를 들라 하시오."

항량은 뜰 아래에 대기하고 있는 항우에게 다가가 귀엣말로 이렇게 일렀다.

"내가 눈짓을 하거든 지체 없이 은통의 목을 치도록 하라."

항우를 데리고 방에 들어온 항량은 항우가 은통에게 인사를 마치고 자기를 쳐다보는 순간 눈짓을 했다. 항우는 칼을 빼자마자 비호같이 달려들어 은통의 목을 쳤다. 항량과 항우가 은통에 앞서 '선즉제인'을 몸소 실행한 것이다.

항량은 곧바로 관아를 점거한 뒤 스스로 회계 군수가 되어 8,000여 군사를 이끌고 함양으로 진격하던 중 전사하고 말았다. 뒤이어 회계군의 총수가 된 항우는 훗날 한왕조漢王朝를 이룩한 유방劉邦과 더불어 진나라를 멸망시켰고, 그 후 유방과 5년간에 걸쳐 천하의 패권을 다투다가 패하여 자결하고 말았다.

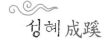

성혜 成蹊

成 · 이룰 성 | 蹊 · 샛길 혜
— 원말 : 도리불언하자성혜桃李不言下自成蹊
— 출전 : 『史記』「李將軍列傳」
● 샛길이 생긴다는 뜻으로, 곧 덕德이 높은 사람은 굳이 자신을 드러내지 않아도 자연히 사람들이 흠모하여 모여든다는 말.

전한 6대 황제인 경제景帝때 이광李廣이라는 명장이 있었다. 당시는 북방 흉노족匈奴族과의 전쟁이 끊이지 않았던 때인 만큼 이광의 무용담武勇談도 자연히 흉노족과의 전쟁과 결부된 이야기가 많은데 이 이야기도 그중 하나이다.

어느 날, 이광은 불과 100여 기騎를 이끌고 적 후방 깊숙이 쳐들어가 목적한 기습 공격에 성공했다. 그러나 곧 적군에게 포위되고 말았다. 정면 돌파는 불가능하다고 판단한 이광은 부하 장병들에게 이렇게 명했다.

"침착하라. 그리고 말에서 내려 안장을 풀어라."

적은 깜짝 놀랐다. 그 행동이 너무나 대담했기 때문이다. 그래서 의표를 찔린 적은 필연 뭔가 계략이 숨겨져 있을 것으로 믿고 주춤했다. 이때 이광은 10여 기를 이끌고 질풍처럼 적진에 돌입하여 한칼에 적장을 베었다. 그러자 적은 혼비백산魂飛魄散하여 달아났다. 이리하여 이광은 한 사람의 병사도 잃지 않고 개선했다. 그 후에도 많은 무공을 세운 이광을 칭송하여 사마천司馬遷은 그의 저서 『사기史記』 「이장군열전李將軍列傳」에서 이렇게 쓰고 있다.

"장군은 언변은 좋지 않았으나 그 덕과 성실함은 천하에 알려져 있었다. 복숭아꽃과 자두꽃은 아무 말 하지 않아도[桃李不言] 그 아름다움에 끌려 사람들이 모여들므로 '나무 밑에는 자연히 샛길이 생기게 되는 것이다[下自成蹊].'"

소년이로학난성 少年易老學難成

少 · 젊을 소 | 年 · 해 년 | 易 · 쉬울 이 | 老 · 늙을 로 |
學 · 배울 학 | 難 · 어려울 난 | 成 : 이룰 성
— 출전 : 『朱文公文集』 「勸學文」
● 소년은 늙기 쉬우나 학문을 이루기는 어렵다는 말.

이 말은 남송南宋의 대유학자大儒學者로서 송나라의 이학理學을 대성한 주자朱子:朱熹의 『주문공문집朱文公文集』 「권학문勸學文」에 나오는 시의 첫 구절이다.

少年易老學難成소년이로학난성　소년은 늙기 쉬우나 학문을 이루기는 어렵다.

一寸光陰不可輕일촌광음불가경　매순간의 세월을 헛되이 보내지 마라.

未覺池塘春草夢미각지당춘초몽　연못가의 봄풀이 채 꿈도 깨기 전에

階前梧葉已秋聲계전오엽이추성　계단 앞 오동나무 잎이 가을을 알린다.

201

송양지인 宋襄之仁

宋 · 송나라 송 | 襄 · 도울 양 | 之 · 어조사 지(…의) | 仁 ·
어질 인
—출전:『十八史略』「卷一」
● 송나라 양공襄公의 인정이란 뜻으로, 곧 쓸데없는 인정을
베푼다는 말.

춘추시대인 주周나라 양왕襄王 2년, 송(宋)나라 환공桓公이
세상을 떠났다. 환공이 병석에 있을 때 태자인 자부玆父는
인덕仁德이 있는 서형庶兄 목이目夷에게 태자의 자리를 양보
하려 했으나 목이는 굳이 사양했다. 그래서 자부가 위位에
올라 양공襄公이라 일컫고 목이를 재상에 임명했다.

그로부터 7년 후, 춘추의 첫 패자覇者인 제齊나라 환공桓公
이 죽고, 송나라에는 운석隕石이 떨어졌다. 이는 패자가 될
징조라며 양공은 야망을 품기 시작했다. 그는 우선 여섯 공
자간에 후계 다툼이 치열한 제나라로 쳐들어가 공자 소昭
를 세워 추종 세력을 만들었다. 이어 4년 후에는 송 · 제 ·
초楚 세 나라의 맹주盟主가 되었다. 목이는 '작은 나라가 패
권을 다투는 것은 화근'이라며 걱정했다.

이듬해 여름, 양공은 자기를 무시하고 초나라와 통교通交

한 정鄭나라를 쳤다. 그러자 그 해 가을, 초나라는 정나라를 구원하기 위해 대군을 파병했다. 양공은 초나라 군사를 홍수泓水에서 맞아 싸우기로 했으나 전군이 강을 다 건너왔는데도 공격을 하지 않았다. 목이가 참다못해 진언했다.

"적은 많고 아군은 적사오니 적이 전열戰列을 가다듬기 전에 쳐야 하옵니다."

그러나 양공은 듣지 않았다.

"군자는 어떤 경우든 남의 약점을 노리는 비겁한 짓은 하지 않는 법이오."

양공은 초나라 군사가 전열을 가다듬은 다음에야 공격 명령을 내렸다. 그 결과 열세劣勢한 송나라 군사는 참패했다. 그리고 양공 자신도 허벅다리에 부상을 입은 것이 악화하는 바람에 결국 이듬해 죽고 말았다.

수시양단 首鼠兩端

首 · 머리 수 | 鼠 · 쥐 서 | 兩 · 두 량 | 端 · 실마리 단
— 동의어 : 수시양단首施兩端, 좌고우면左顧右眄
— 출전 : 『史記』「魏其武侯列傳」
● 구멍에서 머리만 내밀고 좌우를 살피는 쥐라는 뜻으로, 곧 결정을 내리지 못하고 망설이는 상태, 또는 두 마음을 가지고 기회를 엿보는 것을 말함.

전한 7대 황제인 무제武帝 때의 일이다. 5대 문제文帝의 황후의 조카인 위기후魏其侯 두영竇嬰과 6대 경제景帝의 황후의 동생인 무안후武安侯 전분田蚡은 같은 외척이었지만 당시 연장자인 두영은 서산낙일西山落日하는 고참 대장군이었고, 전분은 욱일승천旭日昇天하는 신진 재상이었다.

그런데 어느 날, 두영의 친구인 관부灌夫 장군이 고관대작高官大爵들이 모인 주연에서 전분에게 대드는 실수를 범했다. 사건의 발단은 관부가 두영을 무시한 한 고관을 힐책詰責할 때 전분이 그를 두둔하고 나섰기 때문이다. 관부가 한사코 사죄를 거부하자 이 일은 결국 조의朝議에 오르게 되었다. 양쪽 주장을 다 들은 무제는 중신들에게 물었다.

"경들이 판단컨대 어느 쪽이 잘못이 있는 것 같소?"

처음에는 의견이 둘로 나뉘었으나 시간이 지남에 따라 두영의 추종자로 알려진 내사內史 정당시鄭當時조차 우물쭈물 얼버무리는 애매한 태도를 취했다. 그러자 어사대부御史大夫 한안국韓安國도 명확한 대답을 피했다.

"폐하, 양쪽 다 일리가 있사와 흑백을 가리기가 심히 어렵나이다."

중신들의 불분명한 태도에 실망한 무제가 자리를 뜨자 조의는 거기서 끝났다. 전분은 화가 나서 한안국을 책망했다.

"그대는 어찌하여 '구멍에서 머리만 내밀고 좌우를 살피는 쥐[首鼠兩端]'처럼 망설였소? 이 사건은 시비곡직是非曲直이 불을 보듯 훤한 일인데……."

수석침류 漱石枕流

漱·양치질 수 | 石·돌 석 | 枕·베개 침 | 流·흐를 류
— 동의어: 침류수석枕流漱石, 견강부회牽强附會, 아전인수我田引
水, 추주어륙推舟於陸, 궤변詭辯.
— 출전:「晉書」「孫楚專」
● 돌로 양치질하고 흐르는 물을 베개로 삼는다는 뜻으로, 곧
실패를 인정하려 들지 않고 억지를 쓰는 것을 말함.

　진晉나라 초엽, 풍익 태수馮翊太守를 지낸 손초孫楚가 벼슬
길에 나가기 전, 젊었을 때의 일이다. 당시 사대부간에는
속세의 도덕과 명문名聞을 경시하고 노장老莊의 철리哲理를
중히 여겨 담론하는 이른바 청담淸談이 유행하던 때였다.
그래서 손초도 죽림칠현竹林七賢처럼 속세를 떠나 산림에
은거하기로 작정하고 어느 날, 친구인 왕제王濟에게 흉금을
털어놓았다.

　이때 '돌을 베개 삼아 눕고, 흐르는 물로 양치질하는 생
활을 하고 싶다[枕流漱石]'고 해야 할 것을, 반대로 '돌로
양치질하고, 흐르는 물을 베개로 삼겠다[漱石枕流]'고 잘
못 말했다. 왕제가 웃으며 실언임을 지적하자 자존심이 강
한 데다 문재文才까지 뛰어난 손초는 서슴없이 이렇게 강변

했다.

"흐르는 물을 베개로 삼겠다는 것은 옛날 은사隱士인 허
유許由와 같이 쓸데없는 말을 들었을 때 귀를 씻기 위해서
이고, 돌로 양치질한다는 것은 이를 닦기 위해서라네."

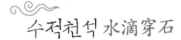

수적천석 水滴穿石

水 · 물 수 | 滴 · 물방울 적 | 穿 · 뚫을 천 | 石 · 돌 석
— 동의어 : 점적천석點滴穿石, 우공이산愚公移山, 적토성
  산積土成山, 적수성연積水成淵, 산류천석山溜穿石
— 출전 : 『鶴林玉露』
● 물방울이 돌을 뚫는다는 뜻으로, 곧 물방울이라도 끊임없
  이 떨어지면 결국엔 돌에 구멍을 뚫듯이, 작은 노력이라도
  끈기 있게 계속하면 큰일을 이룰 수 있음을 비유한 말.

북송北宋 때 숭양 현령崇陽縣令에 장괴애張乖崖라는 사람이
있었다. 어느 날 그는 관아를 돌아보다가 창고에서 황급히
튀어나오는 한 관원을 발견했다. 당장 잡아서 조사해 보니
상투 속에서 한 푼짜리 엽전 한 닢이 나왔다. 엄히 추궁하

자 창고에서 훔친 것이라고 한다. 즉시 형리刑吏에게 명하여 곤장을 치라고 했다. 그러자 그 관원은 장괴애를 노려보며 이렇게 말했다.

"이건 너무 하지 않습니까? 그까짓 엽전 한 푼 훔친 게 뭐 그리 큰 죄라고."

이 말을 듣자 장괴애는 화가 머리끝까지 치밀었다.

"네 이놈! 티끌 모아 태산[塵合泰山]이란 말도 못 들었느냐? 하루 한 푼[一文]이라도 천 날이면 천 푼이요, '물방울도 끊임없이 떨어지면 돌에 구멍을 뚫는다[水滴穿石]'고 했다."

장괴애는 말을 마치자마자 층계 아래 있는 죄인 곁으로 다가가 칼을 빼어 목을 치고 말았다. 이 같은 일은 당시 상관을 무시하는 관원들의 잘못된 풍조를 고치려는 행위였다고 『옥림학로玉林鶴露』는 쓰고 있다.

수즉다욕 壽則多辱

壽 · 목숨 수 | 則 · 곧 즉 | 多 · 많을 다 | 辱 · 욕 욕
— 출전 : 『莊子』「天地篇」
● 오래 살면 욕된 일이 많다는 뜻으로, 오래 살수록 망신스러
운 일을 많이 겪게 된다는 말.

전국시대를 살다간 사상가 장자_{莊子:莊周}의 저서 『장자莊
子』「천지편天地篇」에는 다음과 같은 우화가 실려 있다.

그 옛날 성천자聖天子로 이름 높은 요堯 임금이 순행巡幸중
에 화華라는 변경에 이르자 그곳의 관원이 공손히 맞으며
이렇게 말했다.

"장수하시오소서."

그러자 요 임금은 미소를 지으며 대답했다.

"나는 장수하기를 원치 않네."

"그러시면 부자가 되시오소서."

"부자가 되고 싶은 생각도 없네."

"그러시면 다남多男하시오소서."

"그것도 나는 원치 않네. 다남하면 못난 아들도 있어 걱
정의 씨앗이 되고, 부자가 되면 쓸데없는 일이 많아져 번거
롭고, '오래 살면 욕된 일이 많은 법이네[壽則多辱].'"

이 말을 들은 관원은 실망한 얼굴로 허공을 바라보며 중얼대듯 말했다.

"요 임금은 성인이라고 들어 왔는데 이제 보니 군자君子에 불과하군. 아들이 많으면 각기 분수에 맞는 일을 맡기면 걱정할 필요 없고, 재물이 늘면 는 만큼 남에게 나누어주면 될 텐데……. 진정한 성인이란 메추라기처럼 거처를 가리지 않으며 병아리처럼 아무 생각 없이 잘 먹고, 새가 날아간 흔적 없는 자리처럼 자유자재이어야 하는 법. 그리고 세상이 정상이면 세상 사람들과 더불어 그 번영을 누리고, 정상이 아니면 스스로 덕을 닦고 은둔하면 되지 않는가. 그렇게 한 100년쯤 장수하다가 세상이 싫어지면 그때 신선이 되어 흰 구름을 타고 옥황상제玉皇上帝가 계시는 곳에서 놀면 나쁠 것도 없지……. "

관원은 말을 마치자 마자 그 자리를 떠났다. 허를 찔린 요 임금은 관원의 이야기를 조금 더 들어보려 했으나 어디로 사라졌는지 찾을 길이 없었다.

수청무대어 水淸無大魚

水 · 물 수 | 淸 · 맑을 청 | 無 · 없을 무 | 大 · 클 대 |
魚 · 고기 어
— 원말 : 수지청즉무어水至淸則無魚
— 동의어 : 수청어불주서水淸魚不住棲, 수청무어水淸無魚
— 출전 : 『後漢書』「班超專」, 『孔子家語』
● 물이 너무 맑으면 큰 물고기가 살 수 없다는 뜻으로, 사람
이 너무 결백하면 따르는 무리가 없음을 비유한 말.

후한시대 초엽, 『한서漢書』의 저자로 유명한 반고班固의
동생중에 반초班超라는 무장이 있었다. 반초는 2대 황제인
명제明帝 때 선선국鄯善國에 사신으로 다녀오는 등 끊임없이
활약한 끝에 서쪽 오랑캐 땅의 50여 나라를 복속服屬시켜
한나라의 위세를 크게 떨쳤다.

그는 그 공으로 4대 화제和帝 때인 영원永元 3년에 서역도
호부西域都護府의 도호都護가 되어 정원후定遠侯에 봉해졌다.
도호의 직책은 한나라의 도읍 낙양洛陽에 왕자를 인질로 보
내어 복속을 맹세한 서역 50여 나라를 감독 · 사찰査察하여
이반離叛을 방지하는 것이었다.

영원 14년(102년), 반초가 대과大過없이 소임을 다하고
귀국하자 후임 도호로 임명된 임상任尙이 부임 인사차 찾아

와서 이런 질문을 했다.

"서역을 다스리는 데 유의할 점은 무엇입니까?"

반초는 이렇게 대답했다.

"자네 성격이 너무 결백하고 조급한 것 같아 그게 걱정이네. 원래 '물이 너무 맑으면 큰 물고기는 살지 않는 법[水淸無大魚]'이야. 마찬가지로 정치도 너무 엄하게 서두르면 아무도 따라오지 않네. 그러니 사소한 일은 덮어두고 대범하게 다스리도록 하게나."

임상은 반초의 말을 귀담아 듣지 않았다. 묘책을 듣고자

했던 기대와는 달리 이야기가 너무나 평범했기 때문이다.
임지에 부임한 임상은 반초의 조언을 무시한 채 자기 소신
대로 다스렸다. 그 결과 부임 5년 후인 6대 안제安帝 때(107
년) 서역 50여 나라는 모두 한나라를 이반하고 말았다. 따
라서 서역도호부도 폐지되고 말았다.

순망치한 脣亡齒寒

脣 · 입술 순 | 亡 · 없을 망 | 齒 · 이 치 | 寒 · 시릴 한
— 동의어 : 순치지국脣齒之國, 순치보거脣齒輔車, 조지양
  익鳥之兩翼, 거지양륜車之兩輪
— 반의어 : 보거상의輔車相依
— 출전 : 『春秋左氏傳』「僖公五年條」
● 입술이 없으면 이가 시리다는 뜻으로, 곧 서로 떼려야 뗄
  수 없는 밀접한 관계를 나타내며 한쪽이 망하면 다른 한쪽
  도 보전하기 어려움을 비유한 말.

춘추시대 말엽, 오패五霸의 한 사람인 진晉나라 문공文公
의 아버지 헌공獻公이 괵虢 · 우虞 두 나라를 공략할 때의 일
이다.

곽나라를 치기로 결심한 헌공은 그 길목인 우나라의 우공虞公에게 길을 빌려주면 많은 재보財寶를 주겠다고 제의했다. 우공이 이 제의를 수락하려 하자 현인 궁지기宮之奇가 극구 간했다.

"전하, 곽나라와 우나라는 한 몸이나 다름없는 사이오라 곽나라가 망하면 우나라도 망할 것이옵니다. 옛 속담에도 덧방 나무와 수레는 서로 의지하고[輔車相依], '입술이 없어지면 이가 시리다[脣亡齒寒]'란 말이 있사온데, 이는 곧 곽나라와 우나라를 두고 한 말이라고 생각되옵니다. 그런 가까운 사이인 곽나라를 치려는 진나라에 길을 빌려준다는 것은 당치도 않습니다."

"경은 진나라를 오해하고 있는 것 같소. 진나라와 우나라는 모두 주황실周皇室에서 갈라져 나온 동종同宗의 나라가 아니오? 그러니 해를 끼칠 리가 있겠소?"

"곽나라 역시 동종이옵니다. 하오나 진나라는 동종의 정리를 잃은 지 오래이옵니다. 예컨대 지난날 진나라는 종친宗親인 제齊나라 환공桓公과 초楚나라 장공莊公의 겨레붙이까지 죽인 일도 있지 않사옵니까? 전하, 그런 무도한 진나라를 믿어선 아니 되옵니다."

그러나 재보에 눈이 먼 우공은 결국 진나라에 길을 내주고 말았다. 그러자 궁지기는 화가 미칠 것을 두려워하여 일가권속一家眷屬을 이끌고 우나라를 떠났다.

그 해 12월, 괵나라를 멸하고 돌아가던 진나라 군사는 궁지기의 예언대로 단숨에 우나라를 공략하고 우공을 포로로 잡아갔다.

시오설 視吾舌

視 · 볼 시 | 吾 · 나 오 | 舌 · 혀 설
— 동의어 : 상존오설尙存吾舌
— 출전 : 『史記』 「張儀列傳」
● '내 혀를 보라'는 뜻으로, 곧 말 한마디로 천하도 움직일 수 있음을 비유한 말.

전국시대, 위魏나라에 장의張儀라는 한 가난한 사람이 있었다. 언변과 완력과 재능이 뛰어난 그는 권모술수에 능한 귀곡자鬼谷子의 제자이다. 따라서 합종책合從策을 성공시켜 6국의 재상을 겸임한 소진蘇秦과는 동문이 된다. 장의는 수업修業을 마치자 자기를 써 줄 사람을 찾아 여러 나라를 돌아다니다가 초楚나라 재상 소양昭陽의 식객이 되었다.

어느 날, 소양은 초왕楚王이 하사한 '화씨지벽和氏之璧'이라는 진귀한 구슬을 부하들에게 피로披露하는 잔치를 베풀었다. 그런데 어찌 된 일인지 그 연석에서 구슬이 감쪽같이 없어졌다. 모두가 장의를 범인으로 지목했다.

"가난뱅이인 데다 행실까지 미심쩍은 장의가 훔친 게 틀림없습니다."

결국 장의는 수십 대의 매질까지 당했으나 끝내 죄를 부인했다. 마침내 그가 실신하자 소양은 할 수 없이 방면했다. 장의가 초주검이 되어 집에 돌아오자 아내는 눈물을 흘리며 말했다.

"어쩌다가 이런 변을 당했어요?"

그러자 장의는 느닷없이 혀를 쑥 내밀며 보인 다음 이렇게 물었다.

"'내 혀를 봐요[視吾舌].' 아직 있소, 없소?"

이 무슨 뚱딴지같은 소린가. 아내는 어이없다는 듯이 웃으며 대답했다.

"혀야 있지요."

"그럼 됐소."

몸은 가령 절름발이가 되더라도 상관없으나 혀만은 상傷

해선 안 되는 것이었다. 혀가 건재해야 살아갈 수 있고 천하도 움직일 수 있기 때문이다. 장의는 그 후 혀 하나로 진나라의 재상이 되어 연횡책連衡策으로 일찍이 소진이 이룩한 합종책을 깨는 데 성공했다.

안서 雁書

雁 · 기러기 안 | 書 · 글 서
— 동의어 : 안찰雁札, 안신雁信, 안백雁帛
— 출전 : 『漢書』「蘇武專」
● 기러기 다리에 묶은 편지라는 뜻으로, 편지를 일컫는 말.

한漢나라 소제昭帝는 19년 전, 선제先帝인 무제武帝 때(B.C. 100년) 포로 교환차 사절단을 이끌고 흉노匈奴의 땅에 들어갔다가 그곳에 억류당한 중랑장中郎將 소무蘇武의 귀환을 위해 특사를 파견했다. 현지에 도착한 특사가 곧바로 흉노의 우두머리인 선우單于에게 소무의 석방을 요구하자 선우는 '소무는 벌써 여러 해 전에 죽었다'며 대화에 응하려 하지 않았다. 그날 밤, 상혜常惠라는 사람이 은밀히 특사의 숙소로 찾아와 이렇게 말했다.

"나는 소무를 따라왔다가 흉노의 내란에 말려 일행이 모두 잡힌 뒤 투항한 사람 중 하나입니다. 그런데 그때 끝까지 항복을 거부한 소무는 북해北海 근방으로 추방당한 뒤 아직도 그곳에서 혼자 어렵게 살아가고 있습니다."

이튿날 특사는 선우를 만나 따지듯이 말했다.

"내가 이곳에 오기 전에 황제께서 사냥을 하시다가 활로 기러기 한 마리를 잡았는데, 그 기러기 발목에는 헝겊이 감겨 있었소. 그래서 풀어 보니 '소무는 대택(大澤:큰 못) 근처에 있다'고 적혀 있었소. 이것만 봐도 소무는 살아 있는 게 분명하지 않소?"

안색이 변한 선우는 부하와 몇 마디 나누더니 이렇게 말했다.

"어제는 제가 잘 모르고 실언을 한 것 같소. 그는 살아 있다고 하오."

꾸며댄 이야기가 제대로 들어맞은 것이다. 며칠 후 흉노의 사자使者가 데려온 소무는 몰골이 말이 아니었으나 그의 손에는 한나라 사신의 증표인 부절符節이 굳게 쥐어져 있었다. 이렇게 해서 소무는 꿈에도 그리던 고국으로 돌아가게 되었는데, 그가 한나라를 떠난 지 19년 만의 일이었다.

이 고사에 연유하여 그 후 편지를 안서라고 일컫게 되었다.

안중지정 眼中之釘

眼 · 눈 안 | 中 · 가운데 중 | 之 · 어조사 지(…의) | 釘 · 못 정
— 동의어 : 안중정眼中釘
— 반의어 : 안중지인眼中之人
— 출전 : 『新五代史』「趙在禮傳」
● 눈에 박힌 못이라는 뜻으로, 몹시 싫거나 미워서 항상 눈에 거슬리는 사람(눈엣가시)을 비유한 말.

당나라 말의 혼란기에 조재례趙在禮라는 악명 높은 탐관오리가 있었다. 그는 하북절도사河北節度使 유인공劉仁恭의 수하 무장이었으나 토색討索질한 재물을 고관대작에게 상납, 출셋길에 오른 뒤 후량後梁 · 후당後唐 · 후진後晉의 세 왕조에 걸쳐 절도사를 역임했다.

송주宋州에서도 백성들로부터 한껏 착취를 한 조재례가 영흥절도사永興節度使로 전임을 가게 되자 송주의 백성들은

춤을 추며 기뻐했다.

"그자가 떠나가게 되었다니 이젠 살았다. 마치 '눈에 박힌 못[眼中之釘]이 빠진 것 같구나."

이 말이 전해지자 화가 난 조재례는 보복을 하기 위해 1년만 더 유임시켜 줄 것을 조정에 청원했다. 청원이 수용되자 그는 즉시 '못 빼기 돈[拔釘錢발정전]'이라 일컫고 1,000푼씩 납부하라는 엄명을 내렸다. 미납자는 가차 없이 투옥하거나 태형에 처했다. 이처럼 악랄한 수법으로 착취한 돈이 1년간에 자그마치 100만 관貫이 넘었다고 한다.

암중모색 暗中摸索

暗 · 어두울 암 | 中 · 가운데 중 | 摸 · 더듬을 모 |
索 · 찾을 색
— 동의어 : 암중모착暗中摸捉, 암색暗索
— 출전 : 『隋唐佳話』
● 어둠 속에서 손으로 더듬어 찾는다는 뜻으로, 어림으로 일을 추측한다는 말.

중국 역사상 유일한 여제女帝였던 측천무후則天武后 때 허경종許敬宗이란 학자가 있었다. 그는 명문 귀족의 후손으로 재상까지 역임한 인물이었지만, 경망한 데다가 방금 만났던 사람조차 기억하지 못할 적도로 건망증이 심했다. 어느 날, 친구가 허경종의 건망증을 비웃자 그는 이렇게 대꾸했다.

"자네 같은 이름 없는 사람의 얼굴이야 기억할 수 없지만, 만일 하손賀遜, 유효작劉孝綽, 심약沈約, 사조謝朓와 같은 사람을 만난다면, '어둠 속에서 손을 더듬어서[暗中摸索]'라도 기억할 수 있지."

허경종이 예로 든 하손, 유효작, 심약, 사조 등은 남북조 시대의 유명한 문장가들로 왕을 도와 문화국가 건설에 지대한 공헌을 한 인물들이다.

약롱중물 藥籠中物

藥·약 약 | 籠·농 롱 | 中·가운데 중 | 物·만물 물
— 동의어 : 약롱지물藥籠之物
— 출전 : 『唐書』 「狄仁傑專」
● 약장 속의 약이란 뜻으로, 없어서는 안 될 꼭 필요한 사람
이나 물건을 이르는 말.

당나라 3대 황제인 고종高宗의 황후였던 측천무후則天武后 때의 이야기이다. 14세 때 2대 황제인 태종太宗의 후궁이 된 측천무후는 26세 때 태종이 죽자 여승이 되었으나 그녀의 재색才色을 탐낸 고종의 명에 따라 환속還俗, 그의 후궁으로 있다가 고종 6년(655년)에 황후가 되었다.

그 후 고종이 중풍에 걸리자 무후는 스스로 천후天后라 일컫고 수많은 명신名臣을 죽이거나 귀양 보내고 전 황후의 소생인 태자를 폐하는 등 포악한 정치를 했다. 고종이 죽은 뒤 무후의 친아들인 중종中宗·예종睿宗을 세웠으나 곧 폐하고 67세 때 스스로 제위에 올라 국호를 주周라고 했다. 중국 역사상 전무후무한 여제女帝가 출현한 이 정변을 무주혁명武周革命이라고 한다.

그 무렵, 적인걸狄仁傑이라는 청렴강직하고 식견이 높은

명재상이 있었다. 그는 더없이 잔인하고 명석한 무후를 직간直諫·보필하여 어지러웠던 정치를 바로잡고 민생을 안정시켰을 뿐 아니라 유능한 선비를 추천하여 벼슬길에 나아가게 했다. 그래서 그는 조야朝野로부터 존경을 받았다.

따라서 적인걸의 문하에는 많은 인재가 모여들었는데 그 중에는 원행충元行沖과 같은 박학다재博學多才한 인물도 있었다. 그 원행충이 어느 날, 적인걸에게 이렇게 말했다.

"상공相公 댁에는 '맛있는 것(훌륭한 인재)'이 많습니다. 혹 과식하시어 배탈이 나는 일이 없도록 저 같은 쓴 약도 곁에 놔두십시오."

'좋은 약은 입에 쓰지만 병에 이롭고[良藥苦於口而利於病], 충언을 귀에 거슬리지만 행실에 이롭다[忠言逆於耳而利於行]'는 공자의 말을 인용한 것이다. 그러자 적인걸은 웃으며 말했다.

"'자네야말로 바로 내 약장 속의 약일세[君正吾藥籠中物].' 암, 하루라도 곁에 없어서는 안 되고 말고[不可一日無也]."

양금택목 良禽擇木

良 · 좋을 량 | 禽 · 새 금 | 擇 · 가릴 택 | 木 · 나무 목
— 동의어 : 양금상목서良禽相木棲
— 출전 : 『春秋左氏專』「衷公十八年條」,『三國志』「蜀志」
● 현명한 새는 좋은 나무를 가려서 둥지를 튼다는 뜻으로, 곧 현명한 사람은 자신의 재능을 키워 줄 훌륭한 사람을 가려서 섬김을 비유한 말.

춘추시대, 유가儒家의 비조鼻祖인 공자가 치국治國의 도를 유세遊說하기 위해 위衛나라에 갔을 때의 일이다. 어느 날, 공문자孔文子가 대숙질大叔疾을 공격하기 위해 공자에게 상의하자 공자는 이렇게 대답했다.

"제사에 대해선 배운 일이 있습니다만, 전쟁에 대해선 전혀 아는 것이 없습니다."

그 자리를 물러 나온 공자는 제자에게 서둘러 수레에 말을 매라고 일렀다. 제자가 그 까닭을 묻자 공자는 '한시라도 빨리 위나라를 떠나야겠다'며 이렇게 대답했다.

"현명한 새는 좋은 나무를 가려서 둥지를 튼다[良禽擇木]고 했다. 마찬가지로 신하가 되려면 마땅히 훌륭한 군주를 가려서 섬겨야 하느니라."

이 말을 전해들은 공문자는 황급히 객사로 달려와 공자

의 귀국을 만류했다.

　"나는 결코 딴 뜻이 있어서 물었던 것이 아니오. 다만 위
나라의 대사에 대해 물어 보고 싶었을 뿐이니 언짢게 생각
말고 좀 더 머물도록 하시오."

　공자는 기분이 풀리어 위나라에 머물려고 했으나 때마
침 노魯나라에서 사람이 찾아와 귀국을 간청했다. 고국을
떠난 지 오래되었다고 생각한 공자는 노구老軀에 스미는 고
향 생각에 사로잡혀 서둘러 노나라로 돌아갔다.

양두구육 羊頭狗肉

羊 · 양 양, 頭 · 머리 두, 狗 · 개 구, 肉 · 고기 육
— 원말 : 현양두매구육懸羊頭賣拘肉
— 동의어 : 양두마육羊頭馬肉, 우골마육牛骨馬肉, 양질호피
　羊質虎皮, 현옥매석衒玉賣石
— 출전 : 『晏子春秋』, 『無門關』, 『揚子法言』
● 밖에는 양 머리를 걸어놓고 안에서는 개고기를 판다는 뜻
　으로, 곧 겉으로는 훌륭하나 속은 전혀 다른 속임수를 말
　함.

춘추시대, 제齊나라 영공靈公때의 일이다. 영공은 궁중의 여인들에게 남장男裝을 시켜놓고 그것을 바라보며 즐기는 별난 취미를 가지고 있었다.

그런데 이러한 취미는 곧 백성들 사이에도 유행되어 남장한 여인이 날로 늘어났다. 그러자 영공은 재상인 안영晏嬰에게 '궁 밖에서 남장하는 여인들을 처벌하라' 는 금령을 내리게 했다. 그러나 여인들의 남장은 좀처럼 수그러들지 않았다. 영공이 안영에게 그 까닭을 묻자 그는 이렇게 대답했다.

"전하께서는 궁중의 여인들에게는 남장을 허용하시면서 궁 밖의 여인들에게는 금령을 내렸사옵니다. 하오면 이는 '밖에는 양 머리를 걸어 놓고 안에서는 개고기를 파는 것[羊頭狗肉]' 과 같사옵니다. 이제라도 궁중의 여인들에게 남장을 금하시오소서. 그러면 궁 밖의 여인들도 감히 남장을 하지 못할 것이옵니다."

영공은 안영의 진언에 따라 즉시 궁중의 여인들에게 남장 금지령을 내렸다. 그러자 그 이튿날부터 제나라에서는 남장한 여인을 찾아볼 수 없었다고 한다.

양상군자 梁上君子

梁 : 들보 량, 上 : 위 상, 君 : 군자 군, 子 : 사람 자

— 출전 : 『後漢書』「陳寔專」

● 대들보 위의 군자라는 뜻으로, 집안에 들어온 도둑을 일컫
는 말.

후한 말엽, 진식陳寔이란 사람이 태구현太丘縣 현령縣令으
로 있을 때의 일이다. 그는 늘 겸손한 자세로 백성들의 고

충을 헤아리고 매사를 공정하게 처리함으로써 백성들의 존경을 한 몸에 받았다.

그런데 어느 해 흉년이 들어 백성들의 생계가 몹시 어려웠다. 그러던 어느 날 밤, 진식이 대청에서 책을 읽고 있는데 웬 사나이가 몰래 들어와 대들보 위에 숨었다. 도둑이 분명했다. 진식은 모르는 척하고 독서를 계속하다가 아들과 손자들을 대청으로 불러 모았다. 그리고 이렇게 말했다.

"사람은 스스로 노력하지 않으면 안 된다. 악인이라 해도 모두 본성이 악해서 그런 것은 아니다. 습관이 어느덧 성품이 되어 악행을 하게 되느니라. 이를테면 지금 '대들보 위에 있는 군자[梁上君子]'도 그렇다."

그러자 '쿵' 하는 소리가 났다. 진식의 말에 감동한 도둑이 대들보에서 뛰어내린 것이다. 그는 마룻바닥에 머리를 조아리고 사죄했다. 진식이 그를 한참 바라보다가 입을 열었다.

"네 얼굴을 보아하니 악인은 아닌 것 같다. 오죽이나 어려웠으면 이런 짓을 했겠나."

진식은 그에게 비단 두 필을 주어 보냈다. 이후로 그가 다스리는 현에서는 도둑을 볼 수 없었다고 한다.

양약고구 良藥苦口

良 · 좋을 량 | 藥 · 약 약 | 苦 · 쓸 고 | 口 · 입 구
— 원말 : 양약고어구良藥苦於口
— 동의어 : 충언역어이忠言逆於耳, 간언역어이諫言逆於耳,
  금언역어이金言逆於耳
— 출전 : 『史記』「留侯世家」, 『孔子家語』「六本篇」
● 좋은 약은 입에 쓰다는 뜻으로, 충언忠言은 귀에 거슬린다
  는 말.

천하를 통일하고 동아시아 최초의 대제국을 건설했던
진秦나라 시황제가 죽자 천하는 동요하기 시작했다. 그간
학정에 시달려온 민중이 각지에서 진나라 타도의 기치를
들었기 때문이다. 그중 2세 황제 원년元年에 군사를 일으킨
유방劉邦은 역전歷戰 3년 만에 경쟁자인 항우項羽보다 한 걸
음 앞서 진나라의 도읍 함양咸陽에 입성했다.

유방은 3세 황제 자영子嬰에게 항복을 받고 왕궁으로 들
어갔다. 호화찬란한 궁중에는 온갖 재보가 산더미처럼 쌓
여 있었고 꽃보다 아름다운 궁녀들이 밤하늘의 별만큼이
나 많았다. 원래 술과 여자를 좋아하는 유방은 마음이 동하
여 그대로 궁중에 머물려고 했다. 그러자 강직한 용장 번쾌
樊噲가 간했다.

"아직 천하는 통일되지 않았습니다. 지금부터가 중요하오니 지체하지 말고 왕궁에서 물러나 적당한 곳에 진을 치도록 하십시오."

유방이 듣지 않자 이번에는 현명한 참모로 이름난 장량張良이 간했다.

"당초 진나라가 무도한 폭정을 해서 천하의 원한을 샀기 때문에, 전하와 같은 서민이 이처럼 왕궁을 드실 수 있었던 것입니다. 지금 전하의 임무는 천하를 위해 잔적殘賊을 소탕하고 민심을 안정시키는 것입니다. 그런데도 입정하시자 재보와 미색美色에 현혹되어 포악한 진왕秦王의 음락淫樂을 배우려 하신다면 악왕惡王의 전철을 밟게 될 것입니다. 원래 '충언은 귀에 거슬리나 행실에 이롭고[忠言逆於耳利於行], 독약(좋은 약)은 입에 쓰나 병에 이롭다[毒藥苦於口而利於病]'고 하였습니다. 부디 번쾌의 진언을 받아들이십시오."

유방은 불현듯 깨닫고 왕궁을 물러나 패상灞上에 진을 쳤다.

이 '양약고구'란 말은 『공자가어孔子家語』에도 실려 있는데 요약해서 적으면 다음과 같다.

"좋은 약은 입에 쓰나 병에 이롭고, 충언은 귀에 거슬리나 행실에 이롭다. 은나라 탕왕湯王은 간하는 충신이 있었기에 번창했고, 하나라 걸왕과 은나라 주왕은 따르는 신하만 있었기에 멸망했다. 임금이 잘못하면 신하가, 아버지가 잘못하면 아들이, 형이 잘못하면 동생이, 자신이 잘못하면 친구가 간해야 한다. 그리하면 나라가 위태롭거나 망하는 법이 없고, 집안에 패덕悖德의 악행이 없고, 친구와의 사귐도 끊임이 없을 것이다."

어부지리 漁父之利

漁 : 고기 잡을 어, 父 : 아비 부, 之 : 어조사 지(…의)
利 : 이로울 리
— 동의어 : 방휼지쟁蚌鷸之爭, 견토지쟁犬兎之爭, 전부지공
　田不之功, 좌수어인지공坐收漁人之功
— 출전 : 『戰國策』「燕策」
● 어부의 이득이라는 뜻으로, 쌍방이 다투는 사이에 제삼자가 힘들이지 않고 이득을 챙긴다는 말.

전국시대, 제齊나라에 많은 군사를 파병한 연燕나라에 기

근이 들자 이웃 조趙나라 혜문왕惠文王은 기다렸다는 듯이 침략 준비를 서둘렀다. 그래서 연나라 소왕昭王은 종횡가縱橫家로서 그간 연나라를 위해 견마지로犬馬之勞를 다해 온 소대蘇代에게 혜문왕을 설득해 주도록 부탁했다.

조나라에 도착한 소대는 세 치의 혀 하나로 합종책合縱策을 펴 6국의 재상을 겸임했던 소진蘇秦의 동생답게 거침없이 혜문왕을 설득했다.

"오늘 귀국에 오는 길에 역수易水를 지나다가 문득 강변을 바라보니 조개가 입을 벌리고 햇볕을 쬐고 있었습니다. 이때 갑자기 도요새가 날아와 뾰족한 부리로 조갯살을 쪼았습니다. 깜짝 놀란 조개는 화가 나서 껍질을 굳게 닫고 부리를 놓아주지 않았습니다. 그러자 다급해진 도요새가 '이대로 오늘도 내일도 비가 오지 않으면 너는 말라죽고 말 것이다' 라고 하자, 조개도 지지 않고 '내가 오늘도 내일도 놓아주지 않으면 너야말로 굶어 죽고 말 것이다' 하고 맞받았습니다. 이렇게 쌍방이 한 치의 양보도 없이 팽팽히 맞서 옥신각신하는 사이에 마침 이곳을 지나가던 어부에게 두 놈 모두 잡혀 버리고 말았사옵니다. 전하께서는 지금 연나라를 치려고 하십니다만, 연나라가 조개라면 조나라는 도요새이옵니다. 연·조 두 나라가 공연히 싸워 백성들을 피폐疲弊케 한다면, 귀국과 접해 있는 저 강대한 진秦나라가 어부가 되어 맛있는 국물을 다 마셔 버리고 말 것이옵니다."

혜문왕도 명신으로 이름난 인상여藺相如와 염파廉頗를 중용했던 현명한 왕인만큼, 소대의 말을 못 알아들을 리가 없었다.

"과연 옳은 말이오."

이리하여 혜문왕은 당장 침공 계획을 철회했다.

여도지죄 餘桃之罪

餘 · 남을 여 | 桃 · 복숭아 도 | 之 · 어조사 지(…의) |
罪 · 허물 죄
— 동의어 : 여도담군餘桃啗君
— 출전 : 『韓非子』「說難篇」
● '먹다 남은 복숭아를 먹인 죄'란 뜻으로, 애정과 증오의 변화가 심함을 가리키는 말.

전국시대, 위衛나라에 왕의 총애를 받는 미자하彌子瑕란

미동美童이 있었다. 어느 날 어머니가 병이 났다는 전갈을 받은 미자하는 허락 없이 임금의 수레를 타고 집으로 달려 갔다. 당시 허락 없이 임금의 수레를 타는 사람은 월형(刖刑:발뒤꿈치를 자르는 형벌)이라는 중벌을 받게 되어 있었다. 그런데 미자하의 이야기를 들은 왕은 오히려 효심을 칭찬하고 용서했다.

"실로 효자로다. 어미를 위해 월형도 두려워하지 않다니......."

또 한 번은 미자하가 왕과 과수원을 거닐다가 복숭아를 따서 한 입 먹어 보더니 아주 달고 맛이 있었다. 그래서 왕에게 바쳤다. 왕은 기뻐하며 말했다.

"제가 먹을 것도 잊고 '과인에게 먹이다[啗君]'니......."

그러나 흐르는 세월과 더불어 미자하의 자태는 점점 빛을 잃었고 왕의 총애도 엷어졌다. 그러던 어느 날, 미자하가 사소한 잘못으로 처벌을 받게 되자 왕은 지난 일을 상기하고 이렇게 말했다.

"이놈은 언젠가 몰래 과인의 수레를 탔고, 게다가 '먹다 남은 복숭아[餘桃]'를 과인에게 먹인 일도 있다."

이처럼 한 번 애정을 잃으면 이전에 칭찬을 받았던 일도 오히려 화가 되어 벌을 받게 되는 것이다.

연목구어 緣木求魚

緣 · 오를 연 | 木 · 나무 목 | 求 · 구할 구 | 魚 · 물고기 어
— 동의어 : 지천사어指天射魚
— 출전 : 『孟子』「梁惠王篇」
● 나무에 올라 물고기를 구한다는 뜻으로, 도저히 불가능한
일을 하려고 하는 것을 말한다. 또는 잘못된 방법으로 목적
을 이루려 하거나 수고만 하고 아무것도 얻지 못하는 것을
뜻하기도 한다.

전국시대인 주周나라 신정왕愼色王 3년, 위魏나라 혜왕惠王
과 작별한 맹자孟子는 제齊나라로 갔다. 당시 나이 50이 넘
은 맹자는 제후들을 찾아다니며 인의仁義를 치세의 근본으
로 삼는 왕도정치론王道政治論을 유세遊說 중이었다.

동쪽의 제나라는 서쪽의 진秦나라, 남쪽의 초楚나라와 함
께 대국이었고 또 선왕宣王도 역량 있는 명군이었다. 그래
서 맹자는 그 점에 기대를 걸고 있었다. 그러나 시대가 요
구하는 것은 왕도정치가 아니라 무력과 책략을 수단으로
하는 패도정치覇道政治였으므로, 선왕은 맹자에게 이렇게
청했다.

"춘추시대의 패자覇者였던 제나라 환공桓公과 진晉나라 문
공文公의 패업霸業에 대해 듣고 싶소."

"전하께서는 패도에 따른 전쟁으로 백성이 목숨을 잃고, 또 이웃 나라 제후들과 원수가 되기를 원하십니까?"

"원하지 않소. 그러나 과인에겐 대망大望이 있소."

"전하의 대망이란 무엇입니까?"

선왕은 웃기만 할 뿐 입을 열려고 하지 않았다. 맹자 앞에서 패도를 논하기가 쑥스러웠기 때문이다. 그래서 맹자는 짐짓 이런 질문을 던져 선왕의 대답을 유도했다.

"전하, 맛있는 음식과 따뜻한 옷이, 아니면 아름다운 색이 부족하시기 때문입니까?"

"과인에겐 그런 사소한 욕망은 없소."

선왕이 맹자의 교묘한 화술에 끌려들자 맹자는 다그치듯 말했다.

"그러시다면 전하의 대망은 천하통일을 하시고 사방의 오랑캐들까지 복종케 하시려는 것이 아닙니까? 하오나 무력으로 천하통일을 이루려 하시는 것은 마치 '나무에 올라 물고기를 구하는 것[緣木求魚]'과 같사옵니다."

'잘못된 방법(무력)으론 목적(천하통일)을 이룰 수 없다'는 말을 듣자 선왕은 깜짝 놀라서 물었다.

"아니, 그토록 무리한 일이오?"

"오히려 그보다 더 심하나이다. 나무에 올라 물고기를

구하는 일은 물고기만 구하지 못할 뿐 후난後難은 없나이다. 하오나 패도를 쫓다가 실패하는 날에는 나라가 멸망하는 재난을 면치 못할 것이옵니다."

선왕은 맹자의 왕도정치론을 진지하게 경청했다고 한다.

오리무중 五里霧中

| 五 · 다섯 오 | 里 · 마을, 이수 리 | 霧 · 안개 무 |
| 中 · 가운데 중
— 동의어 : 오리무五里霧
— 출전 : 『後漢書』「張楷專」
● 사방四方 5리가 안개에 뒤덮여 있다는 뜻으로, 사물의 행방이나 사태의 추이를 알 길이 없음을 비유한 말.

후한後漢 순제順帝 때 학문이 뛰어난 장해張楷라는 선비가 있었다. 순제가 여러 번 등용하려 했지만 그는 병을 핑계대고 끝내 출사出仕하지 않았다. 장해는 『춘추春秋』, 『고문상서古文尚書』에 통달한 학자로서 평소 거느리고 있는 문하생

만 해도 100명을 웃돌았다. 게다가 전국 각처의 학식이 높은 선비들을 비롯하여 귀족·고관대작·환관宦官들까

지 다투어 그의 문을 두드렸으나 그는 이를 싫어하여 화음산華陰山 기슭에 자리한 고향으로 낙향하고 말았다. 그러자 장해를 좇아온 문하생과 학자들로 인해 그의 집은 저자를 이루다시피 붐볐다. 나중에는 화음산 남쪽 기슭에 장해의 자字를 딴 공초公超라는 저잣거리까지 생겼다고 한다.

　그런데 장해는 학문뿐 아니라 도술道術에도 능하여 쉽사리 '오리무五里霧'를 만들었다고 한다. 즉 방술方術로써 사방 5리에 안개를 일으켰다는 것이다.

오십보백보 五十步百步

五·다섯 오 │ 十·열 십 │ 步·걸음 보 │ 百·일백 백
— 원말 : 오십보소백보五十步笑百步

— 동의어 : 대동소이大同小異
— 출전 :『孟子』「梁惠王篇」
● 오십 보 도망친 사람이 백 보 도망친 사람을 비웃는다는 뜻으로, 정도의 차이는 있으나 본질적으론 마찬가지라는 말.

전국시대인 기원전 4세기 중엽, 위魏나라 혜왕惠王은 진秦나라의 압박에 견디다 못해 도읍을 대량大梁으로 옮겼다(이후 양나라라고도 불렸음). 그러나 제齊나라와의 싸움에서도 늘 패하는 바람에 국력은 더욱 쇠약해졌다. 그래서 혜왕은 국력 회복을 자문하기 위해 당시 제후들에게 왕도정치론을 유세중인 맹자를 초청했다.

"선생이 천리 길도 멀다 않고 이렇게 와 준 것은 과인에게 부국강병富國强兵의 비책秘策을 가르쳐 주기 위함이 아니겠소?"

"전하, 저는 부국강병보다는 인의仁義에 대해 아뢰려고 합니다."

"백성을 생각하라는 선생의 인의의 정치라면 과인은 평소부터 힘써 베풀어 왔소. 예컨대 하내河內 지방에 흉년이 들면 젊은이들을 하동河東 지방으로 옮기고, 늙은이와 아이들에게는 하동에서 곡식을 가져다가 나누어주도록 하고 있소. 그와 반대로 하동에 기근이 들면 하내의 곡식으로 구

호하도록 힘쓰고 있지만, 백성들은 과인을 사모하여 모여
드는 것 같지 않고, 또 이웃 나라의 백성 수가 줄어들었다
는 말도 못 들었소. 대체 어찌 된 일이오?"

"전하께서는 전쟁을 좋아하시니, 전쟁에 비유해서 아뢰
겠습니다. 전쟁터에서 백병전白兵戰이 벌어지기 직전, 겁이
난 두 병사가 무기를 버리고 도망쳤습니다. 그런데 오십 보
를 도망친 병사가 백 보를 도망친 병사를 보고 '비겁한 놈'
이라며 비웃었다면 전하께서는 어떻게 생각하시겠습니
까?"

"그런 바보 같은 놈이 어디 있소? 오십 보든 백 보든 도
망치기는 마찬가지가 아니오?"

"그걸 아셨다면 전하, 백성들을 구호하시는 전하의 목적
은 인의의 정치와 상관없이 부국강병富國强兵을 지향하는
이웃 나라와 무엇이 다르옵니까?"

혜왕은 대답을 못 했다. 이웃 나라와 똑같은 목적을 가
지고 백성을 구호한 것을, 진정으로 백성을 생각해서 구호
한 것처럼 자랑한 것이 부끄러웠기 때문이다.

오월동주 吳越同舟

吳 · 오나라 오 | 越 · 월나라 월 | 同 · 한가지 동 | 舟 · 배 주
— 동의어 : 오월지쟁吳越之爭, 오월지사吳越之思, 동주상
 구同舟相救, 동주제강同舟濟江, 호월동주胡越同舟, 오월
 지부吳越之富
— 출전 :『孫子兵法』「九地篇」
● 적대敵對 관계에 있는 오나라 사람과 월나라 사람이 같은
 배를 타고 있다는 뜻으로, 서로 적의를 품은 사람이 같은
 처지에 놓였음을 가리키기도 하고 혹은 적의를 품은 사람
 끼리라도 필요한 경우에는 서로 도울 수 있다는 말.

『손자병법孫子兵法』은 중국의 유명한 병서兵書로서 춘추시
대 오나라의 손무孫武가 쓴 것이다. 손무는 오왕吳王 합려闔
閭 때 서쪽으로는 초楚나라의 도읍을 공략하고, 북방 제齊나
라와 진晉나라를 격파한 명장이기도 했다.

『손자병법』「구지편九地篇」에는 다음과 같은 글이 실려
있다.

"병兵을 쓰는 법에는 아홉 가지의 지地가 있다. 그 구지
중 최후의 것을 사지死地라 한다. 주저 없이 일어서 싸우면
살길이 있고, 기가 꺾이어 망설이면 패망하고 마는 필사必
死의 지이다. 그러므로 사지에 있을 때는 싸워야 활로活路가

열린다. 나아갈 수도 물러설 수도 없는 필사의 장場에서는
병사들이 한마음, 한뜻이 되어 필사적으로 싸울 것이기 때
문이다. 이때 유능한 장수의 용병술用兵術은 예컨대 상산常
山에 서식하는 솔연率然이란 큰 뱀의 몸놀림과 같아야 한다.
머리를 치면 꼬리가 날아오고 꼬리를 치면 머리가 덤벼든
다. 또 몸통을 치면 머리와 꼬리가 한꺼번에 덤벼든다. 이
처럼 세력을 하나로 합치는 것이 중요하다.

  옛날부터 서로 적대시해 온 '오나라 사람과 월나라 사람

이 같은 배를 타고[吳越同舟] 강을 건넌다고 하자. 강 한복판에 이르렀을 때 큰바람이 불어 배가 뒤집히려 한다면 오나라 사람이나 월나라 사람은 평소의 적개심敵愾心을 잊고 서로 힘을 합칠 것이다. 바로 이것이다. 전차戰車의 말[馬]들을 서로 단단히 붙들어 매고 바퀴를 땅에 묻고서 적에게 그 방비를 파괴당하지 않으려 해봤자 최후의 의지가 되는 것은 그것이 아니다. 의지가 되는 것은 오로지 필사적으로 하나로 뭉친 병사들의 마음이다."

오합지중 烏合之衆

烏 : 까마귀 오 | 合 : 합할 합 | 之 : 어조사 지(…의) |
衆 : 무리 중
― 동의어 : 오합지졸烏合之卒, 와합지중瓦合之衆
― 출전 : 『後漢書』「耿龕專경감전」
● 까마귀 떼같이 질서 없는 무리라는 뜻으로, 곧 무질서한 군중이나 제대로 훈련을 받지 못한 군사를 말함.

전한前漢 말, 대사마大司馬인 왕망王莽은 평제平帝를 시해弑害

하고 나이 어린 영叛을 세워 새 황제로 삼았으나 3년 후 영을 폐하고 스스로 제위에 올라 국호를 신新이라 일컬었다.

이처럼 천하가 혼란에 빠지자 유수劉秀는 즉시 군사를 일으켜 왕망 일당을 주벌誅伐하고 경제景帝의 후손인 유현劉玄을 황제로 옹립했다. 이에 천하는 다시 한나라로 돌아갔다. 대사마가 된 유수가 이듬해 성제成帝의 아들 유자여劉子輿를 자처하며 황제를 참칭僭稱하는 왕랑王郞을 토벌하러 나서자 상곡上谷 태수 경황耿況은 즉시 아들인 경감耿龕에게 군사를 주어 평소부터 흠모하던 유수의 토벌군에 합류케 했다. 그런데 유수의 본진을 향해 행군하던 경감의 군사는 손창孫倉과 위포衛包가 갑자기 행군을 거부하는 바람에 잠시 동요했다.

"유자여는 한왕조漢王朝의 정통인 성제의 아들이라고 하오. 그런 사람을 두고 대체 어디로 간단 말이오?"

격노한 경감은 두 사람을 앞으로 끌어낸 뒤 칼을 빼들고 말했다.

"왕랑은 도둑일 뿐이다. 그런 놈이 황자皇子를 사칭하며 난을 일으키고 있지만, 내가 장안長安의 정예군과 합세해서 들이치면 그까짓 '오합지중'은 마른 나뭇가지보다 쉽게 꺾일 것이다. 지금 너희가 사리를 모르고 도둑과 한패가 됐다간 멸문지화滅門之禍를 면치 못하리라."

그날 밤, 그들은 왕랑에게로 도망치고 말았지만 경감은 뒤쫓지 않았다. 서둘러 유수의 토벌군에 합류한 경감은 많은 무공을 세우고, 마침내 건위대장군建威大將軍에 임명되었다.

옥석혼효 玉石混淆

玉·구슬 옥 | 石·돌 석 | 混·섞을 혼 | 淆·뒤섞일 효
— 동의어 : 옥석혼교玉石混交, 옥석동가玉石同架, 옥석동궤玉石同軌, 옥석구분玉石俱焚, 옥석동쇄玉石同碎
— 출전 :『抱朴子』「外篇 尙專」
● 옥과 돌이 뒤섞여 있다는 뜻으로, 훌륭한 것과 쓸데없는 것이 뒤섞여 있음을 말함.

동진東晉의 도사道士인 갈홍(葛洪:호는 포박자, 283~343년)은 『포박자抱朴子』「외편外篇」에서 다음과 같이 쓰고 있다.

"『시경詩經』이나 「서경書經」이 도의道義의 대해大海라 한다면 제자백가諸子百家의 글은 그것을 보강하는 냇물의 흐름이라 할 수 있으며, 방법은 달라도 덕을 닦는 데는 변함이

없다. 옛사람들은 재능을 얻기 어려움을 탄식하여 '곤륜산崑崙山의 옥이 아니라 해서 야광주夜光珠를 버리거나 성인聖人의 글이 아니라 해서 수양에 도움이 되는 말'을 버리지 않았다.

그런데 한漢·위魏 이래 '본받을 만한 좋은 말[嘉言]'이 많이 나와 있는 데도 식견이 좁은 사람들은 자의字義 해석에만 사로잡혀 오묘한 점을 가볍게 보며 도외시한다. 또한 소도小道이므로 일고의 가치도 없다거나 넓고 깊어서 사람들의 머리를 어지럽게 하는 것이라고 말한다.

티끌이 쌓여 태산이 되고 많은 색깔이 어우러져 아름다운 무지개를 이룬다는 것도 모르는 것이다. 또 천박한 시부詩賦를 감상하는가 하면, 뜻 깊은 제자백가의 책을 가볍게 여기며, 유익한 금언金言을 하찮게 생각한다. 그래서 참과 거짓이 전도顚倒되고 '옥과 돌이 뒤섞이며[玉石混淆]' 아악雅樂도 속악俗樂과 같은 것으로 보고 아름다운 옷도 누더기로 보니 참으로 개탄스럽기 그지없다."

이렇듯 갈홍은 세상의 유행만을 추종하며 말초신경이나 건드리는 천박한 글에 사람들의 마음이 쏠리고 있는 현실을 개탄했다.

온고지신 溫故知新

溫 · 익힐 온 | 故 · 옛 고 | 知 · 알 지 | 新 · 새 신
― 동의어 : 법고창신法古創新
― 출전 :『論語』「爲政篇」
● 옛 것을 익히고 그것으로 미루어 새 것을 안다는 뜻.

공자는 『논어』「위정편爲政篇」에서 스승의 자격에 대해 이렇게 말했다.

'溫故而知新 可以爲師矣온고이지신 가이위사의

옛 것을 익히어 새 것을 알면 이로써 남의 스승이 될 수 있느니라.'

남의 스승이 된 사람은 고전古典에 대한 박식博識만으로는 안 된다. 즉 고전을 연구하여 거기서 현대나 미래에 적용될 수 있는 새로운 도리를 깨닫지 않으면 안 된다는 것을 말하고 있다.

또 『예기禮記』「학기學記」에는 이런 글이 실려 있다.

'記問之學 不足以爲師矣기문지학 부족이위사의

피상적인 학문만으로는 남의 스승이 되기에 부족하다.'

지식을 암기해서 질문에 대답하는 것만으로는 남의 스승이 될 자격이 없다는 뜻인데 이 말은 실로 '온고지신' 과

표리를 이루는 것이다. 우리가 오늘날 고전을 연구함에 있어서도 고전의 현대적 의의를 탐구하는 것이 중요하며 여기에 고전 학습의 의의가 있는 것이다.

와각지쟁 蝸角之爭

蝸 · 달팽이 와 | 角 · 뿔 각 | 之 · 어조사 지(…의) | 爭 · 다툴 쟁
— 원말 : 와우각상지쟁蝸牛角上之爭
— 동의어 : 와우각상蝸牛角上, 와각상쟁蝸角相爭, 와우지
　　쟁蝸牛之爭, 만촉지쟁蠻觸之爭
— 출전 : 『莊子』「則陽篇」
● 달팽이 촉각 위에서의 싸움이란 뜻으로, 곧 아무런 이득도
　없는 부질없는 싸움을 말함.

　전국시대, 위魏나라 혜왕惠王은 중신들과 맹약을 깬 제齊나라 위왕威王에 대한 응징책을 논의했으나 의견이 분분했다. 그래서 혜왕은 재상 혜자惠子가 천거한 대진인戴晉人에게 그 의견을 물었다. 그러자 대진인이 되물었다.

　"전하, 달팽이라는 미물微物이 있사온데 그것을 아십

니까?"

"물론, 알고 있소."

"그 달팽이의 왼쪽 촉각 위에는 촉씨觸氏라는 자가, 오른쪽 촉각 위에는 만씨蠻氏라는 자가 각각 나라를 세우고 있었습니다. 어느 날 그들은 서로 영토를 다투어 전쟁을 시작했는데 죽은 자가 수만 명에 이르고, 도망가는 적을 추격한 지 15일 만에 전쟁을 멈추었다하옵니다."

"그런 엉터리 같은 이야기가 어디 있소?"

"하오면, 이 이야기를 사실에 비유해 보겠나이다. 전하, 이 우주에 제한際限이 있다고 생각하십니까?"

"아니, 끝이 있다고는 생각지 않소."

"하오면, 마음을 그 무궁한 세계에서 노닐게 하는 자에게는 사람이 왕래하는 지상의 나라 따위는 있는 것도 같고 없는 것도 같은 하찮은 것이라고 할 수 있습니다."

"으음, 과연......."

"그 나라들 가운데 위라는 나라가 있고, 위나라 안에 대량大梁이라는 도읍이 있사오며, 그 도읍의 궁궐 안에 전하가 계시옵니다. 이렇듯 우주의 무궁에 비한다면, 지금 제나라와 전쟁을 시작하시려는 전하와 달팽이 촉각觸角 위에서 촉씨 · 만씨가 싸우는 것이 무슨 차이가 있겠습니까?"

"과연, 별 차이가 없는 것 같소."

대진인이 물러가자 제나라와 싸울 마음이 싹 가신 혜왕은 혜자에게 힘없이 말했다.

"그 사람은 성인聖人도 미치지 못할 대단한 인물이오."

그러자 혜자가 말했다.

"피리를 불면 높고 큰 소리가 납니다만 칼자루 끝의 구멍을 불면 작은 바람소리밖에 안 납니다. 사람들은 요순堯舜을 칭찬하지만, 이 대진인 앞에서 요순을 칭찬하는 것은, 비유컨대 작은 바람소리에 지나지 않습니다."

 와신상담 臥薪嘗膽

臥 · 누울 와 | 薪 · 땔나무 신 | 嘗 · 맛볼 상 | 膽 · 쓸개 담
 – 동의어 : 회계지치會稽之恥, 절치액완切齒扼腕
 – 출전 : 『史記』「越世家」
● 땔나무 위에서 잠을 자고 쓸개를 핥는다는 뜻으로, 목적을 달성하기 위해 온갖 고난을 참고 견디는 것을 말함.

춘추시대, 월왕越王 구천勾踐과 취리檇李에서 싸워 크게

패한 오왕吳王 합려闔閭는 적의 화살에 부상한 손가락의 상처가 악화하는 바람에 목숨을 잃었다. 임종 때 합려는 태자인 부차夫差에게 반드시 구천을 쳐서 원수를 갚아 달라는 유언을 남겼다.

오왕이 된 부차는 부왕父王의 유명을 잊지 않으려고 '땔나무 위에서 잠을 자고[臥薪]' 자기 방을 드나드는 신하들에게는 방문 앞에서 부왕의 유언을 외치게 했다.

"부차야, 월왕 구천이 너의 아버지를 죽였다는 것을 잊어서는 안 된다!"

그때마다 부차는 임종 때 부왕에게 한 그대로 대답했다.

"예, 결코 잊지 않겠습니다. 3년 안에 반드시 원수를 갚겠습니다."

이처럼 밤낮 없이 복수를 맹세한 부차는 은밀히 군사를 훈련하면서 때가 오기만을 기다렸다.

이 사실을 안 월왕 구천은 참모인 범려范蠡가 간諫했으나 듣지 않고 선제공격을 감행했다. 그러나 월나라 군사는 복수심에 불타는 오나라 군사에 대패하여 회계산會稽山으로 도망갔다. 오나라 군사가 포위하자 진퇴양난에 빠진 구천은 범려의 헌책獻策에 따라 우선 오나라의 재상 백비伯嚭에게 많은 뇌물을 준 뒤 부차에게 신하가 되겠다며 항복을 청원했다. 이때 오나라의 중신 오자서伍子胥가 '후환을 남기지 않으려면 지금 구천을 죽여야 한다'고 간했으나 부차는 백비의 진언에 따라 구천의 청원을 받아들이고 귀국까지 허락했다.

구천은 오나라의 속령屬領이 된 고국으로 돌아오자 '항상 곁에다 쓸개를 놔두고 앉으나 서나 그 쓴맛을 맛보며[嘗膽]' 회계의 치욕[會稽之恥]을 상기했다. 그리고 부부가 함께 밭 갈고 길쌈하는 농군이 되어 은밀히 군사를 훈련하며 복수의 기회를 노렸다.

회계의 치욕의 날로부터 12년이 지난 해 봄, 부차가 천하의 패자覇者가 되기 위해 기杞 땅의 황지黃地에서 제후들과 회맹會盟하고 있는 사이에 구천은 군사를 이끌고 오나라로 쳐들어갔다. 그로부터 역전歷戰 7년 만에 오나라의 도읍 고소姑蘇에 육박한 구천은 오와 부차를 굴복시키고 마침내 회계의 치욕을 씻었다. 부차는 용동甬東에서 여생을 보내라는 구천의 호의를 사양하고 자결했다. 그 후 구천은 부차를 대신하여 천하의 패자覇者가 되었다.

완벽 完璧

完 · 완전할 완 | 璧 · 옥 벽
— 동의어 : 완조完調, 화씨지벽和氏之璧,
　　　　　 연성지벽連城之璧
— 출전 : 『史記』「藺相如列傳」, 『十八史略』「趙篇」
● '흠이 없는 구슬'로 완전무결함을 의미하기도 하고, 빌려
　온 물건을 온전히 돌려보낸다는 뜻도 있음.

　전국시대, 조趙나라 혜문왕惠文王은 화씨지벽和氏之璧이라
는 천하명옥天下名玉을 가지고 있었다. 이 소문을 들은 진秦
나라 소양왕昭襄王은 어떻게든 화씨지벽을 손에 넣어야겠다
고 생각했다. 그래서 곧 조나라에 사신을 보내어 '성城 15
개와 맞바꾸자'고 제의했다.

　혜문왕에게는 실로 난처한 문제였다. 제의를 거절하면
당장 쳐들어 올 것이고 화씨지벽을 넘겨주면 그냥 빼앗아
버릴 게 뻔했기 때문이다. 혜문왕은 중신들을 소집하여 의
논했다. 의견이 분분하였으나 결국 강자의 비위를 거스를
수 없다 하여 제의를 받아들이기로 했다. 그리고 혜문왕은
중신들에게 물었다.

　"사신으로는 누가 적임자일 것 같소?"

그러자 대부인 목현繆賢이 말했다.

"신의 식객 중에 지모와 담력이 뛰어난 인상여藺相如라는
자가 있사온데 그 자라면 차질 없이 중임을 완수할 것으로
사료됩니다."

이리하여 사신으로 발탁된 인상여는 소양왕을 알현하고
화씨지벽을 바쳤다. 화씨지벽을 손에 들고 살펴보던 소양
왕은 감탄하여 희색이 만면했으나 약속한 15개 성에 대해
서는 한 마디도 내비치지 않았다. 이런 일이 있으리라고 예
상했던 인상여는 조용히 말했다.

"전하, 그 화씨지벽에는 흠집이 있사온데 그것을 제게
주시면 가르쳐 드리겠습니다."

소양왕이 무심코 화씨지벽을 건네주자 인상여는 그것을
손에 든 채 궁궐 기둥 옆으로 다가갔다. 그리고 소양왕을
노려보며 말했다.

"전하께서 약속하신 15개 성을 넘겨주실 때까지 이 화씨
지벽은 신이 갖고 있겠습니다. 만약 안 된다고 하시면 화씨
지벽은 제 머리와 함께 이 기둥에 부딪쳐 깨지고 말 것입니
다."

화씨지벽이 깨질까 겁이 난 소양왕은 인상여를 일단 숙
소로 돌려보냈다. 인상여는 숙소에 돌아오자 화씨지벽을

부하에게 넘겨주고 서둘러 귀국시켰다. 뒤늦게 이 사실을
안 소양왕은 화가 머리끝까지 치밀어 당장 인상여를 잡아
죽이려고 했지만, 그를 죽였다가는 신의 없는 편협한 군왕
이라는 비난을 받을 게 두려워 곱게 돌려보냈다.

이리하여 화씨지벽은 '온전한 구슬[完璧]'로 되돌아왔
다. 그리고 인상여는 그 공으로 상대부上大夫에 임명되었다.

요동시 遼東豕

遼 : 멀 요, 東 : 동녘 동, 豕 : 돼지 시
— 출전 : 『文選』「朱浮書」, 『後漢書』「朱浮專」
● '요동의 돼지'라는 뜻으로, 견문이 좁고 오만한 탓에 하찮
은 공을 득의양양하게 자랑함을 비유한 말.

후한後漢 건국 직후, 어양태수漁陽太守 팽총彭寵이 논공행
상에 불만을 품고 반란을 꾀하자 대장군大將軍 주부朱浮는
그의 무지를 꾸짖는 글을 보냈다.

"그대는 이런 이야기를 들어본 적이 있는가? '옛날 요동

사람이 자기가 기르던 돼지가 머리가 흰[白頭] 새끼를 낳자 이를 진귀하게 여겨 왕에게 바치려고 하동河東까지 갔다. 그런데 그곳의 돼지는 모두 머리가 희므로 크게 부끄러워 얼른 돌아갔다.' 지금 조정에서 그대의 공을 논한다면 아마도 저 요동의 돼지에 불과함을 알 것이다."

팽총은 처음에 후한을 세운 광무제光武帝 유수劉秀가 반군叛軍을 토벌하기 위해 하북河北에 포진布陣하고 있을 때에 3,000여 보병을 이끌고 달려와 가세했다. 또 광무제가 옛 조趙나라의 도읍 한단邯鄲을 포위 공격했을 때에는 군량 보급의 중책重責을 맡아 차질 없이 완수하는 등 여러 번 큰 공을 세워 좌명지신(佐命之臣:천자를 도와 천하평정의 대업을 이루게 한 공신)의 한 사람이 되었다.

그러나 오만 불손한 팽총은 스스로 연왕燕王이라 일컫고 조정에 반기를 들었다가 2년 후 토벌 당하고 말았다.

요령부득 要領不得

要 · 허리 요 | 領 · 목 령 | 不 · 아닐 불 | 得 · 얻을 득
— 출전 : 『史記』「大宛專」, 『漢書』「張騫專」
● 사물의 중요한 부분을 잡을 수 없다는 뜻으로, 말이나 글의
  중요한 부분을 전할 수 없음을 이르는 말.

전한前漢 7대 황제인 무제武帝 때의 일이다. 당시 만리장
성 밖은 수수께끼의 땅이었다. 그러나 용맹한 흉노는 동쪽
열하熱河에서부터 서쪽 투르키스탄(중앙아시아 지방)에 이르는
광대한 지역에 세력을 펴고 빈번히 한나라를 침범했다. 그
래서 무제는 기원전 2세기 중반에 흉노에게 쫓겨 농서隴西
에서 서쪽 사막 밖으로 옮겨간 월지국月氏國과 손잡고 흉노
를 협공할 계획을 세웠다. 그리고 월지국에 다녀올 사신을
공모한 결과 장건張騫이란 관리가 뽑혔다.

건원建元 3년, 장건은 100여 명의 수행원을 거느리고 서
쪽 이리伊犁란 곳에 있다는 것밖에 모르는 월지국을 찾아
장안長安을 떠났다. 그러나 그들은 농서를 벗어나자마자 흉
노에게 잡히고 말았다. 이때부터 흉노와의 생활이 시작되
었는데 장건은 탁 트인 성격으로 해서 흉노에게 호감을 사

장가도 들고 아들까지 낳았다. 그러나 그는 잠시도 탈출할 생각을 버리지 않았다. 포로가 된 지 10년이 지난 어느 날, 장건은 처자와 일행을 데리고 서방으로 탈출하는 데 성공했다. 우뚝 솟은 천산天山 산맥의 남쪽 기슭을 따라 타림 분지를 횡단한 그들은 대완국大宛國·강거국康居國을 거쳐 마침내 아무 강 북쪽에 있는 월지국의 궁전에 도착했다.

장건은 곧 월지국의 왕을 알현하고 무제의 뜻을 전했다. 그러나 왕의 대답은 의외로 부정적이었다.

"우리 월지국은 서천西遷 이후 기름진 이 땅에서 평화롭게 살아왔소. 그러니 백성은 이제 구원舊怨을 씻기 위한 그런 쓸데없는 전쟁은 원치 않을 것이오."

장건은 여기서 단념하지 않고 당시 월지국의 속국인 대하국大夏國까지 찾아가 월지국을 움직이려 했으나 허사였다. 이 일을 사서史書는 이렇게 적고 있다.

"끝내 사명으로 맡은 월지국의 '요령을 얻지 못한 채[要領不得]' 체류한 지 1년이 지나 귀국길에 올랐다."

장건은 귀국 도중에 또 흉노에게 잡혀 1년 넘게 억류되었으나 부하 한 사람과 탈출, 13년 만에 장안으로 돌아왔다. 그로부터 3년 후 박망후博望侯에 봉해진 장건은 계속 서역西域 사업에 힘썼는데 그의 대 여행은 중국 역사에 많은 것을 남기는 계기가 되었다. 우선 동서의 교통이 트이면서 서방으로부터 명마名馬 · 보석 · 비파琵琶 · 수박 · 석류 · 포도 등이 들어오고 한나라로부터는 금과 비단 등이 수출되기 시작했다. 이른바 '실크로드'의 시대가 열린 것이다.

우공이산 愚公移山

愚 : 어리석을 우, 公 : 존칭어 공, 移 : 옮길 이, 山 : 메 산
— 동의어 : 마부작침磨斧作針, 수적천석水適穿石, 적토성산積土成山
— 출전 : 『列子』「湯問篇」
● 우공이 산을 옮긴다는 뜻으로, 어떤 일이든 끊임없이 노력하면 반드시 이루어진다는 말.

춘추시대의 사상가 열자列子의 문인들이 열자의 철학사상을 기술한 『열자列子』「탕문편湯問篇」에 다음과 같은 우화가 실려 있다.

먼 옛날 태행산太行山과 왕옥산王玉山 사이의 좁은 땅에 우공愚公이라는 90세 노인이 살고 있었다. 그런데 사방 700리

에 높이가 만 길이나 되는 두 큰 산이 집 앞뒤를 가로막고 있어 왕래에 장애가 되었다. 그래서 우공은 어느 날, 가족을 모아 놓고 이렇게 물었다.

"나는 저 두 산을 깎아 없애고, 예주豫州와 한수漢水 남쪽까지 곧장 길을 내고 싶은데 너희들의 생각은 어떠냐?"

모두 찬성했으나 그의 아내만은 무리라며 반대했다.

"아니, 늙은 당신이 어떻게 저 큰 산을 깎아 없앤단 말예요? 또 파낸 흙은 어디다 버리고?"

"발해渤海에 갖다 버릴 거요."

이튿날 아침부터 우공은 세 아들과 손자들을 데리고 돌을 깨고 흙을 파서 삼태기로 발해까지 갖다 버리기 시작했다. 한 번 갔다 돌아오는데 꼬박 1년이 걸렸다. 어느 날 지수知馬라는 사람이 '죽을 날이 멀지 않은 노인이 정말 망령이 들었군' 하고 비웃자 우공은 태연히 말했다.

"내가 죽으면 아들이 하고, 아들은 또 손자를 낳고, 손자는 또 아들을 낳고......, 이렇게 자자손손子子孫孫 계속하면 언젠가는 저 두 산이 평평해질 날이 오겠지."

이 말을 듣고 깜짝 놀란 것은 두 산을 지키는 사신蛇神이었다. 산이 없어지면 큰일이라고 생각한 사신은 옥황상제玉皇上帝에게 호소했다. 그러자 우공의 끈기에 감동한 옥황상제는 역신力神 과아誇娥의 두 아들에게 명하여 각각 두 산을 업어 태행산은 삭동朔東 땅에, 왕옥산은 옹남雍南 땅에 옮겨 놓게 했다. 그래서 두 산이 있었던 기주冀州와 한수漢水 남쪽에는 현재 작은 언덕조차 없다고 한다.

원교근공 遠交近攻

遠 · 멀 원 | 交 · 사귈 교 | 近 · 가까울 근 | 攻 · 칠 공
— 출전: 『史記』「范雎列傳」
● 먼 나라와 친교를 맺고 가까운 나라를 공격한다는 말.

전국시대, 위魏나라의 책사策士인 범저范雎는 제齊나라와
내통하고 있다는 모함에 빠져 하마터면 목숨을 잃을 뻔했
으나 진秦나라의 사신 왕계王稽를 따라 함양咸陽으로 탈출하
는 데 성공했다.

그러나 진나라 소양왕昭襄王은, 진나라는 '알을 쌓아 놓
은 것처럼 위태롭다[累卵之危]'고 자국自國의 정사를 혹평
한 범저를 환영하지 않았다. 따라서 범저는 소양왕에게 자
신의 장기인 변설辯舌을 펼쳐 볼 기회도 없었다.

그런데 소양왕 36년(B.C. 271년), 드디어 범저에게 때가 왔
다. 당시 진나라에서는 소양왕의 모후인 선태후宣太后의 동
생 양후穰侯가 재상으로서 실권을 잡고 있었는데, 그는 제
나라를 공략하여 자신의 영지를 확장하려 했다. 이 사실
을 안 범저는 왕계를 통해 소양왕을 알현하고 이렇게 진
언했다.

"전하, 한韓과 위魏 두 나라를 지나 강국인 제나라를 공략한다는 것은 이로움이 없습니다. 적은 병력을 움직여 봤자 제나라는 꿈쩍도 않을 것이고, 그렇다고 대군大軍을 출동시키는 것은 진나라를 위해 더욱 좋지 않사옵니다. 가능한 한 진나라의 병력을 아끼고 한·위 두 나라의 병력을 동원코자 하시는 것이 전하의 의도인 듯하오나 동맹국을 신용할 수 없는 이 마당에 타국 너머 멀리 떨어져 있는 제나라를 공략한다는 것은 바람직한 일이 아니옵니다. 지난날 제나라의 민왕湣王이 연燕나라의 악의樂毅장군에게 패한 원인도 실은 멀리 떨어져 있는 초楚나라를 공략하다가 과중한 부담을 안게 된 동맹국이 이반離反했기 때문입니다. 그때 덕을 본 것은 이웃 나라인 한나라와 위나라인데, 이는 마치 '적에게 병기를 빌려주고[借賊兵차적병] 도둑에게 식량을 갖다 준 꼴[齎盜糧재도량]'이 되어 천하의 웃음거리가 되고 말았습니다.

지금 전하께서 채택하셔야 할 계책으로는 '먼 나라와 친교를 맺고 가까운 나라를 공략하는 원교근공책遠交近攻策'이 상책上策일 것입니다. 한 치의 땅을 얻으면 전하의 촌토寸土이고 한 자의 땅을 얻으면 전하의 척지尺地가 아닙니까? 이해득실利害得失이 이토록 분명 하온데 굳이 먼 나라를 공략하는 것은 현책賢策이 아닌 줄 압니다."

이 날을 계기로 소양왕의 신임을 얻은 범저는 승진 끝에
재상이 되어 응후應侯에 봉해졌고, 그의 지론인 원교근공책
은 천하 통일을 지향하는 진나라의 국시國是가 되었다.

원수불구근화 遠水不救近火

遠 · 멀 원 | 水 · 물 수 | 不 · 아닐 불 | 救 · 구원할 구 |
近 · 가까울 근 | 火 · 불 화
—출전: 『韓非子』「說林篇」
● '먼 데 있는 물은 가까운 곳에서 난 불을 끄지 못한다'는 뜻
으로, 먼 데 있으면 급할 때 아무 소용이 없다는 말.

『한비자韓非子』에는 다음과 같은 이야기가 실려 있다.

춘추시대, 노魯나라 목공穆公은 아들들에게도 진晉나라와
형荊나라를 섬기게 했다. 그 무렵 노나라는 이웃 나라인 강
국 제齊나라의 위협을 받고 있었다. 그래서 목공은 위급할
때 진나라와 형나라 같은 강국의 도움을 받으려는 속셈이
있었다. 목공의 그런 속셈을 이서梨鉏가 간했다.

"사람이 물에 빠진 경우, 먼 월越나라에서 사람을 청해다가 구하려 한다면 월나라 사람이 아무리 헤엄을 잘 친다 해도 때는 이미 늦사오며, 또 집에 불이 난 경우, 발해渤海와 같이 먼 바다에서 물을 끌어다가 끄려 한다면 바닷물이 아무리 많다 해도 역시 때는 늦사옵니다. 이처럼 '먼 데 있는 물은 가까운 곳에서 난 불을 끄지 못한다[遠水不救近火]'고 했듯이 우리 노나라가 이웃 제나라의 공격을 받았을 경우, 먼 진나라와 형나라가 강국이긴 해도 노나라의 위난은 구하지 못할 것이옵니다."

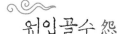

원입골수 怨入骨髓

怨·원망할 원 | 入·들 입 | 骨·뼈 골 | 髓·골수 수
— 원말 : 원입어골수怨入於骨髓
— 동의어 : 원철골수怨徹骨髓, 한입골수恨入骨髓
— 출전 : 『史記』「秦本紀」
● 원한이 뼈에 사무친다는 뜻으로, 원한이 마음속 깊이 맺혀 잊을 수 없다는 말.

춘추시대 오패五覇의 한 사람인 진秦나라 목공繆公은 중신 백리해百里奚와 건숙蹇叔의 반대에도 불구하고 세 장군에게 정鄭나라를 치라고 명했다. 진나라 군사가 주周나라의 북문에 이르렀을 때, 마침 이곳에 소를 팔러 온 정나라의 소장수인 현고弦高는 진나라 장군 앞으로 나아가 이렇게 말했다.

"저희 정나라 주상主上께서는 장병들을 위로하기 위해 소생에게 소 12마리를 전하라고 하셨습니다. 어서 거두어 주십시오."

이 말을 듣자 생각이 달라진 세 장군은 공격 목표를 바꾸어 진晉나라의 속령屬領인 활滑로 쳐들어갔다. 당시 진나라는 문공文公이 죽어 국상國喪중에 있었으나 태자(太子 : 후의 양공襄公)는 즉시 용장勇將을 파견하여 침략군을 섬멸했다. 포로가 된 세 장군은 태자 앞에 끌려 나왔다. 그러자 목공의 딸인 태자의 모후母后는 그들의 구명을 청원했다.

"저들을 죽이면 강국인 진나라 목공은 '원한이 뼈에 사무쳐[怨入骨髓]' 반드시 이 나라를 칠 것이오. 그러니 저들을 살려 보내는 게 좋겠소."

태자는 모후의 말을 옳게 여겨 세 장군을 모두 풀어 주었다.

월단평 月旦評

月·달 월 | 旦·아침 단 | 評·평론할 평
— 동의어 : 월조평月朝評
— 출전 : 『後漢書』「許劭專」
● '매달 첫날 아침의 평'이란 뜻으로, 인물에 대한 비평을 일
  컫는 말.

후한後漢 말, 12대 황제인 영제靈帝 17년에 일어난 '황건黃巾의 난亂' 때 큰 공을 세운 조조曹操가 아직 두각을 나타내기 전 일이다.

그 무렵, 여남汝南 땅에 허소許劭와 그의 사촌 형 허정許靖이라는 두 명사가 살고 있었다. 이 두 사람은 '매달 첫날[月旦]'이면 허소의 집에서 여남의 인물을 뽑아 비평했는데 그 비평이 매우 적절했기에 평판이 높았다. 그래서 당시 '여남의 비평'으로 불리던 이 비평을 들으려는 사람이 많았다.

그런데 어느 날, 조조가 허소를 찾아와서 비평해 주기를 청했다. 그러나 난폭자로 소문난 조조의 청인지라 선뜻 응하기가 어려웠다. 조조가 재촉하자 허소는 마지못해 입을 열었다.

"그대는 태평한 세상에서는 유능한 관리가 되겠지만, 어지러운 세상에서는 간사한 영웅이 될 인물이오."

이 말을 듣고 조조는 크게 기뻐했다. 그리고 황건적黃巾賊을 치기 위한 군사를 일으켰다고 한다.

월하빙인 月下氷人

月·달 월 | 下·아래 하 | 氷·얼음 빙 | 人·사람 인
—동의어 : 월하노인月下老人, 빙상인氷上人, 빙인氷人, 적승赤繩
—출전 :『續幽怪錄』,『晉書』「索耽篇」
● 월하노인月下老人과 빙상인氷上人이 합쳐진 것으로, 결혼 중매인을 일컫는 말.

당나라 2대 황제인 태종太宗때의 이야기이다. 위고韋固라는 젊은이가 여행 중에 송성宋城에 갔을 때 '달빛 아래 한 노인[月下老人]'이 손에 빨간 끈을[赤繩]을 든 채 조용히 책장을 넘기고 있었다. 위고가 '무슨 책을 읽고 있느냐'고 묻자 그 노인은 이렇게 대답했다.

"이 세상의 혼사에 관한 책인데, 여기 적혀 있는 남녀를 이 빨간 끈으로 한 번 매어 놓으면 어떤 원수지간이라도 반드시 맺어진다네."

"그럼, 지금 제 배필은 어디에 있습니까?"

"음, 이 송성에 있구먼, 성 북쪽에서 채소를 팔고 있는 진陳이란 여인네 어린아이야."

위고는 약간 기분이 언짢긴 했지만 대수롭지 않게 생각하고 그 자리를 떠났다.

그로부터 14년이 지난 뒤 상주相州에서 벼슬길에 나아간 위고는 그곳 태수太守의 딸과 결혼했다. 아내는 17세로 미인이었다. 어느 날 밤 위고가 아내에게 신상身上을 묻자 그녀는 이렇게 대답했다.

"저는, 실은 태수님의 양녀입니다. 친아버지는 송성에서 벼슬을 하시다 돌아가셨지요. 그 때 저는 젖먹이였는데, 마음씨 착한 유모가 성 북쪽 거리에서 채소 장사를 하면서 저를 길러 주었답니다."

진晉나라에 색탐素耽이라는 점쟁이가 있었다. 어느 날 영고책令孤策이라는 사람이 꿈 해몽을 하러 왔다.

"꿈속에서 저는 얼음 위에 서서 얼음 밑에 있는 사람과 이야기를 했습니다."

색탐은 이렇게 해몽했다.

"얼음 위는 곧 양陽이요 얼음 밑은 음陰이니, 양과 음이
이야기했다는 것은 '얼음 위에 선 사람[氷上人]'인 그대가
결혼 중매를 서게 될 조짐이오. 성사成事시기는 얼음이 녹
는 봄철이고......"

그 후 얼마 안 되어 과연 영고책은 태수로부터 아들의 중
매를 부탁받아 장張씨 딸과의 혼례를 성사시켰다고 한다.

은감불원 殷鑑不遠

| 殷 · 은나라 은 | 鑑 · 거울 감 | 不 · 아닐 불 | 遠 · 멀 원
—동의어 : 상감불원商鑑不遠, 복차지계覆車之戒, 복철覆轍
—출전 : 『詩經』「大雅篇」
● 은殷나라가 거울로 삼아야 할 전례는 먼 데 있지 않다는 뜻
   으로, 남의 실패를 자신의 거울로 삼으라는 말.

고대 중국 하夏 · 은殷 · 주周의 3왕조 중 은왕조의 마지막
군주인 주왕紂王은 원래 지용智勇을 겸비한 현주賢主였으나

그가 폭군으로 치닫게 된 것은 정복한 오랑캐의 유소씨국
有蘇氏國에서 공물로 보내 온 달기權(달기)라는 희대의 요부 때
문이었다. 주왕은 그녀의 환심을 사기 위해 막대한 국고를
기울여 시설한 주지육림酒池肉林 속에서 주야장천晝夜長川,
음주음락飮酒淫樂으로 나날을 보내다가 결국 충간자忠諫者를
처형하기 위한 포락지형炮烙之刑을 일삼는 악왕惡王의 으뜸
으로 역사에 그 이름을 남겼다.

그간 주왕의 포학을 간하다가 많은 충신이 목숨을 잃는
가운데 왕의 보좌역인 삼공三公 중 구후九侯와 악후鄂侯는 처
형당하고 서백西伯은 유폐되었다. 서백은 그때 '600여 년
전에 은왕조의 시조인 탕왕湯王에게 주벌당한 하왕조의 걸
왕桀王을 거울삼아 그 같은 멸망의 전철을 밟지 말라'고
간하다가 화를 당했는데 그 간언諫言이 『시경詩經』「대아편
大雅篇」 '탕시湯詩'에 실려 있다.

殷鑑不遠 在夏侯之世은감불원 재하후지세
은나라가 거울로 삼아야 할 선례는 먼 데 있는 것이 아
니니, 바로 하나라 걸왕 때에 있네.

삼공에 이어 삼인三仁으로 불리던 미자(微子:주왕의 친형)·

기자(箕子:왕족)·비간(比干:왕자) 등 세 충신도 간했으나 주색
에 빠져 이성을 잃은 주왕은 걸왕의 비극적인 말로를 되돌
아볼 마음의 여유가 없었다. 마침내 원성이 하늘에 닿은 백
성과 제후들로부터 이반당한 주왕은 서백의 아들 발(發 : 주
왕조의 시조인 무왕武王)에게 멸망당하고 말았다.

읍참마속 泣斬馬謖

泣 · 울 읍 | 斬 · 벨 참 | 馬 · 말 마 | 謖 · 일어날 속
— 출전 : 『三國志』「蜀書 諸葛亮專」
● 울면서 마속을 벤다는 뜻으로, 곧 법의 공정성을 지키기 위
해 사사로운 정情을 버리거나 또는 큰 목적을 위해 아끼는
사람을 희생시킴을 비유한 말.

삼국시대 초인 촉蜀나라 건흥建興 5년 3월, 제갈량諸葛亮은
대군을 이끌고 성도成都를 출발했다. 곧 한중漢中을 석권하
고 기산祁山으로 진출하여 위魏나라 군사를 크게 무찔렀다.
그러자 조조曹操가 급파한 위나라의 명장 사마의司馬懿는
20만 대군으로 기산의 산야에 부채꼴[扇形]의 진을 치고

제갈량의 침공군과 대치했다. 이 진을 깰 제갈량의 계책은 이미 서 있었다. 그러나 상대가 지략이 뛰어난 사마의인만큼 군량 수송로인 가정街亭을 수비하는 것이 문제였다. 만약 가정을 잃으면 중원中原 진출의 웅대한 계획은 물거품이 되고 말기 때문이었다. 그런데 그 중책을 맡길 만한 장수가 없어 제갈량은 고민했다.

그때 마속馬謖이 그 중책을 자원하고 나섰다. 그는 제갈량과 문경지교刎頸之交를 맺은 명참모 마량馬良의 동생으로, 평소 제갈량이 아끼는 재기 발랄한 장수였다. 그러나 노회老獪한 사마의와 대결하기에는 아직 어렸다. 제갈량이 주저하자 마속은 거듭 간청했다.

"수년간 병략兵略을 익혔는데 어찌 가정 하나 지켜 내지 못하겠습니까? 만약 패하면, 저는 물론 일가권속一家眷屬까지 참형을 당해도 결코 원망하지 않겠습니다."

"좋다. 그러나 군율軍律에는 두 말이 없다는 것을 명심하라."

서둘러 가정에 도착한 마속은 지형부터 살펴보았다. 삼면이 절벽을 이룬 산이 있었다. 제갈량의 명령은 그 산기슭의 도로를 사수하라는 것이었으나 마속은 적을 유인해서 역공할 생각으로 산 위에 진을 쳤다. 그러나 위나라 군사는 산기슭을 포위한 채 위로 올라오지 않았다. 결국 식수가 끊겨 곤란에 빠진 마속은 포위망을 돌파하려 했으나 용장인 장합張郃에게 참패하고 말았다.

전군을 한중으로 후퇴시킨 제갈량은 마속에게 중책을 맡겼던 것을 크게 후회했다. 군율을 어긴 그를 참형에 처하지 않을 수 없었기 때문이다. 이듬해 5월, 마속이 처형되는 날이 왔다. 때마침 성도에서 연락관으로 와 있던 장완張琬은 '마속 같은 유능한 장수를 잃는 것은 나라의 손실'이라고 거듭 설득했으나 제갈량은 듣지 않았다.

"마속은 정말 아까운 장수요. 하지만 사사로운 정에 끌리어 군율을 저버리는 것은 마속이 지은 죄보다 더 큰 죄가 되오. 아끼는 사람일수록 가차 없이 처단하여 대의大義를 바로잡지 않으면 나라의 기강은 무너지는 법이오."

마속이 형장으로 끌려가자 제갈량은 소맷자락으로 얼굴을 가리고 마룻바닥에 엎드려 울었다고 한다.

의심암귀 疑心暗鬼

疑 · 의심할 의 | 心 · 마음 심 | 暗 · 어두울 암 | 鬼 · 귀신 귀
— 원말 : 의심생암귀疑心生暗鬼
— 동의어 : 절부지의竊斧之疑, 배중사영杯中蛇影
— 출전 : 『列子』「說符篇」
● 의심하는 마음이 있으면 있지도 않은 귀신이 나온다는 뜻
으로, 곧 마음속에 의심이 생기면 갖가지 무서운 망상이 잇
달아 일어나 불안해진다는 말. 또는 선입관은 판단을 흐리
게 한다는 것을 비유하기도 함.

어떤 사람이 아끼던 도끼를 잃어버렸다. 도둑맞은 게 틀
림없다는 생각이 들자 아무래도 이웃집 아이가 수상쩍었
다. 길에서 마주쳤을 때에도 슬금슬금 도망가는 듯했고 안
색이나 말투도 어색하기만 했다.

'내 도끼를 훔쳐 간 놈은 틀림없이 그 놈이야.'

이렇게 믿고 있던 어느 날, 그는 지난번에 나무하러 갔
다가 도끼를 놓고 온 일이 생각났다. 당장 달려가 보니 도
끼는 그 자리에 그대로 있었다. 집에 돌아와서 다시 이웃집
아이를 보니, 이번에는 그 아이의 행동거지行動擧止가 별로
수상쩍어 보이지 않았다고 한다.

마당에 말라죽은 오동나무를 본 이웃 사람이 주인에게

말했다.

"집안에 말라죽은 오동나무가 있으면 재수가 없다네."

주인이 막 오동나무를 베어 버리자 그 사람이 또 나타나서 땔감이 필요하다며 달라고 했다. 주인은 속았다는 생각이 들어 화가 났다.

"이제 보니 땔감이 필요해서 날 속였군. 이웃에 살면서 어떻게 그런 엉큼한 거짓말을 할 수 있단 말인가?"

이목지신 移木之信

移 · 옮길 이 | 木 · 나무 목 | 之 · 어조사 지 | 信 · 믿을 신
— 동의어 : 사목지신 徙木之信
— 반의어 : 식언 食言
— 출전 : 『史記』「商君列專」
● 나무를 옮기는 것으로 백성들을 믿게 한다는 뜻으로, 곧 약속을 굳게 지킨다는 말.

진秦나라 효공孝公 때 상앙商鞅이란 명재상이 있었다. 그는 위衛나라의 공족公族 출신으로 법률에 밝았는데, 특히 법

치주의를 바탕으로 한 부국강병책富國强兵策을 펴 천하 통일의 기틀을 마련한 정치가로 유명했다.

한 번은 상앙이 법률을 제정해 놓고도 즉시 공포하지 않았다. 백성들이 믿어 줄지 그것이 의문이었기 때문이다. 그래서 상앙은 한 가지 계책을 내어 남문에 길이 3장三丈에 이르는 나무를 세워 놓고 이렇게 써 붙였다.

"이 나무를 북문으로 옮겨 놓는 사람에게는 십금十金을 주리라."

그러나 아무도 옮기려 하는 사람이 없었다. 그래서 오십금五十金을 주겠다고 써 붙였더니 이번에는 옮기는 사람이 있었다. 상앙은 즉시 약속대로 오십 금을 주었다. 그리고 법령을 공포하자 백성들은 조정을 믿고 법을 잘 지켰다고 한다.

이심전심 以心傳心

以 · 써 이 | 心 · 마음 심 | 傳 · 전할 전 | 心 · 마음 심
— 동의어 : 염화미소拈華微笑, 불립문자不立文字, 교외별
전敎外別傳
— 출전 : 『五燈會元』
● 마음에서 마음으로 뜻이 통한다는 말.

송宋나라의 중 도언道彦이 석가 이후 고승들의 법어法語를
기록한 『전등록傳燈錄』에 보면, 석가가 제자인 가섭迦葉에게
말이나 글이 아니라 '이심전심'의 방법으로 불교의 진수眞
髓를 전했다는 이야기가 나온다. 이에 대해 송나라의 중 보
제普濟의 『오등회원五燈會元』에는 다음과 같이 적혀 있다.

어느 날 석가는 제자들을 영산靈山에 불러 모았다. 그리
고 그들 앞에서 손가락으로 '연꽃 한 송이를 집어들고 말없
이 약간 비틀어 보였다[拈華].' 제자들은 석가가 왜 그러는
지 그 뜻을 알 수 없었다. 그러나 가섭만은 그 뜻을 깨닫고
'빙긋이 웃었다[微笑].' 그제야 석가는 가섭에게 말했다.

"나에게는 정법안장(正法眼藏:인간이 원래 갖추고 있는 마음의 묘덕
妙德)과 열반묘심(涅槃妙心:번뇌煩惱를 벗어나 진리에 도달한 마음), 실
상무상(實相無相:불변의 진리), 미묘법문(微妙法門:진리를 아는 마음),

불립문자 교외별전(不立文字 敎外別傳 : 모두 언어나 경전에 의하지 않고 '이심전심'으로 전하는 오묘한 진리)이 있다. 이것을 너에게 전해 주마."

인생조로 人生朝露

| 人 · 사람 인 | 生 · 날 생 | 朝 · 아침 조 | 露 · 이슬 로
— 동의어 : 인생초로 人生草露
— 출전 : 『漢書』「蘇武專」
● 인생은 아침 이슬과 같이 덧없다는 말.

전한 무제武帝 때, 중랑장中郞將 소무蘇武는 포로 교환차 사절단을 이끌고 흉노의 땅에 들어갔다가 그들의 내란에 말려 잡히고 말았다. 흉노의 우두머리인 선우單于는 한사코 항복을 거부하는 소무를 '숫양이 새끼를 낳으면 귀국을 허락하겠다'며 북해北海 근방으로 추방했다. 소무가 들쥐와 풀뿌리로 연명하던 어느 날, 고국의 친구인 이릉李陵 장군이 찾아왔다.

이릉은 소무가 고국을 떠난 그 이듬해 5,000여의 보병으로 5만이 넘는 흉노의 기병과 혈전을 벌이다가 중과부적衆寡不敵으로 참패한 뒤 포로가 되고 말았다. 그 후 이릉은 선우의 빈객으로 후대를 받았으나 항장降將이 된 것이 부끄러워 감히 소무를 찾지 못하다가 이번에 선우의 특청으로 먼 길을 달려온 것이다. 이릉은 주연을 베풀어 소무를 위로하고 이렇게 말했다.

"선우는 자네가 내 친구라는 것을 알고, 꼭 데려오라며 나를 보냈네. 그러니 자네도 이제 고생 그만하고 나와 함께 가도록 하세. '인생은 아침 이슬과 같다[人生如朝露]'고 하지 않는가."

이릉은 끝내 소무의 절조를 꺾지 못하고 혼자 돌아갔다. 그러나 소무는 그 후 소제(昭帝:무제의 아들)가 파견한 특사의 기지機智로 풀려나 19년 만에 다시 고국 땅을 밟았다.

일거양득 一擧兩得

| 一 · 한 일 | 擧 · 들 거 | 兩 · 두 량 | 得 · 얻을 득
— 동의어 : 일거양획 一擧兩獲, 일전쌍조 一箭雙鳥, 일석이
　　조 一石二鳥
— 반의어 : 일거양실 一擧兩失
— 출전 : 『春秋後語』, 『戰國策』「秦策」
● 한 가지 일로써 두 가지 이익을 거둔다는 뜻.

진秦나라 혜문왕惠文王 때의 일이다. 중신 사마조司馬錯는
어전에서 '중원으로의 진출이야말로 조명시리朝名市利에 부
합하는 패업覇業'이라며 중원으로의 출병을 주장하는 재상
장의張儀와는 달리 혜문왕에게 이렇게 진언했다.

"신이 듣기로는 부국을 원하는 군주는 먼저 국토를 넓히
는 데 힘써야 하고, 강병強兵을 원하는 군주는 먼저 백성의
부富에 힘써야 하며, 패자覇者가 되기를 원하는 군주는 먼저
덕을 쌓는 데 힘써야 한다고 하옵니다. 이 세 가지 요건이
갖춰지면 패업은 자연히 이루어지는 법입니다. 하오나, 지
금 진나라는 국토도 협소하고 백성들은 빈곤합니다. 그래
서 이 두 가지 문제를 한꺼번에 해결하려면 먼저 막강한 진
나라의 군사로 촉蜀 땅의 오랑캐를 정벌하는 길밖에 달리

좋은 방법이 없는 줄로 아옵니다. 그러면 국토는 넓어지고 백성들의 재물은 쌓일 것입니다. 이야말로 '일거양득'이 아니고 무엇이겠습니까?

그러나 지금 천하를 호령하기 위해 천하의 종실宗室인 주周나라와 동맹을 맺고 있는 한韓나라를 침범한다면, 한나라는 제齊나라와 조趙나라를 통해서 초楚나라와 위魏나라에 구원을 청할 게 분명하며, 더욱이 주나라의 구정(九鼎:천자天子를 상징하는 보물)은 초나라로 옮겨질 것입니다. 그땐 진나라가 공연히 천자를 위협한다는 악명惡名만 얻을 뿐입니다."

혜문왕은 사마조의 진언에 따라 촉 땅의 오랑캐를 정벌하고 국토를 넓혔다.

일망타진 一網打盡

一 · 한 일 | 網 · 그물 망 | 打 · 칠 타 | 盡 · 다할 진

─ 출전 : 『宋史』「人宗紀」, 『東軒筆錄』

● 한 번 그물을 쳐서 물고기를 다 잡는다는 뜻으로, 곧 범인들이나 어떤 무리를 한꺼번에 모조리 잡아들인다는 말.

북송北宋 4대 황제인 인종仁宗 때의 일이다. 당시 북방에는 거란契丹이 세력을 확장하고 있었고, 남쪽에서는 중국의 일부였던 안남安南이 독립을 선언하는 등 정세가 불리하게 돌아가는 데도 인종은 이에 대한 확실한 대책을 세우지 못했다. 그러나 내치內治에는 괄목할 만한 치적이 적지 않았다.

전한前漢 5대 황제인 문제文帝와 더불어 어진 임금으로 이름난 인종은 백성을 사랑하고 학문을 장려했다. 그리고 인재를 널리 등용하여 문치文治를 폄으로써 이른바 '경력(慶曆: 인종의 연호)의 치'로 불리는 군주 정치의 모범적 성세聖世를 이룩했다.

이때의 역사적인 명신으로는 한기韓琦·범중엄范仲淹·구양수歐陽脩·사마광司馬光·주돈이周敦頤·장재張載·정호程顥·정이程頤 등이 있었는데, 이들이 조의朝議를 같이하다 보니 명론탁설名論卓說이 백출百出했고 따라서 충돌도 잦았다. 결국 조신朝臣이 양 당으로 나뉘어 교대로 정권을 잡게 되자 20년간에 내각이 17회나 바뀌었는데, 후세의 역사가는 이 단명 내각의 시대를 가리켜 '경력의 당의黨議'라 일컫고 있다.

이 무렵, 청렴 강직하기로 이름난 두연杜衍이 재상이 되었다. 당시의 관행으로는 황제가 상신相臣들과 상의하지 않고 독단으로 조서를 내리는 일이 있었는데, 이것을 내강內降이라 했다. 그러나 두연은 이 같은 관행은 올바른 정도政道를 어지럽히는 것이라 하여 내강이 있어도 이를 묵살, 보류했다가 10여 통쯤 쌓이면 그대로 황제에게 돌려보내곤 했다. 이러한 두연의 소행은 성지聖旨를 함부로 굽히는 짓이라 하여 조야로부터 비난의 대상이 되었다.

이런 때 공교롭게도 관직에 있는 두연의 사위인 소순흠蘇舜欽이 공금을 유용하는 부정을 저질렀다. 그러자 평소 두연에 대한 감정이 좋지 않던 어사御史 왕공진王拱辰은 쾌재를 부르고 소순흠을 엄히 문초했다. 그리고 그와 가까이 지내는 사람들을 모두 공범으로 몰아 잡아 가둔 뒤 재상 두연에게 이렇게 보고했다.

"범인들을 일망타진一網打盡했습니다."

이 사건으로 말미암아 그 유명한 두연도 재임 70일 만에 재상직에서 물러나고 말았다.

일의대수 一衣帶水

一 · 한 일 | 衣 · 옷 의 | 帶 · 띠 대 | 水 · 물 수

— 동의어 : 일우명지一牛鳴地, 일우후지一牛吼地, 지호지
간指呼之間
— 출전 : 『南史』「陳後主紀」

● 옷의 한 가닥 띠와 같이 좁은 강물이나 바닷물이라는 뜻으
로, 곧 간격이나 폭이 매우 좁음을 가리킴.

서진西晉 말엽, 천하는 혼란에 빠져 이른바 남북조南北朝
시대가 되었다. 북방에서는 5호 16국五胡十六國이라 일컫는
흉노匈奴 · 갈羯 · 선비鮮卑 · 강羌 · 저氐등 5개 이민족이 세운
열세 나라와 세 한족국漢族國이 흥망을 되풀이했고, 남방에
서는 송宋 · 제齊 · 양梁 · 진陳 등 네 나라가 교체되었다.

북방의 북조 최후의 왕조인 북주北周를 물려받아 수隋나
라를 세운 문제文帝는 마침내 남조 최후의 왕조인 진나라를
치기로 하고 이렇게 선언했다.

"진왕陳王은 무도하게 백성들을 도탄에 빠뜨렸도다. 이
제 짐朕은 백성의 어버이로서 어찌 '한 가닥 띠와 같이 좁
은 강물[一衣帶水]' 따위를 겁내어 그들을 죽게 내버려 둘
수 있으랴."

양자강은 예로부터 천연의 요해要害로서 삼국시대의 오吳

나라 이후 남안南岸의 건강建康:南京에 역대 남조의 도읍이 있었다. 문제의 명에 따라 52만의 수나라 대군은 단숨에 양자강을 건너 진나라를 멸하고 천하를 통일했다.

일자천금 一字千金

| 一·한 일 | 字·글자 자 | 千·일천 천 | 金·금 금
—출전 : 『史記』「呂不韋列傳」
● 한 글자에 천금의 가치가 있다는 뜻으로, 아주 빼어난 글자나 시문詩文을 비유하여 이르는 말.

전국시대 말엽, 제齊나라 맹상군孟嘗君과 조趙나라 평원군平原君은 각 수천 명, 초楚나라 춘신군春申君과 위魏나라 신릉군信陵君은 각 3,000여 명의 식객食客을 거느리며 저마다 유능한 식객이 많음을 자랑하고 있었다.

한편 이들에게 질세라 식객을 모아들인 사람이 있었다. 일개 상인 출신으로 당시 최강국인 진秦나라의 상국(相國=宰相)이 되어, 열세 살의 어린 왕 정政으로부터 중부仲父라 불리며 위세를 떨친 문신후文信侯 여불위呂不韋가 바로 그 사람이다.

정의 아버지인 장양왕莊襄王 자초子楚가 태자가 되기 전 인질로 조나라에 있을 때 '기화가거奇貨可居'라며 천금을 아낌없이 투자하여 오늘날의 영화를 거둔 여불위였다. 그는 막대한 사제私財를 풀어 3,000여 명의 식객을 모아들였다.

이 무렵, 각국에서는 많은 책을 펴내고 있었는데 특히 순자荀子가 수 만 어語의 저서를 내었다는 소식을 듣자 여불위는 당장 식객들을 시켜 30여 만 어에 이르는 대작大作을 만들었다. 이 책은 천지만물天地萬物, 고금古今의 일이 모두 적혀 있는 오늘날의 백과사전과 같은 것이었다.

'이런 대작을 나 말고 누가 감히 만들 수 있단 말인가!'

의기양양해진 여불위는 이 책을 자기가 편찬한 양 『여씨춘추呂氏春秋』라 이름지었다. 그리고 이 『여씨춘추』를 도읍인 함양咸陽의 성문 앞에 진열시킨 다음 그 위에 천금을 매달아 놓고 방문榜文을 써 붙였다.

"누구든지 이 책에서 한 자라도 덧붙이거나 빼는 사람에게는 천금을 주리라."

이는 상혼商魂이 특출한 여불위의 식객 유치책으로, 당시 뛰어난 빈객들이 앞을 다투어 『여씨춘추』의 문장에 손을 대려고 했지만 한 글자도 고치지 못했다고 한다.

자포자기 自暴自棄

自 : 스스로 자, 暴 : 버릴 포, 自 : 스스로 자, 棄 : 버릴 기
— 출전 : 『孟子』「離婁篇」
● 스스로 자신을 학대하고 돌보지 않는 것으로, 말이나 행동
을 멋대로 하는 것을 말함.

전국시대를 살다간 아성亞聖 맹자孟子는 인의仁義에 대해
설명하며 이렇게 말했다.

"자포(自暴:스스로를 학대)하는 사람과는 더불어 대화를 나눌
수가 없다. 자기(自棄:스스로를 버림)하는 사람과도 더불어 행동
을 할 수가 없다. 입만 열면 예의 도덕을 헐뜯는 것을 자포
라고 하며, 도덕의 가치를 인정하면서도 인仁이나 의義라는
것은 자기와는 무관한 것이라고 생각하는 것을 자기自棄라
고 한다. 사람의 본성本性은 원래 선善한 것이다. 그러므로
사람에게 있어서 도덕의 근본 이념인 '인'은 편안한 집과
같은 것이며, 올바른 길인 '의'는 사람에게 있어서의 정도

이다. 편안한 집을 비운 채 들어가 살려 하지 않으며 올바른 길을 버린 채 그 길을 걸으려 하지 않는 것은 실로 개탄할 일이로다."

 전전긍긍 戰戰兢兢

戰 · 두려워할 전 │ 兢 · 삼갈 긍
— 동의어 : 전전공공戰戰恐恐, 소심익익小心翼翼
— 출전 :『詩經』「小雅篇」
● 두려워서 벌벌 떨며 조심하는 모양.

전전戰戰이란 몹시 두려워서 벌벌 떠는 모양이고, 긍긍兢兢이란 몸을 움츠리고 조심하는 모양을 말한다.

이 말은 중국 최고最古의 시집詩集인 『시경詩經』「소아편小雅篇」의 '소민小旻'이라는 시詩의 마지막 구절에 나오는데, 그 내용은 모신謀臣이 군주의 측근에 있으면서 옛 법을 무시한 정치를 하고 있음을 개탄한 것으로 다음과 같다.

不敢暴虎불감포호 감히 맨손으로 범을 잡지 못하고

不敢憑河불감빙하　감히 걸어서 강을 건너지 못한다.

人知其一인지기일　사람들은 그 하나는 알고 있지만

莫知其他막지기타　그 밖의 것은 전혀 알지 못하네.

戰戰兢兢전전긍긍　두려워서 벌벌 떨며 조심하기를

如臨深淵여림심연　마치 깊은 연못에 임하듯 하고

如履薄氷여리박빙　살얼음을 밟고 가듯 하네.

전차복철 前車覆轍

前 · 앞 전 | 車 · 수레 차 | 覆 · 엎어질 복 | 轍 · 바퀴자국 철
— 동의어 : 전차복후차계前車覆後車戒, 후차지계後車之
　戒, 복거지계覆車之戒, 답복철踏覆轍, 답복차지철踏覆車
　之轍, 전철前轍
— 출전 : 『漢書』「賈誼專」, 『說苑』「善說」, 『後漢書』
　　「竇武專두무전」
● 앞 수레가 엎어진 바퀴 자국이란 뜻으로, 곧 앞사람의 실패
　를 거울삼아 주의하라는 교훈.

　전한 5대 황제인 문제文帝때 가의賈誼라는 명신이 있었다.
그는 문제가 여러 제도를 개혁하고 어진 정치를 베풀어 역

사에 인군仁君으로 이름을 남기는 데 크게 기여한 공신인데, 당시 그가 상주한 글에 이런 구절이 있다.

"속담에 '앞 수레의 엎어진 바퀴 자국[前車覆轍]은 뒷 수레를 위한 교훈[後車之戒]'이란 말이 있습니다. 전 왕조인 진秦나라가 일찍 멸망한 까닭은 잘 알려진 일인데, 만약 진나라가 범한 과오를 피하지 않는다면 그 전철前轍을 밟게 될 뿐입니다. 국가 존망, 치란治亂의 열쇠가 실로 여기에 있으니 통촉해 주십시오."

문제는 이후 국정쇄신國政刷新에 힘써 마침내 태평성대를 이룩했다고 한다.

이 말은 『설원說苑』 「선설善說」에도 실려 있다.

전국시대, 위魏나라 문후文侯가 어느 날 중신들을 불러 주연을 베풀었다. 취흥醉興이 도도한 문후가 말했다.

"술맛을 보지 않고 그냥 마시는 사람에게는 벌주를 한 잔 안기는 것이 어떻겠소?"

모두들 찬동했다. 그런데 문후가 맨 먼저 그 규약을 어겼다. 그러자 주연을 주관하는 관리인 공손불인公孫不仁이 술을 가득 채운 큰 잔을 문후에게 바쳤다. 문후가 계속 그 잔을 받지 않자 공손불인은 이렇게 말했다.

" '전차복철은 후차지계'란 속담이 있사온데, 이는 전례

를 거울삼아 주의하라는 교훈입니다. 지금 전하께서 규약
을 만들어 놓으시고 그 규약을 지키지 않는 전례를 남기신
다면 누가 그 규약을 지키려 하겠습니까? 하오니, 이 잔을
받으십시오."

문후는 곧 수긍하고 그 잔을 받아 마셨다. 그리고 그 후
공손불인을 중용했다고 한다.

전화위복 轉禍爲福

| 轉 · 바꿀 전 | 禍 · 재화 화 | 爲 · 할 위 | 福 · 복 복

— 동의어 : 인화위복因禍爲福
— 출전 : 『戰國策』「燕策」
● 禍화를 바꾸어 복福이 되게 한다는 뜻으로, 어려운 일을 당
했을 때 현명하게 처신해 오히려 좋은 일이 되게 함을 이르
는 말.

전국시대 합종책合從策으로 6국, 곧 한韓 · 위魏 · 조趙 · 연
燕 · 제齊 · 초楚의 재상을 겸임했던 종횡가縱橫家 소진蘇秦은
이런 말을 한 적이 있다.

"옛날에 일을 잘 처리했던 사람은 '화를 바꾸어 복을 만들었고[轉禍爲福]' 실패한 것을 바꾸어 공功으로 만들었다[因敗爲功]."

어떤 불행한 일이라도 끊임없는 노력과 강인한 의지로 힘쓰면 불행을 행복으로 바꾸어 놓을 수 있다는 말이다.

절차탁마 切磋琢磨

切·자를 절 | 磋·갈 차 | 琢·쪼을 탁 | 磨·갈 마
— 원말 : 여절여차 여탁여마 如切如磋 如琢如磨
— 출전 : 『論語』「學而篇」, 『詩經』「衛風篇」
● 뼈·상아·옥·돌 따위를 깎고 갈고 닦아서 빛을 낸다는 뜻으로, 곧 학문이나 재주를 힘써 갈고 닦음을 이르는 말.

언변과 재기가 뛰어난 자공子貢이 어느 날 스승인 공자에게 이렇게 물었다.

"선생님, 가난하더라도 남에게 아첨하지 않으며[貧而無諂] 부자가 되더라도 교만하지 않는 사람이 있다면[富而無驕], 그는 어떤 사람일까요?"

"좋긴 하지만, 가난하면서도 도를 즐기고[貧而樂道] 부자가 되더라도 예를 좋아하는 사람만은 못하다[富而好禮]."

공자의 대답에 이어 자공은 또 이렇게 물었다.

"『시경詩經』에 '선명하고 아름다운 군자는 뼈나 상아象牙를 잘라서 줄로 간 것[切磋]처럼 또한 옥이나 돌을 쪼아서 모래로 닦은 것[硏磨]처럼 밝게 빛나는 것 같다'고 나와 있는데 이는 선생님이 말씀하긴 '수양에 수양을 쌓아야 한다'는 것을 말한 것입니까?"

공자는 이렇게 대답했다.

"사(賜:자공의 이름)야, 이제 너와 함께 『시경』을 말할 수 있게 되었구나. 과거의 것을 알려주면 미래의 것을 안다고 했듯이, 너야말로 하나를 듣고 둘을 알 수 있는 인물이로다."

정중지와 井中之蛙

井 · 우물 정 | 中 · 가운데 중 | 之 · 어조사 지(…의) |
蛙 · 개구리 와
— 원말 : 정중와 부지대해井中蛙 不知大海
— 동의어 : 정중와井中蛙, 정저와井底蛙, 감정지와坎井之蛙
— 출전 : 『後漢書』「馬援專」, 『莊子』「秋水篇」
● 우물 안 개구리라는 뜻으로, 식견이 좁음을 이르는 말.

왕망王莽이 전한前漢을 멸하고 세운 신新나라 말경, 마원馬援이란 인재가 있었다. 그는 관리가 된 세 형과는 달리 고향에서 조상의 묘를 지키다가 농서隴西에 웅거하는 외효隗囂의 부하가 되었다.

그 무렵, 공손술公孫述은 촉蜀 땅에 성成나라를 세우고 황제를 참칭僭稱하며 세력을 키우고 있었다. 외효는 그가 어떤 인물인지 알아보기 위해 마원을 보냈다. 마원은 고향 친구인 공손술이 반가이 맞아 주리라 믿고 즐거운 마음으로 찾아갔다. 그러나 공손술은 계단 아래 무장한 군사들을 도열시켜 놓고 위압적인 자세로 마원을 맞았다. 그리고 거드름을 피우며 말했다.

"옛 우정을 생각해서 자네를 장군에 임명할까 하는데, 어떤가?"

마원은 잠시 생각해 보았다.

'천하의 자웅雌雄은 아직 결정되지 않았는데 공손술은 예를 다하여 천하의 인재를 맞으려 하지 않고 허세만 부리고 있구나. 이런 자가 어찌 천하를 도모할 수 있겠는가.......'

마원은 서둘러 돌아와서 외효에게 고했다.

"공손술은 좁은 촉 땅에서 으스대는 재주밖에 없는 '우물 안 개구리[井中之蛙]'였습니다."

그래서 외효는 공손술과 손잡을 생각을 버리고 훗날 후한後漢의 시조가 된 광무제光武帝와 수호修好하게 되었다.

또한 『장자莊子』「추수편秋水篇」에도 다음과 같은 말이 실려 있다.

북해北海의 해신海神인 약若이 황하黃河의 하신河神인 하백河伯에게 말했다.

"'우물 안 개구리'가 바다에 대해 말할 수 없는 것은 자기가 살고 있는 곳에 구애되어 있기 때문이다. 여름 벌레가 얼음에 대해 말할 수 없는 것은 여름 한 철밖에 모르기 때문이다. 한 가지 일밖에 모르는 사람과 도道에 대해 말할 수 없는 것은 자기가 배운 것에 속박되어 있기 때문이다."

조강지처 糟糠之妻

糟 · 술지게미 조 | 糠 · 겨 강 | 之 · 어조사 지(…의) |
妻 · 아내 처
— 원말 : 조강지처 불하당 糟糠之妻不下堂
— 출전 : 『後漢書』「宋弘專」
● 술지게미와 겨로 끼니를 이을 만큼 구차할 때 함께 고생하던 아내.

전한前漢을 찬탈한 왕망王莽을 멸하고 유씨劉氏 천하를 재흥한 후한後漢 광무제光武帝 때의 일이다. 건원建元 2년, 당시 감찰監察을 맡아보던 대사공大司空 송홍宋弘은 온후하면서도 강직한 인물이었다.

어느 날, 광무제는 미망인이 된 누나 호양공주湖陽公主를 불러 신하 중 누구를 마음에 두고 있는지 그 의중을 떠보았다. 그 결과 호양공주는 당당한 풍채와 덕성을 지닌 송홍에게 호감을 갖고 있다는 것을 알았다. 그 후 광무제는 호양공주를 병풍 뒤에 앉혀놓고 송홍과 이런저런 이야기를 나누던 끝에 이런 질문을 했다.

"흔히들 고귀해지면 천할 때의 친구를 바꾸고, 부유해지면 가난할 때의 아내를 버린다고 하던데, 이는 인지상정人之常情이 아니겠소?"

그러자 송홍은 이렇게 대답했다.

"폐하, 황공하오나 신은 '가난하고 천할 때의 친구는 잊지 말아야 하며[貧賤之交 不可忘], 술지개미와 겨로 끼니를 이을 만큼 구차할 때 함께 고생하던 아내는 버리지 말아야 한다[糟糠之妻 不下堂]고 들었습니다. 이것이야말로 사람의 도리가 아니겠습니까?"

이 말을 들은 광무제와 호양공주는 크게 실망했다고 한다.

조명시리 朝名市利

朝 · 조정 조 | 名 · 이름 명 | 市 · 저자 시 | 利 · 이로울 리
— 동의어 : 적시적지 適時適地
— 출전 : 『戰國策』「秦策」
● 명성은 조정에서 다투고 이익은 시장에서 다투라는 뜻으로, 무슨 일이든 적당한 장소에서 행하라는 말.

진秦나라 혜문왕惠文王 때의 일이다. 중신 사마조司馬錯는 어전에서 '촉蜀의 오랑캐를 정벌하면 국토도 넓어지고 백성들의 재물도 쌓일 것이므로, 이야말로 일거양득一擧兩得'이라며 촉으로의 출병을 주장했다.

그러나 종횡가縱橫家 출신의 재상 장의張儀는 그와는 달리 혜문왕에게 이렇게 진언했다.

"진나라는 우선 위魏 · 초楚 두 나라와 우호 관계를 맺고, 한韓나라의 삼천三川 지방으로 출병한 후 천하의 종실인 주周나라의 외곽을 위협하면, 주나라는 스스로 구정九鼎을 지키기 어렵다는 것을 알고 반드시 그 보물을 내놓을 것입니다. 그때 천자를 끼고 천하에 호령하면 누가 감히 복종하지 않겠습니까? 이것이 패업霸業이라는 것입니다. 그까짓 변경의 촉을 정벌해 봤자 군사와 백성을 피폐疲弊하게 할 뿐

무슨 명리名利가 있겠습니까? 신臣이 듣기로는 '명성은 조정에서 다투고 이익은 저자에서 다툰다[朝名市利]'고 하옵니다. 지금 삼천 지방은 천하의 저자이고 주나라 황실皇室은 천하의 조정입니다. 그런데도 전하께서는 이것을 다투려 하지 않고 하찮은 촉을 다투려 하십니다. 혹, 패업을 멀리하시려는 게 아닙니까?"

그러나 혜문왕은 사마조의 진언에 따라 촉의 오랑캐를 정벌하고 국토를 넓히는 데 주력했다.

조삼모사 朝三暮四

朝·아침 조 | 三·석 삼 | 暮·저물 모 | 四·넉 사
— 동의어 : 조사모삼朝四暮三
— 출전 : 『列子』「黃帝篇」, 『莊子』「齊物論」
● 아침에 세 개, 저녁에 네 개라는 뜻으로, 곧 당장 눈앞의 차이만을 알고 그 결과가 같음을 모른다거나, 이외는 달리 간사한 잔꾀로 남을 속여 희롱함을 이르는 말.

송宋나라에 저공狙公이라는 사람이 있었다. 저狙란 원숭

이를 뜻하는데, 그 이름이 말해 주듯이 저공은 많은 원숭이를 기르고 있었다. 그는 가족의 양식까지 퍼다가 먹일 정도로 원숭이를 좋아했고, 원숭이들은 저공을 따라 마음까지 알았다고 한다.

그런데 워낙 많은 원숭이를 기르다 보니 먹이를 대는 일이 날로 어려워졌다. 그래서 저공은 원숭이에게 나누어 줄 먹이를 줄이기로 했다. 그러나 먹이를 줄이면 원숭이들이 자기를 싫어할 것 같아 그는 우선 원숭이들에게 이렇게 말했다.

"너희들에게 나누어 주는 도토리를 앞으로는 '아침에 세 개, 저녁에 네 개[朝三暮四]' 씩 줄 생각인데 어떠냐?"

그러자 원숭이들은 하나같이 화를 냈다. '아침에 도토리 세 개로는 배가 고프다'는 불만임을 안 저공은 '됐다' 싶어 이번에는 이렇게 말했다.

"그럼, 아침에 네 개, 저녁에 세 개[朝四暮三]씩 주마."

그러자 원숭이들은 모두 기뻐했다고 한다.

좌단 左袒

左 · 왼 좌 | 袒 · 웃통 벗을 단
—출전 : 『史記』「呂后本紀」
● 웃옷의 왼쪽 어깨를 벗는다는 뜻으로, 다른 사람을 편들어
  동의함을 이르는 말.

한漢나라 고조高祖 유방劉邦의 황후인 여태후呂太后가 죽
자, 이제까지 그녀의 위세에 눌려 숨도 제대로 못 쉬고 살
았던 유씨劉氏 일족과 진평陳平 · 주발周勃 등 고조의 유신遺臣
들은 상장군上將軍이 되어 북군北軍을 장악한 조왕趙王 여록呂
祿, 남군南軍을 장악한 여왕呂王 여산呂産을 비롯한 외척 여씨
呂氏 타도에 나섰다.

그간 주색에 빠진 양 가장했던 우승상右丞相 진평은 태위
太尉 주발과 상의하여 우선 여록으로부터 상장군의 인수印綬
를 회수하기로 했다. 마침 어린 황제를 보필하는 역기酈寄
가 여록과 친한 사이임을 안 진평은 그를 여록에게 보냈다.
역기는 여록을 찾아가 황제의 뜻이라 속이고 상장군의 인
수를 회수해 왔다. 그러자 주발은 즉시 북군의 병사들을 모
아 놓고 이렇게 말했다.

"원래 한실漢室의 주인은 유씨이다. 그런데 무엄하게도

여씨가 유씨를 누르고 실권을 장악하고 있으니 이는 한실의 불행이 아닐 수 없다. 이제, 나 상장군 주발은 천하를 바로잡으려고 한다. 여기서 여씨에게 충성하려는 자는 우단右袒하고, 나와 함께 유씨에게 충성하려는 자는 좌단左袒하라."

그러자 전군全軍은 모두 좌단하고 유씨에게 충성할 것을 맹세했다. 이리하여 천하는 다시 유씨에게로 돌아갔다.

주지육림 酒池肉林

| 酒·술주 | 池·못지 | 肉·고기육 | 林·수풀림
— 동의어 : 육산포림肉山脯林
— 출전 : 『史記』「殷本紀」, 『帝王世紀』, 『十八史略』
● 술로 못池을 이루고 고기로 숲을 이룬다는 뜻으로, 극히 호사스럽고 방탕한 주연酒宴을 일컫는 말.

고대 중국의 하夏나라 걸왕桀王과 은殷나라 주왕紂王은 원래 지용智勇을 겸비한 현주賢主였으나 그들은 각기 말희妹喜, 달기妲己라는 희대의 요부妖婦에게 빠져 사치와 주색을 탐닉하다가 결국 폭군음주暴君淫主라는 낙인이 찍힌 채 나라를 망치고 말았다.

하나라 걸왕은 자신이 정복한 오랑캐의 유시씨국有施氏國에서 공물로 바친 희대의 요녀 말희에게 반해서 보석과 상아로 장식한 궁전을 짓고 옥으로 만든 침대에서 밤마다 일락逸樂에 빠졌다. 걸왕은 그녀의 소망에 따라 전국에서 선발한 3,000명의 미소녀美少女들에게 오색찬란한 옷을 입혀 날마다 무악舞樂을 베풀기도 했다.

또 무악에 싫증이 난 말희의 요구에 따라 궁정宮庭 한 모퉁이에 큰 못을 판 다음 바닥에 새하얀 모래를 깔고 향기로운 미주美酒를 가득 채웠다. 그리고 못 둘레에는 고기로 동산을 쌓고 포육脯肉으로 숲을 만들었다. 걸왕과 말희는 그 못에 배를 띄우고, 못 둘레에서 춤을 추던 3,000명의 미소녀들이 신호의 북이 울리면 일제히 못의 미주를 마시고 숲의 포육을 탐식貪食하는 광경을 바라보며 마냥 즐거워했다.

이 같은 사치음일奢侈淫佚의 나날이 계속되는 가운데 국력은 피폐하고 백성의 원성은 하늘에 닿았다. 이리하여 걸왕은 하나라에 복속服屬했던 은나라 탕왕湯王에게 주벌誅伐당하고 말았다.

또한 은나라 마지막 군주인 주왕의 마음을 사로잡은 달

기는 주왕이 정벌한 오랑캐의 유소씨국有蘇氏國에서 공물로 보내 온 희대의 독부였다. 주왕은 그녀의 끝없는 욕망을 만족시키기 위해 가렴주구를 일삼았다. 그래서 창고에는 백성들로부터 수탈한 전백錢帛과 곡식이 산처럼 쌓였고, 국내의 온갖 진수기물珍獸奇物은 속속 궁중으로 징발되었다. 또 국력을 기울여 호화로운 궁정을 짓고 미주와 포육으로 '주지육림'을 만들었다.

그 못 둘레에서 실오라기 하나 걸치지 않은 젊은 남녀의 한 무리가 음란한 북리무악北里舞樂에 맞추어 광란의 춤을 추면 주왕의 가슴에 안긴 달기는 몰아沒我의 황홀경悅惚境에서 음탕한 미소를 짓곤 했다. 또 때로는 낮에도 장막을 드리운 방에서 촛불을 밝히고 벌이는 광연狂宴이 주야장천晝夜長川 120일간이나 계속되기도 했는데 은나라 사람들은 이를 장야지음長夜之飮이라 일컬었다.

이같이 상궤常軌를 벗어난 광태狂態를 보다 못해 충신들이 간하면 주왕은 도리어 그들을 제왕의 행동을 비방하는 불충자로 몰아 가차 없이 포락지형炮烙之刑에 처하곤 했다. 포락지형이란 기름칠한 구리 기둥[銅柱]을 숯불 위에 걸쳐 놓고 죄인을 그 위로 건너가게 하는 일종의 잔인한 사형 방법으로, 미끄러운 구리 기둥에서 숯불 속으로 떨어져 타 죽은 희생자들의 아비규환阿鼻叫喚의 모습까지도 잔인한 달기의 음욕淫慾을 돋우는 재료가 되었다. 이렇듯 폭군 음주로 악명을 떨치던 주왕도 결국 걸왕의 전철을 밟아 주周나라 시조인 무왕武王에게 멸망당하고 말았다.

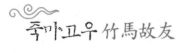

죽마고우 竹馬故友

竹 · 대나무 죽 | 馬 · 말 마 | 故 · 옛 고 | 友 · 벗 우
— 동의어 : 죽마지우竹馬之友, 죽마구우竹馬舊友, 기죽지교騎竹之交, 죽마지호竹馬之好
— 출전 : 『世說新語』「品藻篇」, 『晉書』「殷浩專」
● 어릴 때 같이 죽마竹馬를 타고 놀던 벗이란 뜻으로, 어렸을 때부터 사귀어 온 오랜 친구.

진晉나라 12대 황제인 간문제簡文帝 때의 일이다. 촉蜀 땅을 평정하고 돌아온 환온桓溫의 세력이 날로 커지자 간문제는 환온을 견제하기 위해 은호殷浩라는 은사隱士를 건무장군建武將軍 양주자사揚州刺史에 임명했다. 그는 환온의 어릴 때 친구로서 학식과 재능이 뛰어난 인재였다. 은호가 벼슬길에 나아가는 그날부터 두 사람은 정적이 되어 반목 反目했다. 왕희지王羲之가 화해시키려고 했으나 은호가 듣지 않았다.

그 무렵, 5호 16국五胡十六國 중 하나인 후조後趙의 왕 석계 룡石季龍이 죽고 호족胡族 사이에 내분이 일어나자 진나라에 서는 이 기회에 중원 땅을 회복하기 위해 은호를 중원장군 에 임명했다. 은호는 군사를 이끌고 출병했으나 도중에 말 에서 떨어지는 바람에 제대로 싸우지도 못하고 결국 대패 하고 돌아왔다. 환온은 기다렸다는 듯이 은호를 규탄하는 상소上疏를 올려 그를 변방으로 귀양 보내고 말았다. 그리 고 환온은 사람들에게 이렇게 말했다.

"은호는 나와 '어릴 때 같이 죽마를 타고 놀던 친구[竹馬 故友]'였지만 내가 죽마를 버리면 은호가 늘 가져가곤 했 지. 그러니 그가 내 밑에서 머리를 숙여야 하는 것은 당연 한 일이 아닌가."

환온이 끝까지 용서해 주지 않는 바람에 은호는 결국 변 방의 귀양지에서 생애를 마쳤다고 한다.

준조절충 樽俎折衝

樽 · 술통 준 ｜ 俎 · 도마 조 ｜ 折 · 꺾을 절 ｜ 衝 · 충돌할 충
— 동의어 : 준조지사樽俎之師
— 출전 : 『晏子春秋』「內篇」
● 술자리에서 적의 창끝을 꺾어 막는다는 뜻으로, 무력이 아
닌 평화로운 방법으로 유리하게 담판하거나 흥정함을 이
르는 말.

춘추시대, 제齊나라 장공莊公이 신하인 최저崔杼에게 시해
되자 동생이 뒤를 잇고 경공景公이라 일컬었다. 경공은 최
저를 좌상左相에 임명하고 그를 반대하는 자는 죽이기로 맹
세까지 했다. 이어 모든 신하가 맹세했다.

그러나 단 한 사람, 안영晏嬰만은 맹세하지 않고 하늘을
우러러보며 탄식했다고 한다.

'임금에게 충성하고 나라를 위하는 사람이라면 좋으련
만.'

이윽고 최저가 살해되자 경공은 안영을 상국相國에 임명
했다. 안영은 온후박식溫厚博識한 인물로서 '여우 털가죽으
로 만든 갖옷 한 벌을 30년이나 입었을[一狐日三十年]' 정
도로 검소한 청백리이기도 했다. 한 번은 경공이 큰 식읍食

邑을 하사하려 하자 그는 이렇게 말하며 사양했다고 한다.

"욕심이 충족되면 망할 날이 가까워지나이다."

당시 중국에는 대국만 해도 12개국이나 있었고 소국까지 세면 100개국이 넘었다. 안영은 이들 나라를 상대로 빈틈없는 외교적 수완을 발휘하여 제나라의 지위를 반석 위에 올려놓았다.

안영의 외교 수완에 대해 그의 언행을 수록한 『안자춘추晏子春秋』는 이렇게 쓰고 있다.

"술통과 도마 사이[樽俎間:술자리]를 나가지 아니하고 천 리 밖의 일을 절충한다 함은, 안자를 두고 하는 말이다."

중과부적 衆寡不敵

衆 · 무리 중 | 寡 · 적을 과 | 不 · 아닐 불 | 敵 · 대적할 적
— 출전 : 『孟子』 「梁惠王篇」
● 적은 수효가 많은 수효를 대적하지 못한다는 뜻.

전국시대, 제국을 순방하며 왕도론王道論을 역설하던 맹

자가 제齊나라 선왕宣王에게 말했다.

"전하 스스로는 방일放逸한 생활을 하시면서 나라를 강하게 만들고 천하의 패권覇權을 잡으려는 것은 그야말로 '나무에 올라 물고기를 구하는 것[緣木求魚]'과 같습니다."

"아니, 과인의 행동이 그토록 나쁘단 말이오?"

"가령, 지금 소국인 추鄒나라와 대국인 초楚나라가 싸운다면 어느 쪽이 이기겠습니까?"

"그야, 물론 초나라가 이길 것이오."

"그렇다면 소국은 결코 대국을 이길 수 없고 '소수는 다수를 대적하지 못하며[衆寡不敵]' 약자는 강자에게 패하게 마련입니다. 지금 천하에는 사방 천 리가 되는 나라가 아홉인데 제나라도 그 중 하나입니다. 한 나라가 여덟 나라를 굴복시키려 하는 것은 결국 소국인 추나라가 대국인 초나라를 이기려 하는 것과 같지 않사옵니까?"

이렇게 몰아세운 다음 맹자는 왕도론을 설파했다.

"왕도로써 백성을 열복悅服시킨다면 그들은 모두 전하의 덕에 기꺼이 굴복할 것이며, 또한 천하는 전하의 뜻에 따라 움직이게 될 것입니다......."

중석몰촉 中石沒鏃

| 中 · 가운데 중 | 石 · 돌 석 | 沒 · 잠길 몰 | 鏃 · 화살 촉
— 원말 : 석중석몰촉射中石沒鏃
— 동의어 : 석석음우射石飮羽, 웅거석호熊渠射虎, 일념통
암一念通巖
— 출전 : 『史記』「李將軍專」, 『韓詩外傳』「卷六」
● 쏜 화살이 돌에 깊이 박혔다는 뜻으로, 정신을 집중해서 전
력을 다하면 어떤 일에도 성공할 수 있음을 이르는 말.

전한前漢의 이광李廣은 영명한 흉노족의 땅에 인접한 농
서隴西 지방의 무장武將으로, 특히 궁술弓術과 기마술이 뛰
어난 용장이었다. 문제文帝 14년, 이광은 숙관肅關을 침범한
흉노를 크게 무찌른 공으로 시종무관이 되었다. 또 그는 황
제를 호위하여 사냥을 나갔다가 혼자서 큰 호랑이를 때려
잡아 천하에 용명勇名을 떨치기도 했다.

그 후 이광은 숙원이었던 수비대장으로 전임되자 변경
의 성새城塞를 전전하면서 흉노를 토벌했는데 그때도 늘 이
겨 상승常勝 장군으로 통했다. 그래서 흉노는 그를 '한나라
의 비장군飛將軍'이라 부르며 감히 성해를 넘보지 못했다.

어느 날, 그는 황혼녘에 초원을 지나다가 어둠 속에 몸
을 웅크리고 있는 호랑이를 발견하고 일발필살一發必殺의

신념으로 활을 당겼다. 화살은 명중했다. 그런데 호랑이는
꼼짝도 하지 않았다. 가까이 다가가 보니 그것은 화살이 깊
이 박혀 있는 큰 바위였다. 그는 제자리로 돌아와서 다시
쏘았으나 화살은 돌에 명중하는 순간 튀어 올랐다. 정신을
한 데 모으지 않았기 때문이다.

중원축록 中原逐鹿

中 · 가운데 중 | 原 · 들, 원 | 逐 · 쫓을 축 | 鹿 · 사슴 록
— 동의어 : 각축角逐, 중원장리中原場裡, 중원석록中原射鹿
— 출전 : 『史記』「淮陰侯列傳」
● 중원의 사슴을 쫓는다는 뜻으로, 곧 제위나 정권을 차지하
기 위해 서로 경쟁하는 것을 말함.

한漢나라 고조高祖 11년, 조趙나라 재상이었던 진희陳豨가
반란을 일으키자 고조는 군사를 이끌고 토벌에 나섰다. 그
틈에 진희와 내통하고 있던 회음후淮陰侯 한신韓信이 도읍
장안長安에서 군사를 일으키려 했으나 사전에 누설되어 여
후(呂后:고조의 황후)와 재상 소하蕭何에게 모살 당하고 말았다.

이윽고 난을 평정하고 돌아온 고조는 여후에게 물었다.

"한신이 죽기 전에 무슨 말을 하지 않았소?"

"괴통繼通의 말을 듣지 않은 것이 분하다고 했습니다."

괴통은 제齊나라의 언변가로서 고조 유방이 항우와 천하를 다투고 있을 때 제왕齊王이었던 한신에게 독립을 권했던 사람이다. 그 후 고조 앞에 끌려 나온 괴통은 조금도 겁내는 기색 없이 당당히 말했다.

"그때 한신이 신의 말을 들었더라면 오늘날 폐하의 힘으로도 어쩌지 못했을 것입니다."

고조는 크게 노했다.

"저놈을 당장 삶아 죽여라!"

그러자 괴통은 이렇게 항변했다.

"폐하, 신은 죽을 죄를 진 적이 없나이다. 진秦나라의 기강이 무너지고 천하가 어지러워지자 각지에서 영웅호걸들이 일어났고, 진나라가 사슴[鹿:帝位]을 잃음으로 해서 천하는 모두 이것을 쫓았던[逐] 것이며, 그 중 키 크고 발 빠른 걸물(傑物:고조 유방을 가리킴)이 이것을 잡았던 것이옵니다. 그

도척盜跖 춘추시대, 성인聖人 공자孔子와 같은 시대를 살다 간 같은 노魯나라의 큰 도둑. 9,000여 명의 무리를 이끌고 전국을 휩쓸며 악행惡行을 일삼음으로써 대악당大惡黨의 대명사가 되었다고 한다.

옛날 대악당인 '도척盜跖의 개가 요堯 임금을 보고 짖었다 『獸狗吠堯』'고 해서 요 임금이 악인이라 짖은 것은 아니옵니다. 개란 원래 주인이 아니면 짖는 법으로, 당시 신은 오직 한신만 알고 폐하를 몰랐기 때문에 짖었던 것이옵니다. 그런데 난세의 폐하와 마찬가지로 천하를 노렸다 해서 삶아 죽이려 하신다면 이는 도리에 어긋나는 일이옵니다. 통촉하시옵기를......."

빈틈없는 항변에 할 말을 잃은 고조는 괴통을 그냥 놓아 주지 않을 수 없었다.

지록위마 指鹿爲馬

指 · 가리킬 지 | 鹿 · 사슴 록 | 爲 · 할 위 | 馬 · 말 마
— 출전 : 『史記』 「秦始皇本紀」
● 사슴을 가리켜 말이라고 한다는 뜻으로, 위압적으로 억지를 쓰며 끝까지 속이려 하는 것을 말함.

진秦나라 시황제가 죽자 측근 환관인 조고趙高는 거짓 조

서詔書를 꾸며 태자 부소扶蘇를 죽이고 어린 호해胡亥를 세워 2세 황제로 삼았다. 현명한 부소보다 용렬한 호해가 다루기 쉬웠기 때문이다. 호해는 '천하의 모든 쾌락을 마음껏 즐기며 살겠다'고 말했을 정도로 어리석었다고 한다.

어쨌든 조고는 이 어리석은 호해를 교묘히 조종하여 경쟁자인 승상 이사李斯를 비롯해 많은 구신舊臣들을 죽이고 승상이 되어 조정의 실권을 장악했다. 그러자 역심이 생긴 조고는 중신들 가운데 자기를 반대하는 사람을 가려내기 위해 호해에게 사슴을 바치면서 이렇게 말했다.

"폐하, 말을 바치오니 거두어 주십시오."

"승상은 농담도 잘 하시오. '사슴을 가지고 말이라고 하다니[指鹿爲馬]'……. 어떻소? 그대들 눈에도 말로 보이오?"

호해는 웃으며 좌우의 신하들을 둘러보았다. 잠자코 있는 사람보다 '그렇다'고 긍정하는 사람이 많았으나 '아니다'라고 부정하는 사람도 있었다. 조고는 부정한 사람을 기억해 두었다가 모조리 죄를 씌워 죽여 버렸다. 그 후 궁중에는 조고의 말에 반대하는 사람이 하나도 없었다고 한다.

그러나 천하는 오히려 혼란에 빠졌다. 각처에서 진나라

타도를 부르짖으며 반란이 일어났기 때문이다. 그중 항우
와 유방의 군사가 도읍 함양咸陽을 향해 진격해 오자 조고
는 호해를 죽이고 부소의 아들 자영子孾을 세워 3세 황제로
삼았다. 그러나 이번에는 조고 자신이 자영에게 피살되고
말았다.

지어지앙 池魚之殃

池 · 못 지 | 魚 · 고기 어 | 之 · 어조사 지(…의) | 殃 · 재앙 앙
— 동의어 : 앙급지어殃及池魚
— 출전 : 『呂氏春秋』「必己篇」
● 연못 속 물고기의 재앙이란 뜻으로, 아무 까닭이나 잘못도
없이 재앙을 당하게 되는 경우를 말함.

춘추시대 송宋나라에 있었던 일이다. 사마司馬 벼슬에 있
는 환퇴桓魋라는 사람이 천하에 진귀한 보석을 가지고 있
었다. 그런데 그가 죄를 지어 처벌을 받게 되자 보석을 가
지고 종적을 감춰 버렸다. 그러자 환퇴의 보석 이야기를 듣

고 탐이 난 왕은 어떻게든 그 보석을 손에 넣어야겠다고 생각했다.

그래서 왕은 측근 환관에게 속히 환퇴를 찾아내어 보석을 감춰 둔 장소를 알아보라고 명했다. 환관이 어렵사리 찾아가자 환퇴는 서슴없이 말했다.

"아, 그 보석 말인가? 그건 내가 도망칠 때 궁궐 앞 연못 속에 던져 버렸네."

환관이 그대로 보고하자 왕은 당장 신하에게 그물로 연못 바닥을 훑어보라고 명했다. 그러나 보석은 나오지 않았다. 그래서 이번에는 연못의 물을 다 퍼낸 다음 바닥을 샅샅이 뒤졌으나 보석은 끝내 발견되지 않았다. 연못의 물을 퍼 없애는 바람에 결국 애꿎은 물고기들만 다 말라죽고 말았다.

지피지기 백전불태 知彼知己百戰不殆

知·알 지 | 彼·저 피 | 己·자기 기 | 百·일백 백 |
殆·위태할 태
— 출전 : 『孫子』「謀攻篇」
● 상대를 알고 나를 알면 백 번 싸워도 위태롭지 않다는 뜻으로, 곧 상대방과 자신의 약점과 강점을 알아보고 승산勝算이 있을 때 싸워야 이길 수 있다는 말.

춘추시대, 오왕吳王 합려闔閭의 패업霸業을 도운 손무孫武는 전국시대에 초楚나라의 병법가로서 『오자吳子』를 쓴 오기吳起와 더불어 병법의 시조라 불리는데, 그가 쓴 『손자孫子』「모공편謀攻篇」에는 다음과 같은 글이 실려 있다.

"적과 아군의 실정을 잘 비교 검토한 후 승산이 있을 때 싸운다면 백 번을 싸워도 결코 위태롭지 아니하다[知彼知己 百戰不殆]. 그리고 적의 실정은 모른 채 아군의 실정만 알고 싸운다면 승패의 확률은 반반이다. 또 적의 실정은 물론 아군의 실정까지 모르고 싸운다면 만 번에 한 번도 이길 가망이 없다."

징갱취제 懲羹吹虀

懲 · 징계할 징 | 羹 · 국 갱 | 吹 · 불 취 | 虀 · 냉채 제
— 동의어 : 징갱취채懲羹吹菜, 징갱취회懲羹吹膾
— 출전 : 『楚辭』「七章 惜誦」
● 뜨거운 국에 데어서 냉채를 후후 불고 먹는다는 뜻으로, 한 번의 실패를 겪은 후 모든 일에 지나치게 조심함을 비유한 말.

전국시대 말엽, 진秦나라에 대항할 수 있는 세력은 초楚 · 제齊 두 나라뿐이었다. 그래서 진나라의 재상 장의張儀는 초 · 제 동맹의 강화론자强化論者인 초나라의 삼려대부三閭大夫 굴원屈原을 제거하기로 작정하고 기회를 노렸다. 이윽고 초나라 회왕懷王의 총희寵姬 정수鄭袖와 영신佞臣 근상勤尙 등이 굴원을 증오하고 있다는 정보가 들어왔다. 장의는 곧 그들을 매수하여 굴원의 실각 공작을 폈다.

드디어 굴원이 조정으로부터 축출되자 장의는 회왕에게 제나라와 단교하면 진나라의 국토 600리를 할양하겠다고 제의했다. 그래서 회왕은 제나라와 단교했으나 장의는 약속을 이행하지 않았다. 속았다는 것을 안 회왕은 분을 참지 못해 진나라로 쳐들어갔다. 그러나 대패하고 도리어 접경 지역의 국토까지 빼앗겼다. 회왕은 지난 일을 후회하고 굴

원을 다시 등용했다.

그 후 10년이 지난 어느 날, 진나라로부터 우호 증진이란 미명 아래 회왕을 초청하는 사신이 왔다. 굴원은 믿을 수 없는 진나라의 초청에 응해서는 안 된다며 극구 반대했다. 그러나 회왕은 왕자 자란子蘭의 강권에 따라 진나라에 갔다가 포로가 되어 그 이듬해 객사하고 말았다.

초나라에서는 태자가 왕위에 오르고 동생인 자란이 재상이 되었다. 굴원은 회왕을 죽음에 이르게 한 자란에게 책임을 물었으나 이는 도리어 참소讒訴를 초래하는 결과가 되어 또다시 추방당하고 말았다. 이때 그의 나이는 46세였다.

그 후 10년간 오직 조국애에 불타는 굴원은 망명도 하지 않고 한결같이 동정호洞庭湖 주변을 방랑하다가 마침내 울분이 복받친 나머지 멱라汨羅에 몸을 던져 수중고혼水中孤魂이 되었다. 이후 사람들은 굴원의 넋을 '멱라의 귀[汨羅之鬼]'이라 일컫고 있다.

『초사楚辭』에 실려 있는 굴원의 작품 중 대부분은 이 방랑 시절에 쓴 것들이다. 그는 늘 위기에 처한 조국을 걱정하고 나라를 그르치는 영신을 미워하며 그의 고고한 심정을 정열적으로 노래했는데 '징갱취제'는 『초사』 「9장」 중

'석송惜誦'이란 시의 첫 구절이다.

懲於羹者 而吹 韲兮징어갱자 이취제혜 뜨거운 국에 데어서
냉채까지 불어 먹는데
何不變此志也하불변차지야 어찌하여 그 뜻(나약함)을 바꾸
지 못하는가.

'석송'은 굴원이 자기 이상으로 주군主君을 생각하고 충
성을 맹세하는 선비가 없음을 슬퍼하고, 그럼에도 불구하
고 뭇 사람들로부터 소외된 것을 분노하면서도 그 절개만
은 변하지 않겠다는 강개지심慷慨之心을 토로한 시이다.

창업수성 創業守成

創·시작할 창 | 業·업 업 | 守·지킬 수 | 成·이룰 성
— 원말: 이창업 난수성易創業難守成
— 출전: 『唐書』「房玄齡專」, 『貞觀政要』「君道篇」, 『資治通鑑』
● 일을 시작하기는 쉬우나 이룬 것을 지키기는 어렵다는 말.

수隋나라 말의 혼란기에 이세민李世民은 아버지인 이연李淵과 함께 군사를 일으켜 관중關中을 장악했다. 이듬해 2세 양제煬帝가 암살되자 이세민은 양제의 손자인 3세 공제恭帝를 폐하고 당唐나라를 '창업'했다.

626년 고조高祖 이연에 이어 제위에 오른 2세 태종太宗 이세민은 우선 사치를 경계하고, 천하 통일을 완수하고, 외정外征을 통해 국토를 넓히고, 제도적으로 민생 안정을 꾀하고, 널리 인재를 등용하고, 학문·문화 창달에 힘씀으로써 후세 군왕이 치세治世의 본보기로 삼는 성세盛世를 이룩했다. 이 성세를 일컬어 '정관의 치貞觀之治'라고 한다.

'정관의 치'가 태어날 수 있었던 것은 결단력이 뛰어난 좌복야左僕射 두여회杜如晦, 기획력이 빼어난 우복야右僕射 방현령房玄齡, 강직한 대부大夫 위징魏徵 등과 같은 많은 현신들이 선정善政에 힘쓰는 태종을 잘 보필했기 때문이다. 어느 날, 태종은 이들 현신이 모인 자리에 이런 질문을 했다.

"창업과 수성 중 어느 쪽이 더 어렵소?"

방현령이 대답했다.

"창업은 우후죽순雨後竹筍처럼 일어난 군웅 가운데 최후의 승리자만이 할 수 있는 것인 만큼, 창업이 어렵습니다."

그러나 위징의 대답은 달랐다.

"예로부터 임금의 자리는 간난艱難 속에서 어렵게 얻어, 안일安逸 속에서 쉽게 잃는 법이옵니다. 그런 만큼 수성이 어려운 것으로 사료됩니다."

그러자 태종이 말했다.

"방공房公은 짐과 더불어 천하를 얻고, 구사일생九死一生으로 살아났소. 그래서 창업이 어렵다고 말한 것이오. 그리고 위공魏公은 짐과 함께 국태민안國泰民安을 위해 항상 부귀에서 싹트는 교만과 방심에서 오는 화란禍亂을 두려워하고 있소. 그래서 수성이 어렵다고 말한 것이오. 그러나 이제 창업의 어려움은 끝났소. 그래서 짐은 앞으로 제공諸公과 함께 수성에 힘쓸까 하오."

 천고마비 天高馬肥

> 天 : 하늘 천, 高 : 높을 고, 馬 : 말 마, 肥 : 살찔 비
> ── 동의어 : 추고마비秋高馬肥
> ── 출전 : 『漢書』 「匈奴專」
> ● 하늘은 높고 말이 살찐다는 뜻으로, 곧 하늘이 맑고 오곡백과五穀百果가 무르익는 가을을 형용하는 말.

은殷나라 초기에 중국 북방에서 일어난 흉노는 주周 · 진秦 · 한漢의 삼왕조三王朝를 거쳐 육조六朝에 이르는 근 2,000년 동안 북방 변경의 농경 지대를 끊임없이 침범해 온 사나운 유목 민족이었다.

그래서 고대 중국의 군주들은 흉노의 침입을 막기 위해 늘 고심했는데 전국시대에는 연燕 · 조趙 · 진秦나라의 북방 변경에 성벽을 쌓았고, 천하를 통일한 진시황秦始皇은 기존의 성벽을 수축修築하고 연결하여 만리장성萬里長城을 완성하기도 했다.

그러나 흉노의 침입은 끊이지 않았다. 북방의 초원에서 방목과 수렵으로 살아가는 흉노에게는 초원이 얼어붙는 긴 겨울을 살아야 할 양식이 필요했기 때문이다. 그래서 북방 변경의 중국인들은 '하늘이 높고 말이 살찌는[天高馬肥]' 가을만 되면 언제 흉노가 쳐들어올지 몰라 전전긍긍戰戰兢兢했다고 한다.

천려일실 千慮一失

千 · 일천 천 | 慮 · 생각할 려 | 一 · 한 일 | 失 · 잃을 실
— 원말 : 지자천려 필유일실智者千慮必有一失
— 동의어 : 지자일실智者一失
— 반의어 : 천려일득千慮一得
— 출전 : 『史記』「淮陰侯列傳」
● 천 가지 생각 가운데 한 가지 실책이란 뜻으로, 지혜로운 사람이라도 많은 생각을 하다 보면 하나쯤은 실책이 있을 수 있다는 말.

한나라 고조의 명에 따라 대군을 이끌고 조趙나라로 쳐들어간 한신韓信은 결전을 앞두고 '적장 이좌거李左車를 사로잡는 장병에게는 천금을 주겠다'고 공언했다. 지덕知德을 겸비한 그를 살리고 싶었기 때문이다. 그 결과 조나라는 괴멸했고, 이좌거는 포로가 되어 한신 앞에 끌려 나왔다.

한신은 손수 포박을 풀어 준 뒤 상석에 앉히고 주연을 베풀어 위로했다. 그리고 한나라의 천하 통일에 마지막 걸림돌로 남아 있는 연燕나라와 제齊나라에 대한 공략책을 물었다. 그러나 이좌거는 '패한 장수는 병법을 논하지 않는 법[敗軍將 兵不語]'이라며 입을 굳게 다물었다. 한신이 재차 정중히 청하자 그는 이렇게 말했다.

"패장이 듣기로는 '지혜로운 사람이라도 많은 생각을 하다 보면 반드시 하나쯤은 실책이 있다[智者千慮 必有一得]고 했습니다. 그러니 패장의 생각 가운데 하나라도 득책이 있으면 이만한 다행이 없을까 합니다."

그 후 이좌거는 한신의 참모가 되어 크게 공헌했다고 한다.

천재일우 千載一遇

千 · 일천 천 | 載 · 해 재 | 一 · 한 일 | 遇 · 만날 우
— 동의어 : 천재일시千載一時, 천재일회千載一會, 천세일시千歲一時
— 출전 : 『文選』「袁宏 三國名臣序贊」
● 천 년에 한 번 만난다는 뜻으로, 좀처럼 만나기 어려운 좋은 기회를 이르는 말.

동진東晉의 학자로서 동양태수東陽太守를 역임한 원굉袁宏은 여러 문집에 시문 300여 편을 남겼는데, 그 중 가장 유명한 것은 『문선』에 수록된 「삼국명신서찬三國名臣序贊」이다. 이것은 『삼국지』에 실려 있는 건국 명신 20명에 대한 행장

기行狀記다. 그 가운데 위魏나
라의 순문약荀文若을 찬양한
글에서 원굉은 '무릇 백락伯樂

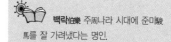
백락伯樂 주周나라 시대에 준마駿
馬를 잘 가려냈다는 명인.

을 만나지 못하면 천 년이 지나도 천리마 한 필을 찾아내지
못한다[夫未遇伯樂則 千載無一驥]고 적고, 현군과 명신의
만남이 결코 쉽지 않다는 것을 비유적으로 이렇게 쓰고 있
다.

　夫萬歲一期 有生之通途 부만세일기 우생지통도

　　무릇 만 년에 한 번 있는 기회는 이 세상의 통하는 길
　　이며

　千載一遇, 賢智之嘉會 천재일우 현지지가회

　　천 년에 한 번 있는 만남은 현군과 명신의 아름다운
　　만남이다.

철면피 鐵面皮

鐵 · 쇠 철 | 面 · 낯 면 | 皮 · 가죽 피
— 동의어 : 후안무치厚顔無恥
— 출전 : 『北夢碎言북몽쇄언』, 『虛堂錄』
● 쇠로 만든 낯가죽이란 뜻으로, 넘치를 모르는 사람을 가리
키는 말

왕광원王光遠이란 사람이 있었다. 학재가 뛰어났던 그는
어렵지 않게 벼슬길에 올랐으나 출세욕이 지나친 나머지
고관의 습작시를 보고도 '이태백李太白도 감히 미치지 못할
신운神韻이 감도는 시' 라고 극찬할 정도로 뻔뻔한 아첨꾼이
되었다.

아첨할 때면 주위를 의식하지 않았고 상대가 무례한 짓
을 해도 웃곤 했다. 한 번은 고관이 취중에 매를 들고 이렇
게 말했다.

"자네를 때려 주고 싶은데, 맞아 볼텐가?"

"대감의 매라면 기꺼이 맞겠습니다. 자 어서......."

고관은 사정없이 왕광원을 매질했다. 그래도 그는 화를
내지 않았다. 동석했던 친구가 집으로 돌아오는 길에 질책
하듯 말했다.

　"자네는 쓸개도 없나? 많은 사람들 앞에서 그런 모욕을 당하고서도 어쩌면 그토록 태연할 수 있단 말인가?"

　"하지만 그런 사람에게 잘 보이면 나쁠 게 없지."

　친구는 기가 막혀 입을 다물고 말았다. 당시 사람들은 그를 가리켜 이렇게 말했다고 한다.

　"광원의 낯가죽은 두껍기가 열 겹의 철갑鐵甲과 같다."

첩경 捷徑

捷 · 빠를 첩 | 徑 · 길 경
● 지름길 혹은 어떤 일에 이르기 쉬운 방법을 말함.

당唐나라 전성기에 노장용盧藏用이라는 선비가 있었다. 그는 벼슬길에 오르는 것이 꿈이었지만 자신의 능력으로는 대과까지 치르며 관직에 오른다는 것이 쉽지 않음을 잘 알고 있었다. 그는 일부러 장안長安 부근의 종남산宗南山에 은둔하면서 기회를 엿보기로 하였다. 이렇게 은둔해 있다보니 어느덧 주위 사람들의 주목을 받아 좌습유左拾遺로 임명되었다.

그 후 사마승정司馬承禎이라는 사람 역시 종남산에 은둔했다가 조정의 부름을 받게 되었다. 그러나 사마승정은 관직에 뜻이 없었기에 정중히 사절하고 다시 은둔하려 했다. 그런 그를 성 밖까지 전송한 사람은 노장용이었다.

노장용은 종남산을 가리키며 사마승정에게 말했다.

"참 좋은 산이지요."

그러자 사마승정이 대꾸했다.

"제가 보기에는 관리가 되는 첩경일 뿐입니다."

출세욕에 눈이 먼 노장용을 비꼬아 말한 것이다.

청천백일 青天白日

青 · 푸를 청 | 天 · 하늘 천 | 白 · 흰 백 | 日 · 날 일
— 출전 : 한유韓愈의「與崔群西」,『朱子全書』「諸子篇」
● 푸른 하늘에 밝게 빛나는 해라는 뜻으로, 곧 아무런 부끄러
  움이나 죄가 없는 결백함을 이르는 말.

당나라 중기의 시인이자 정치가인 한유韓愈는 당송팔대
가唐宋八大家 중 굴지의 명문장가로 꼽혔던 사람인데, 그에
게는 최군崔群이라는 인품이 훌륭한 벗이 있었다. 한유는
외직外職에 있는 그 벗의 인품을 기리며「여최군서與崔群書」
를 써 보냈는데 명문名文으로 유명한 그 글 속에는 이런 구
절이 있다.

"사람들이 저마다 좋고 싫은
감정이 있을 터인데 현명한 사
람이든 어리석은 사람이든 모

여기서 '청천백일'이란 말은 최
군의 인품이 청명淸明하다는 것이 아니라
최군처럼 훌륭한 인물은 누구든지 알아본
다는 뜻이다.

두 자네를 흠모하는 까닭은 무엇일까? 봉황鳳凰과 지초(芝草:영지靈芝)가 상서로운 조짐이라는 것은 누구나 다 알고 있는 일이며, '청천백일'이 맑고 밝다는 것은 노비인들 모를 리 있겠는가?"

청천벽력 靑天霹靂

靑·푸를 청 | 天·하늘 천 | 霹·벼락 벽 | 靂·력
— 원말 : 청천비벽력靑天飛霹靂
— 출전 : 육유陸游의 『劍南詩稿』「九月四日鷄未鳴起作」
● 맑게 갠 하늘에 갑자기 벼락이 친다는 뜻으로, 생각지 않았던 큰 사건이나 이변異變을 비유한 말.

이 말은 남송南宋의 대시인 육유陸游의 『검남시고劍南詩稿』「9월 4일에 닭이 울기 전에 일어나 짓다[九月四日鷄未鳴起作]」에 나오는 오언절구五言絶句의 끝 구절이다.

放翁病過秋(방옹병과추) 방옹이 병든 몸으로 가을을 지내다가

332

忽起作醉墨홀기작취묵 홀연히 일어나 취한 먹으로 글을
지는다.

正如久蟄龍정여구칩룡 마침 오래 움츠렸던 용과 같이

靑天飛霹靂청천비벽력 푸른 하늘에 벼락이 치네.

청출어람 靑出於藍

靑 · 푸를 청 | 出 · 날 출 | 於 · 어조사 어(…에서, …보다) |
藍 · 쪽 람
—동의어: 출람지예出藍之譽, 출람지재出藍之才, 후생각
고後生角高, 출람지영예出藍之榮譽
—출전: 『荀子』「勸學篇」
● 쪽에서 나온 푸른색은 쪽빛보다 더 푸르다는 뜻으로, 제자
가 스승보다 더 나음을 이르는 말.

이 말은 전국 시대의 유학자
儒學者로서 성악설性惡說을 창시
한 순자荀子의 글에 나오는 한
구절이다.

학문이란 끊임없이 계속되는 것
이므로 중지해서는 안 되며 청색이 쪽빛
보다 푸르듯이, 얼음이 물보다 차듯이 스
승을 능가하는 학문의 깊이를 가진 제자
도 나타날 수 있다는 말.

學不可以已학불가이이 학문은 그쳐서는 안 되는 것이니,

靑取之於藍청취지어람 푸른색은 쪽에서 취했지만

而靑於藍이청어람 쪽빛보다 더 푸르고

氷水爲之빙수위지 얼음은 물이 이루었지만

而寒於水이한어수 물보다도 더 차다.

축록자불견산 逐鹿者不見山

逐·쫓을 축 | 鹿·사슴 록 | 者·놈 자 | 不·아닐 불 |
見·볼 견 | 山·메 산
— 동의어 : 축수자목불견태산逐獸者目不見太山
— 출전 : 『淮南子』 「說林訓篇」

● 사슴을 쫓는 사람은 산을 보지 못한다는 뜻으로, 한 가지
   일에 마음을 빼앗긴 사람은 다른 일을 생각하지 못함을 비
   유한 말.

전한前漢 7대 황제인 무제武帝 때 중앙 정권에 대항적인
입장을 취했던 왕족 회남왕淮南王 유안劉安은 문하門下 식객食
客의 도움을 받아 많은 서책을 저술했는데, 그 중 특히 도

가道家 사상을 중심으로 엮은 『회남자淮南子』에는 다음과 같은 글이 실려 있다.

逐鹿者 不見山축록자 불견산 사슴을 쫓는 사람은 산을 보지 못하고

攫金者 不見人확금자 불견인 돈을 움켜쥔 자는 사람을 보지 못한다.

치인설몽 癡人說夢

| 癡·어리석을 치 | 人·사람 인 | 說·말씀 설 | 夢·꿈 몽
— 원말 : 대치인몽설對癡人夢說
— 출전 : 『冷齋夜話』「卷九」, 『黃山谷題跋』
● 바보에게 꿈 이야기를 해준다는 뜻으로, 곧 어리석기 짝이 없는 짓이나 생각 없이 지껄이는 것을 비유한 말.

남송南宋의 석혜홍釋惠洪이 쓴 『냉재야화冷齋夜話』「권9卷九」에는 다음과 같은 이야기가 실려 있다.

당나라 때, 서역西域의 고승인 승가僧伽가 양자강과 회하
淮河 유역에 있는 지금의 안휘성安徽省 지방을 행각(行脚:여기
저기 돌아다니며 수행함)할 때의 일이다. 승가는 한 마을에
이르러 어떤 사람과 이런 문답을 했다.

"당신은 성이 무엇이오[汝何姓]?"

"성은 하가요[姓何哥]."

"어느 나라 사람이오[何國人]?"

"하나라 사람이오[何國人]."

승가가 죽은 뒤 당나라의 서도가書道家 이옹李邕에게 승가
의 비문을 맡겼는데, 그는 '대사의 성은 하씨何氏이고 하나
라 사람[何國人]이다'라고 썼다. 이옹은 승가가 농담으로
한 대답을 진실로 받아들이는 어리석음을 범했던 것이다.

석혜홍은 이옹의 이 어리석음에 대해 『냉재야화』에서 이
렇게 쓰고 있다.

"'이는 곧 이른바 어리석은 사람에게 꿈을 이야기한 것
이다[此正所謂對癡說夢耳].' 이옹은 결국 꿈을 참인 줄 믿
고 말았으니 참으로 어리석은 사람이 아닐 수 없다."

칠보지재 七步之才

> 七 · 일곱 칠 | 步 · 걸음 보 | 之 · 어조사 지(…의) | 才 · 재주 재
> ― 동의어 : 칠보재七步才, 칠보시七步詩
> ― 출전 : 『世說新語』「文學篇」
> ● 일곱 걸음을 옮기는 사이에 시를 지을 수 있는 재주라는 뜻
> 으로, 아주 뛰어난 글재주를 이르는 말.

삼국시대의 영웅이었던 위왕魏王 조조曹操는 무장 출신이
었지만 건안建安 문학의 융성을 가져왔을 정도로 시문을 애
호하여 우수한 작품을 많이 남겼다. 그 영향을 받아서인지
맏아들인 비조와 셋째 아들인 식植도 글재주가 출중했다.
특히 식의 시재詩才는 당대의 대가들로부터도 칭송이 자자
했다. 그래서 식을 더욱 총애하게 된 조조는 한때 비를 제
쳐놓고 식으로 하여금 제위를 잇게 할 생각까지 했었다.

비는 어릴 때부터 식의 글재주를 늘 시기해 오던 차에
제위 문제까지 불거지자 그 증오심이 형용할 수 없을 정도
로 깊어졌다.

조조가 죽은 뒤 위왕을 세습한 비는 후한後漢의 헌제獻帝
를 폐하고 스스로 제위帝位에 올라 문제文帝라 일컫고 국호
를 위魏라고 했다. 어느 날, 문제는 동아왕東阿王으로 책봉된

조식을 불러 이렇게 하명했
다.

"일곱 걸음을 옮기는 사
이에 시를 짓도록 하라. 짓
지 못할 땐 중벌을 면치 못할 것이니라."

조식은 걸음을 옮기며 이렇게 읊었다.

煮豆燃豆萁자두연두기 콩대를 태워서 콩을 삶으니

豆在釜中泣두재부중읍 가마솥 속에 있는 콩이 우는구나.

本是同根生본시동근생 본디 같은 뿌리에서 태어났건만

相煎何太急상전하태급 어찌하여 이다지도 급히 삶아 대는가.

'부모를 같이하는 친형제간인데 어째서 이다지도 심히
핍박逼迫하는가' 라는 뜻의 칠보시七步詩를 듣자 문제는 얼굴
을 붉히며 부끄러워했다고 한다.

타산지석 他山之石

他 · 다를 타 | 山 · 메 산 | 之 · 어조사 지(…의) | 石 · 돌 석
— 원말 : 타산지석 가이공옥他山之石 可以攻玉
— 동의어 : 절차탁마切磋琢磨, 공옥이석攻玉以石
— 출전 : 『詩經』 「小雅篇」
● 다른 산의 거친 돌이라도 옥을 가는 데에 소용이 된다는 뜻으로, 다른 사람의 하찮은 언행일지라도 자신의 지식이나 인격을 닦는 데 도움이 됨, 혹은 쓸모없는 것이라도 쓰기에 따라 유용한 것이 될 수 있음을 비유한 말.

이 말은 『시경詩經』 「소아편小雅篇」 '학명鶴鳴'에 나오는 시의 한 구절이다.

樂彼之園낙피지원 즐거운 저 동산에는

爰有樹檀원유수단 박달나무 심겨져 있고

其下維穀기하유곡 그 밑에는 닥나무 수북하네.

他山之石타산지석 다른 산의 돌이라도

可以攻玉가이공옥 이로써 옥을 갈 수 있네.

이 시는 초은招隱의 뜻을 지니고 있는데, 매 구마다 은자가 살고 있는 풍물을 비유적으로 읊고 있다. 돌은 소인에

비유되고 옥은 군자에 비유되며, 군자도 소인을 보고 학식
과 덕망을 쌓아갈 수 있음을 말하고 있다.

태산북두 泰山北斗

> 泰 · 클 태 | 山 · 메 산 | 北 · 북녘 북 | 斗 · 별자리 두
> ─준말 : 泰斗태두
> ─출전 : 『唐書』「韓愈傳贊」
> ● 태산과 북두칠성을 가리키는 말로, 곧 어느 한 분야의 대가
>   大家로 비상 사람들로의 존경을 받는 사람을 말함.

당나라 때 사대시인四大詩人의 한 사람으로서 당송팔대가
唐末八大家 중 굴지의 명문장가로 꼽혔던 한유韓愈는 768년,
지금의 하남성河南省에서 태어났다.

그는 9대 황제인 덕종德宗 때 25세의 나이로 진사進士 시
험에 급제한 뒤 벼슬이 이부상서吏部尙書까지 이르렀으나
황제가 관여하는 불사佛事를 극간極諫하다가 조주자사潮州刺
史로 좌천되었다. 천성이 강직했던 한유는 그 후에도 여러
차례 좌천 · 파직罷職되었다가 다시 등용되곤 했는데, 만년

에 이부시랑吏部侍郎을 역임한 뒤 57세를 일기로 세상을 떠났다.

이처럼 순탄치 못했던 그의 벼슬살이와는 달리 한유는 '한유韓柳'로 불렸을 정도로 절친한 벗인 유종원柳宗元과 함께 고문부흥古文復興 운동을 제창하는 등 학문에 힘썼다. 그 결과 후학들로부터 존경의 대상이 되었는데, 그에 대해 『당서唐書』「한유전韓愈專」에는 이렇게 적혀 있다.

"당나라가 흥성한 이래 한유는 육경(六經:춘추 시대의 여섯 가지 경서)를 가지고 여러 학자들의 스승이 되었다. 한유가 죽은 뒤 그의 학문은 더욱 흥성했으며, 그래서 학자들은 한유를 '태산북두'를 우러러보듯 존경했다."

토사구팽 兔死狗烹

兔·토끼 토 | 死·죽을 사 | 狗·개 구 | 烹·삶을 팽
── 동의어 : 야수진엽구팽野獸盡獵狗烹
── 출전 : 『史記』「淮陰侯列傳」, 『十八史略』, 『韓非子』「內儲

說篇」
● 토끼 사냥이 끝나면 사냥개는 삶아 먹힌다는 뜻으로, 곧 쓸
모가 있을 때는 긴요하게 쓰이다가 쓸모가 없어지면 헌신
짝처럼 버려진다는 말.

초패왕楚霸王 항우項羽를 멸하고 한漢나라의 고조高祖가 된
유방劉邦은 소하蕭何 · 장량張良과 더불어 한나라 창업 삼걸三
傑의 한 사람인 한신韓信을 초왕楚王에 책봉했다.

그런데 이듬해, 항우의 맹장猛將이었던 종리매鍾離昧가 한

신에게 몸을 의탁하고 있다는 사실을 안 고조는 지난날 그
에게 고전한 악몽이 되살아나 크게 노했다. 그래서 한신에
게 당장 압송하라고 명했으나 종리매와 오랜 친구인 한신
은 고조의 명령을 어기고 오히려 그를 숨겨 주었다. 그러자
고조에게 '한신은 반심을 품고 있다'는 상소가 올라왔다.
진노한 고조는 참모 진평陳平의 헌책獻策에 따라 제후들에
게 이렇게 명했다.

"제후는 초楚 땅의 진陳에서 대기하다가 운몽호雲夢湖로
유행遊幸하는 짐을 따르도록 하라."

한신을 진에서 포박하든가 나오지 않으면 제후諸侯의 군
사로 주살誅殺할 계획이었다.

고조의 명을 받자 한신은 예삿일이 아님을 직감했다. 그
래서 '아예 반기를 들까' 하고 생각해 보았지만 '죄가 없는
이상 별일 없을 것'으로 믿고 순순히 고조를 배알하기로
했다. 그러나 불안이 싹 가신 것은 아니었다. 그러던 어느
날, 교활한 가신家臣이 한신에게 속삭이듯 말했다.

"종리매의 목을 가져가시면 폐하께서도 기뻐하실 것이
옵니다."

한신이 이 이야기를 하자 종리매는 크게 노했다.

"고조가 초나라를 치지 않는 것은 자네 곁에 내가 있기

때문일세. 그런데도 자네가 내 목을 가지고 고조에게 가겠다면 당장 내 손으로 잘라 주지. 하지만 그땐 자네도 망한다는 걸 잊지 말게."

종리매가 자결하자 한신은 그 목을 가지고 고조를 배알했다. 그러나 역적으로 몰려 포박 당하자 그는 분개하여 이렇게 말했다.

"교활한 토끼를 사냥하고 나면 좋은 사냥개는 삶아 먹히고[狡兎死良狗烹교토사양구팽], 하늘 높이 나는 새를 다 잡으면 좋은 활은 곳간에 처박히며[高鳥盡良弓藏고조진양궁장], 적국을 쳐부수고 나면 지혜 있는 신하는 버림을 받는다[敵國破謀臣亡적국파모신망]고 하더니 한나라를 세우기 위해 분골쇄신粉骨碎身한 내가, 이번에는 고조의 손에 죽게 되었구나."

고조는 한신을 죽이지 않았다. 그러나 회음후淮陰侯로 좌천시킨 뒤 주거를 도읍인 장안長安으로 제한했다.

퇴고 推敲

推 · 밀 퇴 | 敲 · 두드릴 고
— 출전: 『唐詩紀事』 「卷四十 題李凝幽居」
● 밀고 두드린다는 뜻으로, 시문詩文을 지을 때 자구字句를 여러 번 생각하여 고침을 이르는 말.

당나라 때의 시인 가도賈島가 어느 날, 말을 타고 가면서 「이응의 유거에 제함[題李凝幽居]」이라는 시를 짓기 시작했다.

閑居隣竝少한거린병소　한가로이 사니 이웃도 드물고
草徑入荒園초경입황원　풀숲 오솔길은 거친 정원으로 통하네.
鳥宿池邊樹조숙지변수　새는 연못가 나무에서 자고
僧敲月下門승고월하문　중은 달 아래 문을 두드린다.

그런데 마지막 구절인 '중은 달 아래 문을……'에서 '민다[推]'라고 하는 것이 좋을지 '두드린다[敲]'라고 하는 것이 좋을지 여기서 그만 딱 막혀 버렸다. 그래서 가도는 '민다' 와 '두드린다' 는 이 두 낱말만 정신없이 되뇌며 가던 중 타고 있는 말이 마주 오던 고관의 행차와 부딪치고 말았다.

"무례한 놈! 이 행차가 뉘 행차인 줄 알기나 하느냐?"

네댓 명의 병졸이 저마다 한 마디씩 내뱉으며 가도를 말에서 끌어내려 행차의 주인공인 고관 앞으로 끌고 갔다. 그 고관은 당대唐代의 대문장가인 한유韓愈로, 당시 그의 벼슬은 경조윤(京兆尹:도읍을 다스리는 으뜸 벼슬)이었다.

한유 앞에 끌려온 가도는 먼저 길을 비키지 못한 까닭을 솔직히 말하고 사죄했다. 그러자 한유는 노여워하는 기색도 없이 잠시 생각하더니 이렇게 말했다.

"내 생각엔 역시 '민다[推]' 보다 '두드린다[敲]' 가 좋겠네."

이를 계기로 그 후 이들은 둘도 없는 시우詩友가 되었다고 한다.

파죽지세 破竹之勢

破 · 깨뜨릴 파 | 竹 · 대나무 죽 | 之 · 어조사 지(…의) |
勢 · 기세 세
— 동의어 : 영인이해迎刃而解, 세여파죽勢如破竹.
— 출전 : 『晉書』「杜預專」
● 대나무를 쪼개는 기세라는 뜻으로, 곧 맹렬한 기세로 적군
  을 무찌른다는 말.

위魏나라의 권신權臣 사마염司馬炎은 원제元帝를 폐한 뒤
스스로 제위에 올라 무제武帝라 일컫고, 국호를 진晉이라고
했다. 이리하여 천하는 3국 중 유일하게 남아 있는 오吳나
라와 진나라로 나뉘어 대립하게 되었다. 이윽고 무제는 진
남대장군鎮南大將軍 두예杜預에게 출병을 명했다.

이듬해 2월, 무창武昌을 점령한 두예는 휘하 장수들과 오
나라를 일격에 공략할 마지막 작전 회의를 열었다. 이 때
한 장수가 이렇게 건의했다.

"지금 당장 오나라의 도읍을 치기는 어렵습니다. 이제
곧 잦은 봄비로 강물은 범람할 것이고, 또 언제 전염병이
발생할지 모르기 때문입니다. 그러니 일단 철군했다가 겨
울에 다시 공격하는 것이 어떻겠습니까?"

찬성하는 장수들도 많았으나 두예는 단호히 말했다.

"그건 안 될 말이오. 지금 아군의 사기는 마치 '대나무를 쪼개는 기세[破竹之勢]'요. 대나무란 처음 두세 마디만 쪼개면 그 다음부터는 칼날이 닿기만 해도 저절로 쪼개지는 법인데, 어찌 이런 절호의 기회를 버린단 말이오."

두예는 곧바로 휘하의 전군을 휘몰아 오나라의 도읍 건업建業으로 쇄도殺到하여 단숨에 공략했다. 이어 오왕吳王 손호孫晧가 항복함에 따라 마침내 진나라는 삼국시대에 종지부를 찍고 천하를 통일했다.

포호빙하暴虎馮河

暴 · 사나울 포 | 虎 · 범 호 | 馮 · 탈 빙 | 河 · 물 하
—동의어 : 포호빙하지용暴虎馮河之勇
—출전 : 『論語』 「述而篇」
● 맨손으로 범에게 덤비고 걸어서 황하를 건넌다는 뜻으로, 곧 무모한 행동이나 죽음을 두려워하지 않는 무모한 용기를 비유한 말.

공자의 3,000여 제자 중 특히 안회顔回는 학재學才가 뛰어나고 덕행이 높아 공자가 가장 아끼던 제자였다. 그는 가난

하고 불우했지만 이를 전혀 괴로워하지 않았으며 또한 32세의 젊은 나이로 죽을 때까지 노하거나 실수한 적이 한 번도 없었다고 한다.

어느 날, 공자는 안회에게 이렇게 말했다.

"왕후王侯에게 등용되면 포부를 펴고 받아들여지지 않는다면 이를 가슴 깊이 간직해 두기는 여간 어려운 일이 아니지. 하지만 그렇게 할 수 있는 이는 나와 너 두 사람 정도일 것이다."

이 때 곁에서 듣고 있던 자로子路가 은근히 샘이 나서 공자에게 이렇게 물었다.

"선생님, 도를 행하는 것은 그렇다 치고 만약 대군을 이끌고 전쟁에 임할 때 선생님은 누구와 함께 가시겠습니까?"

무용武勇에 관한 한 자신 있는 자로는 '그야 물론 너지'라는 말이 떨어지기를 기대했으나 공자는 굳은 얼굴로 이렇게 대답했다.

"맨손으로 범에게 덤비거나 황하를 걸어서 건너는 것[暴虎馮河]과 같은 헛된 죽음을 후회하지 않을 자와는 행동을 같이하지 않을 것이다. 일에 임하여 두려워하고 계책 세우기를 좋아하는 자와 함께 할 것이다."

풍성학려 風聲鶴唳

風 · 바람 풍 | 聲 · 소리 성 | 鶴 · 학 학 | 唳 · 학울 려
— 출전 : 『晉書』『謝玄載記』
● 바람 소리와 학의 울음소리란 뜻으로, 겁을 먹은 사람이 하
  찮은 일이나 작은 소리에도 몹시 놀람을 비유한 말.

동진東晉의 9대 효무제孝武帝 때인 태원太元 8년의 일이다.
5호 16국五胡十六國 중 전진前秦의 3대 임금인 부견苻堅이
100만 대군을 이끌고 쳐들어오자, 효무제는 재상 사안謝安
의 동생인 정토대도독征討大都督 사석謝石과 조카인 전봉도독
前鋒都督 사현謝玄에게 8만의 군사를 주고 나가 싸우게 했다.
우선 참모인 유로지劉牢之가 5,000의 군사로 적의 선봉을
격파하여 서전을 장식했다.

이 때 중군을 이끌고 비수淝水 강변에 진을 치고 있던 부
견은 휘하 제장諸將에게 이렇게 명했다.

"전군을 약간 후퇴시켰다가 적이 강 한복판에 이르렀을
때 돌아서서 반격하라."

그러나 이는 부견의 오산이었다. 일단 후퇴 길에 오른
전진군前秦軍은 반격은커녕 멈춰 설 수도 없었다. 무사히 강
을 건넌 동진군은 사정없이 전진군을 들이쳤다. 대혼란에

빠진 전진군은 서로 밟고 밟혀 죽는 군사가 들을 덮고 강을 메웠다. 겨우 목숨을 건진 군사들은 겁을 먹은 나머지 '바람 소리와 학의 울음[風聲鶴唳]' 소리만 들어도 동진의 추격군이 온 줄 알고 도망가기 바빴다고 한다.

학철부어 涸轍鮒魚

涸 · 마를 학 | 轍 · 수레바퀴 자국 철 | 鮒 · 붕어 부 | 魚 · 고기 어
— 준말 : 학부涸鮒, 철부轍鮒
— 동의어 : 철부지급轍鮒之急, 학철지부涸轍之鮒, 학철부어涸轍鮒魚
— 출전 : 『莊子』「外物篇」
● 수레바퀴 자국에 괸 물에 있는 붕어란 뜻으로, 매우 위급한 경우에 처했거나 몹시 고단하고 옹색함의 비유.

전국시대, 무위자연無爲自然을 주장했던 장자莊子의 이야기이다. 그는 왕후王侯에게 무릎을 굽혀 안정된 생활을 하기보다는 어느 누구에게도 구속받지 않는 자유로운 생활

을 즐겼다. 그러다 보니 가난한 그는 끼니조차 잇기가 어려웠다. 어느 날 장자는 굶다 못해 감하후監河侯를 찾아가 약간의 식대를 꾸어 달라고 했다. 그러자 감하후는 친구의 부탁을 딱 잘라 거절할 수가 없어 이렇게 핑계를 댔다.

"빌려주지. 2,3일만 있으면 식읍食邑에서 세금이 올라오는데 그때 삼백 금三百金쯤 융통해 줄 테니 기다리게."

당장 배가 고파 죽을 지경인데 2,3일 뒤에 거금巨金 삼백 금이 무슨 소용이 있단 말인가. 체면 불고하고 찾아온 자기 자신에게 화가 난 장자는 내뱉듯이 말했다.

"고맙군. 하지만 그땐 아무 소용없네."

그리고 이어 장자 특유의 비아냥조調로 이렇게 부연했다.

"내가 여기 오느라고 걷고 있는데 누가 나를 부르지 않겠나. 그래서 주위를 둘러보니 '수레바퀴 자국에 괸 물에 붕어가 한 마리 있더군[醴轍鮒魚].' 왜 불렀느냐고 묻자 붕어는 '당장 말라죽을 지경이니 물 몇 잔만 떠다가 살려 달라'는 거야. 나는 귀찮은 나머지 이렇게 말해 주었지. '그래. 나는 2, 3일 안으로 남쪽 오吳나라와 월越나라로 유세를 떠나는데 가는 길에 서강西江의 맑은 물을 잔뜩 길어다 줄 테니 그 때까지 기다리라'고. 그랬더니 붕어는 화가 나서

'나는 지금 물 몇 잔만 있으면 살 수 있는데 당신이 기다리라고 하니 이젠 틀렸소. 나중에 건어물전乾魚物廛으로 내 시체나 찾으러 와 달라'고 하더니 그만 눈을 감고 말더군. 자, 그럼 실례했네."

한단지몽 邯鄲之夢

邯 · 땅이름 한 | 鄲 · 땅이름 단 | 之 · 어조사 지(…의) | 夢 · 꿈 몽
—동의어 : 한단지침邯鄲之枕, 한단몽침邯鄲夢枕, 노생지몽盧生之夢, 일취지몽一炊之夢, 영고일취榮枯一炊, 황량지몽黃粱之夢
—출전 : 심기제沈旣濟의 『枕中記』
● 한단에서 꾼 꿈이라는 뜻으로, 인생의 덧없음과 영화榮華의 헛됨을 비유한 말.

당나라 현종玄宗때의 이야기이다. 도사 여옹이 한단邯鄲의 한 주막에서 쉬고 있는데 행색이 초라한 젊은이가 옆에 와 앉더니 산동山東에서 사는 노생盧生이라며 신세 한탄을 하고는 졸기 시작했다. 여옹이 보따리 속에서 양쪽에 구멍

이 뚫린 도자기 베개를 꺼내 주자 노생은 그것을 베고 잠이 들었다. 노생이 꿈속에서 점점 커지는 그 베개의 구멍 속으로 들어가 보니 고래등 같은 기와집이 있었다.

노생은 최씨崔氏로서 명문인 그 집 딸과 결혼하고 과거에 급제한 뒤 벼슬길에 나아가 순조롭게 승진했다. 경조윤京兆尹을 거쳐 어사대부御史大夫 겸 이부시랑吏部侍郎에 올랐으나 재상이 투기하는 바람에 단주자사端州刺史로 좌천되었다. 3년 후 호부상서戶部尙書로 조정에 복귀한 지 얼마 안 되어 마침내 재상이 되었다. 그 후 10년간 노생은 황제를 잘 보필하여 태평성대를 이룩한 명재상으로 이름이 높았으나 어느 날, 갑자기 역적으로 몰렸다. 변방의 장군과 모반을 꾀했다는 것이다. 노생은 포박 당하는 자리에서 탄식하여 말했다.

"내 고향 산동에서 농사나 지으며 살았더라면 이런 억울한 누명은 쓰지 않았을 텐데, 무엇 때문에 애써 벼슬길에 나갔는지 모르겠다. 그 옛날 누더기를 걸치고 한단의 거리를 걷던 때가 그립구나. 하지만 이제 와서 후회한들 무슨 소용이 있겠는가."

그는 칼을 들어 자결하려 했지만 아내와 아들이 말리는 바람에 미수에 그쳤다. 노생과 함께 잡힌 사람들은 모두 처형당했으나 그는 환관宦官이 힘써 준 덕분에 사형을 면하고 변방으로 유배되었다. 수년 후 무죄임이 밝혀지자 황제는 노생을 소환하여 중서령中書令을 제수除授한 뒤 연국공燕國公에 책봉하고 많은 은총을 내렸다. 그 후 노생은 모두 권문세가權門勢家와 혼인하고 고관이 된 다섯 아들과 열 손자를 거느리고 행복한 만년을 보내다가 황제의 어의御醫가 지켜보는 가운데 80년의 생애를 마쳤다.

노생이 깨어 보니 꿈이었다. 옆에는 여전히 여옹이 앉아 있었고 주막집 주인이 짓고 있는 기장밥도 아직 다 되지 않았다. 노생을 바라보고 있던 여옹은 웃으며 말했다.

"인생이란 다 그런 것이라네."

노생은 여옹에게 공손히 작별 인사를 고하고 한단을 떠났다.

호가호위 狐假虎威

狐·여우 호 | 假·빌릴 가 | 虎·범 호 | 威·위엄 위
─ 동의어 : 가호위호虎假威狐
─ 출전 : 『戰國策』 「楚策」
● 여우가 호랑이의 위세를 빌어 다른 짐승을 놀라게 한다는
뜻으로, 남의 권세를 빌어 위세를 부린다는 말.

전국시대인 기원전 4세기 초엽, 초楚 나라 선왕宣王 때의
일이다. 어느 날 선왕은 위魏나라에서 사신으로 왔다가 그
의 신하가 된 강을江乙에게 물었다.

"위나라를 비롯한 북방 제국이 우리 재상 소해휼昭奚恤을
두려워하고 있다는데 그게 사실이오?"

"그렇지 않습니다. 북방 제국이 어찌 일개 재상에 불과
한 소해휼 따위를 두려워하겠습니까. 전하, 혹 '호가호위'
란 말을 알고 계십니까?"

"모르오."

"하오면 들어 보십시오. 어느 날 호랑이한테 잡아먹히게
된 여우가 이렇게 말했나이다. '네가 나를 잡아먹으면 너
는 나를 모든 짐승의 우두머리로 정하신 천제天帝의 명을
어기는 것이 되어 천벌을 받게 된다. 만약 내 말을 못 믿겠

다면 당장 내 뒤를 따라와 봐라. 나를 보고 달아나지 않는 짐승은 단 한 마리도 없을 테니까.' 그래서 호랑이는 여우를 따라가 보았더니 과연 여우의 말대로 만나는 짐승마다 혼비백산魂飛魄散하여 달아나는 것이었습니다. 사실 짐승들을 달아나게 한 것은 여우 뒤에 있는 호랑이였는데도 호랑이 자신은 그걸 전혀 깨닫지 못했다고 하옵니다. 이 경우도 마찬가지이옵니다. 지금 북방 제국이 두려워하고 있는 것은 소해휼이 아니라 그 배후에 있는 초나라의 군세軍勢, 즉 전하의 강병强兵이옵니다."

이처럼 강을이 소해휼을 폄貶한 이유는 아부로 선왕의 영신佞臣이 된 강을에게 있어 왕족이자 명재상인 소해휼은 눈엣가시였기 때문이다.

호연지기 浩然之氣

浩 · 넓을 호 | 然 · 그럴 연 | 之 · 어조사 지(…의) | 氣 · 기운 기
— 동의어 : 정대지기正大之氣
— 출전 : 『孟子』 「公孫丑篇」
● 하늘과 땅 사이에 가득 찬 넓고도 큰 원기로, 도의에 뿌리
를 박고 공명정대하여 조금도 부끄러움이 없는 도덕적 용
기를 뜻하기도 함.

전국시대의 철인哲人 맹자孟子에게 어느 날, 제齊 나라 출신의 공손추公孫丑란 제자가 물었다.

"선생님이 제나라의 재상이 되시어 도를 행하신다면 틀림없이 제나라를 천하의 패자霸者로 만드실 것입니다. 그런 경우를 생각하면 선생님도 역시 마음이 움직이시겠지요?"

"나는 내 나이 마흔 이후에는 마음이 움직이는 일이 없다."

"마음을 움직이지 않게 하는 방법은 무엇입니까?"

"그것은 한 마디로 '용勇'이다. 자기 마음속에 부끄러움이 없으면 아무것도 두려울 게 없고, 이것이야말로 '대용大勇'으로서 마음을 움직이지 않게 하는 최상의 수단이니라."

"그럼, 선생님의 부동심不動心과 고자告子의 부동심은 어떻게 다릅니까?"

고자는 맹자의 성선설性善說에 대하여 '사람의 본성은 선善하지도 악惡하지도 않다'고 논박한 맹자의 논적論敵이다.

"고자는 '이해가 되지 않는 말을 애써 이해하려 해서는 안 된다'고 하지만 이는 소극적이다. 나는 '말을 알고 있다[知言]'는 점에서 고자보다 낫다. 게다가 '호연지기'도 기르고 있다."

'지언'이란 피사(詖辭:편벽된 말), 음사(淫辭:음탕한 말), 사사(邪辭:간사한 말), 둔사(遁辭:회피하는 말)를 간파하는 식견을 갖는 것이다. 또 '호연지기'란 요컨대 평온하고 너그러운 화기和氣를 말하는 것으로서 광대무변廣大無邊한 천지를 가득 채우고 있는 원기元氣를 말한다. 그리고 이 기氣는 도와 의義에 합치하는 것으로서 도의道義가 없으면 시들고 만다. 이 '기'가 인간에게 깃들어 그 사람의 행위가 도의에 부합하여 부끄러울 바 없으면 그 누구에게도 굴하지 않는 도덕적 용기가 생기는 것이다.

호접지몽 胡蝶之夢

胡 · 오랑캐 호 | 蝶 · 나비 접 | 之 · 어조사 지(…의) | 夢 · 꿈 몽
— 동의어 : 장주지몽莊周之夢
— 출전 : 『莊子』「齊物篇」
● 나비가 된 꿈이란 뜻으로, 곧 물아일체物我一體의 경지를
   이르는 말. 인생의 덧없음을 가리키기도 함.

전국 시대의 사상가 장자(莊子:이름은 주周)는 맹자와 같은
시대의 인물로서, 사물의 시비是非 · 선악善惡 · 진위眞僞 · 미
추美醜 · 빈부貧富 · 귀천貴賤을 초월하여 자연 그대로 살아가
는 무위자연無爲自然을 제창한 사람이다.

장주가 어느 날 꿈을 꾸었는데, 꽃과 꽃 사이를 훨훨 날
아다니는 즐거운 나비 그 자체였다. 그러나 문득 깨어 보니
자기는 분명 장주가 아닌가. 이는 대체 장주인 자기가 꿈속
에서 나비가 된 것일까. 그렇지 않으면 자기는 나비이고 그
나비인 자기가 꿈속에서 장주莊周가 된 것일까. 꿈이 현실
인가 현실이 꿈인가. 그 사이에 도대체 어떤 구별이 있는
것인가? 추구해 나가면 인생 그 자체가 하나의 꿈이 아닌
가 하는 생각에 이르게 되었다.

장주와 나비 사이에는 피상적인 분별, 차이는 있어도 절대적인 변화는 없다. 장주가 곧 나비이고, 나비가 곧 장주라는 경지, 그것이 여기서 강조하는 세계인 것이다.

『장자莊子』의 이런 우화寓話는 독자를 유현幽玄의 세계로 끌어들여 생각케 한다.

홍일점 紅一點

| 紅 · 붉을 홍 | ─ · 한 일 | 點 · 점 점
— 출전 : 왕안석王安石의 「詠石榴詩」
● 붉은 점 하나라는 뜻으로, 여럿 가운데서 오직 하나가 이채를 띠는 것을 말함.

북송北宋 6대 황제인 신종神宗 때 왕안석王安石이란 재상이 있었다. 당시 신법당新法黨의 지도자였던 왕안석은 재상에 임명되자 부국강병을 위한 이른바 '왕안석의 개혁'을 실시했다. 처음에는 구양수歐陽脩 · 사마광司馬光 · 정이程蓬 · 소식蘇軾 등 유명한 문신들이 주축이 된 구법당舊法黨의 맹렬한 반대에 부딪쳤으나 신종의 적극적인 지지를 배경으로 중단 없이 실행되었다.

왕안석은 시문詩文에도 능하여 당송팔대가唐宋八大家의
한 사람으로 꼽혔는데, 그의 「영석류시詠石榴詩」에는 다
음과 같은 구절이 있다.

萬綠叢中 紅一點만록총중 홍일점　많은 푸른 잎 가운데 한
　　　　　　　　　　　　　　　　송이 붉은 꽃
動人春色 不須多동인춘색 불수다　사람을 움직이는 봄빛이
　　　　　　　　　　　　　　　　많은들 무엇하리.

화룡점정 畵龍點睛

畵 · 그림 화 | 龍 · 용 룡 | 點 · 점 점 | 睛 · 눈동자 정
— 동의어 : 입안入眼
— 출전 : 『水衡記』
● 용의 눈동자를 그려 넣는다는 뜻으로, 사물의 가장 중요한
　부분을 완성시킴, 혹은 사소한 것으로 전체가 돋보이고 활
　기를 띤다는 말.

날아 간다니까~

남북조南北朝 시대, 남조인 양梁나라에 장승요張僧繇라는
사람이 있었다. 우군장군右軍將軍과 오홍태수吳興太守를 지냈
다고 하니 벼슬길에서도 입신立身한 편이지만 그는 붓 하나
로 모든 사물을 실물과 똑같이 그리는 화가로 유명했다.

어느 날, 장승요는 금릉金陵에 있는 안락사安樂寺의 주지
로부터 용을 그려 달라는 부탁을 받았다. 그는 절의 벽에다
검은 구름을 헤치고 이제라도 곧 하늘로 날아오를 듯한 두
마리의 용을 그렸다. 물결처럼 꿈틀대는 몸통, 갑옷의 비늘
처럼 단단해 보이는 비늘, 날카롭게 뻗은 발톱에도 생동감

이 넘치는 용을 보고 찬탄하지 않는 사람이 없었다.

그런데 한 가지 이상한 것은 용의 눈에 눈동자가 그려져 있지 않는 점이었다. 사람들이 그 이유를 묻자 장승요는 이렇게 대답했다.

"눈동자를 그려 넣으면 용은 당장 벽을 박차고 하늘로 날아가 버릴 것이오."

그러나 사람들은 그의 말을 믿으려 하지 않았다. 당장 눈동자를 그려 넣으라는 성화를 견디다 못한 장승요는 한 마리의 용에 눈동자를 그려 넣기로 했다. 그는 붓을 들어 용의 눈에 '획' 하니 점을 찍었다. 그러자 돌연 벽 속에서 번개가 번쩍이고 천둥소리가 요란하게 울려 퍼지더니 한 마리의 용이 튀어나와 비늘을 번뜩이며 하늘로 날아가 버렸다. 그러나 눈동자를 그려 넣지 않은 용은 벽에 그대로 남아 있었다고 한다.

화서지몽 華胥之夢

華 · 빛날 화 | 胥 · 서로 서 | 之 · 어조사 지(…의) |
夢 · 꿈 몽
── 동의어 : 화서지국華胥之國, 유화서지국遊華胥之國
── 출전 : 『列子』 「黃帝篇」
● 화서의 꿈이란 뜻으로, 좋은 꿈이나 낮잠을 이르는 말.

　먼 옛날 중국 최초의 성천자聖天子로 알려진 황제黃帝는 어느 날, 낮잠을 자다가 꿈속에서 화서씨華胥氏의 나라에 놀러 가 안락하고 평화로운 이상경理想境을 보았다.

　그곳에는 통치자도 신분의 상하도 연장年長의 권위도 없고, 백성들은 욕망도 애증愛憎도 이해利害의 관념도 없을 뿐 아니라 삶과 죽음에도 초연했다. 또 물 속에 들어가도 빠져 죽지 않고 불 속에 들어가도 타 죽지 않으며, 공중에서 잠을 자도 침대에 누워 자는 것과 같고 걸어도 땅 위를 걷는 것과 같았다. 또한 사물의 미추美醜도 마음을 동요시키지 않고 험준한 산골짜기도 보행을 어렵게 하지 않았다. 형체를 초월한 자연 그대로의 자유로 충만한 이상경이었던 것이다.

　이윽고 꿈에서 깨어난 황제는 언뜻 깨닫는 바 있어 중신들을 불러 모았다. 그리고 꿈 이야기를 한 다음 이렇게 말했다.

"짐은 지난 석 달 동안 방안에 들어앉아 심신 수양에 전념하며 사물을 다스리는 법을 터득하려 했으나 끝내 좋은 생각이 떠오르지 않았소. 그런데 짐은 이번에 꿈속에서 비로소 그 도道라는 것을 터득한 듯싶소."

그 후 황제가 '도'의 정치를 베푼 결과 천하는 잘 다스려졌다고 한다.

화씨지벽 和氏之璧

和 · 화할 화 | 氏 · 각시 씨 | 之 · 어조사 지(…의) |
璧 · 구슬 벽
— 준말 : 화벽和璧
— 동의어 : 변화지벽卞和之璧, 완벽完璧, 연성지벽連城之璧
— 출전 : 『韓非子』「卞和」
● 화씨의 구슬이라는 뜻으로, 천하의 보옥을 가리킴. 혹은 어떠한 난관도 참고 견디면서 자신의 의지를 관철시키는 것을 비유하기도 함.

전국시대, 초楚나라에 변화씨卞和氏란 사람이 산 속에서 옥玉의 원석을 발견하자 곧바로 여왕厲王에게 바쳤다. 그런데 여왕이 보석 세공인細工人에게 감정시켜 보니 보통 돌이라고 했다. 화가 난 여왕은 변화씨의 오른쪽 발뒤꿈치를 잘라버렸다. 그런데 여왕이 죽은 뒤 변화씨는 그 옥돌을 무왕武王에게 바쳤으나 결과는 마찬가지였다. 이번에는 왼쪽 발뒤꿈치를 잘리고 말았다.

무왕에 이어 문왕文王이 즉위하자 변화씨는 그 옥돌을 끌어안고 궁궐 문 앞에서 사흘 낮 사흘 밤을 울었다. 문왕이 그 까닭을 묻고 옥돌을 세공인에게 맡겨 갈고 닦아 본 결과 천하에 둘도 없는 명옥이 영롱한 모습을 드러냈다. 문왕은 곧 변화씨에게 많은 상을 내리고 그의 이름을 따서 이 명옥을 '화씨지벽' 이라 명명했다.

그 후 화씨지벽은 조趙나라 혜문왕惠文王의 손에 들어갔으나 이를 탐내는 진秦나라 소양왕昭襄王이 15개의 성城과 교환하자는 바람에 한때 두 나라 사이에 긴장이 조성되기도 했다. 이에 연유하여 화씨지벽은 '연성지벽連城之璧' 이라고도 불렸다.

후생가외 後生可畏

後 · 뒤 후 | 生 · 날 생 | 可 · 가히 가 | 畏 · 두려울 외
— 출전 : 『論語』「子罕篇(자한편)」
● 젊은 후배들은 두려워할 만하다는 뜻. 곧 젊은 후배들은 선
인先人=先生의 가르침을 배워 어떤 훌륭한 인물이 될지 모
르기 때문에 가히 두렵다는 말.

춘추시대의 대철학자이자 사상가인 성인聖人 공자는 이렇게 말했다.

"'젊은 후배들은 두려워할 만하다[後生可畏].' 장래에 그들이 지금의 우리를 따르지 못하리라고 어찌 알 수 있겠는가[焉知來者之不知今也]? 그러나 40세, 50세가 되어도 세상에 이름이 나지 않는다면 두려워할 바 없느니라."

'후생가외'는 공자가 제자 중 학문과 덕행이 가장 뛰어난 안회顔回를 두고 한 말이라고 한다.

街談巷說가담항설 | 길거리나 항간에 떠도는 소문.

歌舞音曲가무음곡 | 노래와 춤과 음악.

刻骨難忘각골난망 | 은혜를 입은 고마운 마음이 가슴속 깊이 새겨져
잊혀지지 않음.

艱難辛苦간난신고 | 갖은 고초를 다 겪으며 고생함.

干城之材간성지재 | 방패와 성의 구실을 하는 인재란 뜻으로, 나라를
지키는 믿음직한 인재를 이르는 말.

竭力盡能갈력진능 | 자신의 힘과 능력을 다함.

渴而穿井갈이천정 | 목이 마르고서야 비로소 우물을 판다는 뜻으로,
미리 준비하지 않고 일이 임박해서야 덤비는 것
을 말함.

感慨無量감개무량 | 느끼는 바가 한 없이 깊고 크다는 뜻.

感舊之懷감구지회 | 지난 일을 생각하는 마음.

敢不生心감불생심 | 감히 생각지도 못함.

甘言利說감언이설 | 달콤한 말과 이로운 조건을 들어 남을 유혹하는
말.

蓋世之才개세지재 | 세상을 놀라게 할 만큼 뛰어난 재주.

客地眠食객지면식 | 객지에서 자고 먹음, 곧 타향살이를 말함.

客窓寒燈객창한등 | 객창에 비치는 작고 쓸쓸한 등불이란 뜻으로, 곧
외롭고 쓸쓸한 심경을 뜻함.

去去益甚거거익심 | 갈수록 더 심해짐.

擧案齊眉거안제미 | 밥상을 눈높이로 들어 바친다는 뜻으로, 아내가 남편을 공경하는 예절을 말함.

巨族一致거족일치 | 온 겨레가 한마음 한뜻이 됨.

乾坤一色건곤일색 | 하늘과 땅이 온통 한 빛깔임.

隔世之感격세지감 | 딴 세대와 같이 많은 변화가 있었음을 일컫는 말.

見利思義견리사의 | 눈앞에 이익이 있을 때 의리를 생각함.

犬馬之勞견마지로 | 개와 말의 노력이라는 뜻으로, 자신의 노력을 낮추어 일컫는 말.

見蚊拔劍견문발검 | 모기를 보고 칼을 뽑는다는 뜻으로, 곧 하찮은 일에 지나치게 힘을 쏟는 것을 말함.

見物生心견물생심 | 물건을 보면 욕심이 생김.

見危致命견위치명 | 나라의 위태로움을 보고 목숨을 바쳐 지킴.

堅忍不拔견인불발 | 굳은 인내로 마음을 빼앗기지 않음.

決死反對결사반대 | 목숨을 걸고 반대함.

輕擧妄動경거망동 | 경솔하고 분수없이 행동함.

經國濟世경국제세 | 나라를 다스리고 백성들을 구제함.

傾國之色경국지색 | 한 나라를 위기에 빠뜨릴 만큼 뛰어난 미인.

耕山釣水경산조수 | 산에서 밭을 갈고 물에서 고기를 낚는다는 뜻으로, 곧 속세를 떠난 마음을 말함.

傾危之士경위지사 | 궤변을 늘어놓아 나라를 망칠 위험한 인물.

計窮力盡계궁역진 | 꾀가 막히고 힘이 다 되었다는 뜻으로, 더는 어

떻게 해 볼 방법이 없다는 말.

鷄卵有骨계란유골 | 달걀에도 뼈가 있다는 뜻으로, 뜻하지 않은 문제로 일이 방해됨을 말함.

孤軍奮鬪고군분투 | 미약한 군력으로 대적과 싸움, 혹은 홀로 여럿과 싸움을 말함.

古今東西고금동서 | 옛날과 지금, 동양과 서양을 통틀어 일컫는 말로, 흔히 東西古今동서고금이라고도 함.

高臺廣室고대광실 | 규모가 굉장히 크고 좋은 집.

高度成長고도성장 | 발전의 규모나 속도가 높은 수준으로 성장함.

叩頭謝罪고두사죄 | 머리를 조아리고 사죄함.

膏粱子弟고량자제 | 부귀한 집에서 자란 덕에 고생을 모르는 사람.

孤立無援고립무원 | 고립되어 구원받을 길이 없음.

姑息之計고식지계 | 눈앞의 편하고 쉬운 것을 취하는 계책.

孤雲野鶴고운야학 | 벼슬을 하지 않고 한가롭게 숨어 사는 선비.

孤掌難鳴고장난명 | 외손뼉만으론 울릴 수 없다는 뜻으로, 곧 손뼉도 마주쳐야 소리가 난다는 말.

苦盡甘來고진감래 | 고생 끝에 즐거움이 찾아온다는 말.

孤枕單衾고침단금 | 혼자 쓸쓸히 잠을 자는 이부자리.

蝌蚪時節과두시절 | 개구리가 올챙이였던 시절이라는 뜻으로, 곧 현재가 과거에 비해 크게 발전된 경우나 발전되기 전의 과거를 이르는 말.

光陰如流광음여류 | 세월의 흐름이 물과 같이 빠름.

巧言令色교언영색 | 다른 사람에게 아첨하기 위해 꾸민 말과 얼굴

빛.

口尚乳臭구상유취 │ 입에서 아직 젖내가 난다는 뜻으로, 언행이 유치함을 일컬음.

救世濟民구세제민 │ 세상을 구하고 백성을 건짐.

鳩首會議구수회의 │ 머리를 맞대고 회의함.

舊態依然구태의연 │ 옛 모양 그대로임.

橘化爲枳귤화위지 │ 귤이 변하여 탱자가 되었다는 뜻으로, 환경에 따라 만물의 성질이 변함을 이르는 말.

錦繡江山금수강산 │ 비단 위에 수를 놓은 듯 아름다운 땅.

琴瑟之樂금실지락 │ 부부 사이의 화목과 즐거움.

錦衣還鄕금의환향 │ 벼슬에 오르거나 크게 성공하여 고향에 돌아옴.

急轉直下급전직하 │ 사정이 돌변하여 예측불허의 방향으로 흘러감.

起死回生기사회생 │ 죽은 사람이 일어나 다시 살아 돌아옴.

奇想天外기상천외 │ 상식 밖의 일이나 기발한 생각.

旣往之事기왕지사 │ 이미 지나간 일.

落落長松낙락장송 │ 가지를 늘어뜨린 커다란 소나무.

男負女戴남부여대 │ 남자는 지고 여자는 머리에 인다는 뜻으로, 곧 가난한 사람이 이리저리 떠돌며 사는 것을 말함.

囊中取物낭중취물 │ 주머니 속에 든 물건을 꺼내듯이 손쉽게 얻을 수 있음을 비유한 말.

內省不疚내성불구 │ 마음속에 조금도 부끄러울 것이 없음.

老士宿儒노사숙유 │ 나이가 많고 학식이 깊은 선비.

老少同樂노소동락 | 늙은이와 젊은이가 함께 즐김.

勞心焦思노심초사 | 마음으로 애를 쓰며 속을 태움.

綠鬢紅顔녹빈홍안 | 아름답고 젊은 여인의 얼굴.

弄巧成拙농교성졸 | 지나치게 솜씨를 부리다가 도리어 어색하게 됨.

訥言敏行눌언민행 | 군자는 과묵하면서도 행동이 민첩하기를 원한
다는 말.

多事多難다사다난 | 일도 많고 어려움도 많음.

多數可決다수가결 | 찬성 수가 많은 쪽으로 결정함.

多才多能다재다능 | 재주도 많고 능력도 많음.

堂狗風月당구풍월 | '서당 개 삼 년이면 풍월을 읊는다'는 뜻으로,
아무리 무식한 사람일지라도 유식한 사람과 함
께 있으면 감화를 받는다는 말. 원말은 堂狗三
年吠風月당구삼년폐풍월임.

大驚失色대경실색 | 몹시 놀라 얼굴빛이 질림.

大同小異대동소이 | 대체로 같고 조금만 다름.

戴星而往대성이왕 | 별을 이고 간다는 뜻으로, 날이 새기 전에 일찍
간다는 말.

大聲痛哭대성통곡 | 큰 소리로 아주 슬프게 욺.

對牛彈琴대우탄금 | 소에게 거문고 소리를 들려준다는 뜻으로, 어리
석은 사람은 도리를 가르쳐도 알아듣지 못한다
는 말. 牛耳讀經우이독경과 같은 말임.

大義名分대의명분 | 사람이 지켜야 할 본분.

大智若愚대지약우 | 크게 깨달은 사람은 함부로 영리함을 드러내지

않으므로 어리석어 보인다는 말.

徒勞無功도로무공 | 힘을 다해도 이룬 것 없이 헛수고만 함.

獨不將軍독불장군 | 지나친 고집으로 주위의 따돌림을 받는 사람.

讀書三昧독서삼매 | 오직 책 읽기에만 몰두함.

讀書尙友독서상우 | 책을 읽음으로써 옛날의 현명한 사람들과 벗할 수 있다는 말.

獨守空房독수공방 | 홀로 빈 방에서 잠.

獨也靑靑독야청청 | 홀로 높은 절개를 지켜 늘 변함이 없음.

同名異人동명이인 | 이름은 같으나 사람이 다름.

東問西答동문서답 | 물음에 대해 엉뚱한 대답을 함.

同美相妬동미상투 | 비슷한 정도의 미인은 서로 적대시함.

東奔西走동분서주 | 바쁘게 이리저리 돌아다님.

杜門不出두문불출 | 집안에만 있고 밖에 나가지 아니함.

莫逆之友막역지우 | 거스름이 없는 친구란 뜻으로, 마음이 맞는 절친한 친구를 이르는 말.

萬事如意만사여의 | 모든 일이 뜻한 대로 이루어짐.

萬事亨通만사형통 | 모든 일이 순탄하게 잘 풀림.

萬壽無疆만수무강 | 오래 오래 무병하게 산다는 말.

晚時之歎만시지탄 | 때늦은 한탄, 혹은 기회를 놓쳤음을 탄식함.

滿身瘡痍만신창이 | 온몸이 성한 데가 없이 상처투성이임.

茫茫大海망망대해 | 한없이 넓고 큰 바다.

面張牛皮면장우피 | 뻔뻔하기 이를 데 없는 鐵面皮(철면피).

明眸皓齒명모호치 | 맑은 눈동자와 하얀 이란 뜻으로, 미인을 가리

키는 말.

名實相符명실상부 | 이름과 실상이 서로 부합됨.

妙技百出묘기백출 | 교묘한 재주와 기술이 많이 나옴.

無常出入무상출입 | 아무 때고 언제나 마음대로 드나듦.

無爲徒食무위도식 | 아무 하는 일 없이 먹고 놀기만 함.

無用之用무용지용 | 쓸모없는 것의 쓰임이란 뜻으로, 별로 쓰임이 없는 것처럼 보이는 것이 도리어 큰 쓰임이 있다는 말.

無依無托무의무탁 | 몸을 의탁할 곳이 없음. 흔히 無依托(무의탁)이라고도 함.

無人之境무인지경 | 사람이라고는 전혀 찾아볼 수 없는 곳.

無毁無譽무훼무예 | 욕할 것도 칭찬할 것도 없음.

文房四友문방사우 | 종이, 붓, 먹, 벼루의 네 가지 문방구.

門前沃畓문전옥답 | 집 앞에 가까이 있는 기름진 논.

美辭麗句미사여구 | 아름다운 말과 고운 글귀.

拍掌大笑박장대소 | 손뼉을 치며 크게 웃음.

半睡半醒반수반성 | 깊이 잠들지 못하고 반쯤 깨어 있음.

半信半疑반신반의 | 반은 믿고 반은 의심함.

百年偕老백년해로 | 의좋은 부부가 함께 늙음.

百代過客백대과객 | 한번 지나가면 다시는 돌아오지 않는 나그네라는 뜻으로, 곧 세월을 일컬음.

百拜謝禮백배사례 | 수없이 절을 하며 고마움을 치사함.

白雪亂舞백설난무 | 흰 눈이 어지럽게 춤을 추듯 휘날림.

白手乾達백수건달 | 가진 게 아무 것도 없는 멀쩡한 사람.

百藥無效백약무효 | 온갖 약이 다 효험이 없음.

白衣從軍백의종군 | 벼슬 없이 군대를 따라 전장으로 나감.

變化無雙변화무쌍 | 다른 것이 계속 이어지는 것.

兵家常事병가상사 | 전쟁의 승패는 흔히 있을 수 있다는 뜻으로, 낙심할 것이 없다는 말.

伏慕區區복모구구 | 사모하는 마음이 그지없음.

附和雷同부화뇌동 | 남의 의견을 그대로 좇아서 행동함.

不可思議불가사의 | 상식으로는 생각할 수 없는 기이한 일.

不可抗力불가항력 | 사람의 힘으로는 어찌할 수 없는 일.

不顧廉恥불고염치 | 염치를 돌아보지 아니함.

不省人事불성인사 | 정신을 잃어 의식이 없음.

不撓不屈불요불굴 | 마음이 굳세어 흔들리지도 않고 굽히지도 않음.

不撤晝夜불철주야 | 밤낮을 가리지 않음.

不恥下問불치하문 | 자신보다 못한 사람에게 묻는 것을 부끄럽게 여기지 않음.

鵬程萬里붕정만리 | 앞길이 매우 멀고 크다는 뜻으로, 원대한 꿈을 비유한 말.

悲憤慷慨비분강개 | 슬프고 분하여 마음이 북받침.

四分五裂사분오열 | 여러 갈래로 찢어짐.

砂上樓閣사상누각 | 겉모양은 번듯하나 기초가 약하여 오래가지 못함.

四書五經사서오경 | 논어, 맹자, 중용, 대학의 四書(사서)와 시경, 서

경, 주역, 예기, 춘추의 五經(오경)을 말함.

事必歸正사필귀정 | 모든 잘잘못은 반드시 바른길로 돌아옴.

山戰水戰산전수전 | 세상의 온갖 고난을 겪은 체험을 비유한 말.

殺身成仁살신성인 | 목숨을 버려 어진 일을 이룸.

三間草家삼간초가 | 보잘것없는 초가집을 이르는 말로, 흔히 草家三間(초가삼간) 이라고도 함.

森羅萬象삼라만상 | 우주의 온갖 사물과 모든 영상.

桑田碧海상전벽해 | 뽕나무 밭이 변하여 바다가 된다는 뜻으로, 세상일이 덧없이 변천하는 것을 비유한 말.

生者必滅생자필멸 | 살아 있는 것은 반드시 죽음.

生存競爭생존경쟁 | 생물이 살아가기 위해 서로 경쟁함.

先見之明선견지명 | 닥쳐올 일을 미리 아는 지혜.

雪上加霜설상가상 | 눈 위에 서리가 내린다는 뜻으로, 불행이 거듭됨을 비유한 말.

送舊迎新송구영신 | 묵은 해를 보내고 새해를 맞이함.

壽福康寧수복강녕 | 행복하게 장수하며, 건강하고 마음이 편안함.

袖手傍觀수수방관 | 도와주지 않고 그저 옆에서 보고만 있음.

修身齊家수신제가 | 몸과 마음을 닦고 집안을 다스림.

水魚之交수어지교 | 물과 고기가 떨어질 수 없듯이 아주 친밀한 사이를 일컬음.

羞惡之心수오지심 | 四端(사단)의 하나로, 자신의 잘못을 부끄러워할 줄 알고 남의 착하지 못함을 미워하는 마음을 말함.

是非之心시비지심 | 四端(사단)의 하나로, 시비를 가릴 줄 아는 마음을 말함.

新陳代謝신진대사 | 필요한 것은 섭취하고 불필요한 것은 배설하는 현상.

我田引水아전인수 | 자신에게만 이롭게 되도록 생각하거나 행동함.

安貧樂道안빈낙도 | 가난한 처지에서도 편안한 마음으로 도를 즐김.

藥房甘草약방감초 | 한약에 감초가 꼭 들어가듯 무슨 일에나 참견하기를 좋아하는 사람을 비유한 말.

焉敢生心언감생심 | 감히 그런 마음을 먹을 수 없음.

言語道斷언어도단 | 너무 어이가 없어 말이 나오지 않을 정도임.

言中有骨언중유골 | 예사로운 말 속에 단단한 속뜻이 들어 있다는 말.

鳶飛魚躍연비어약 | 하늘 위로 솔개가 날고 물속으로 고기가 뛰노는 것과 같은 천지조화의 작용을 말함.

榮枯盛衰영고성쇠 | 번영하고 쇠퇴함.

五車之書오거지서 | 다섯 채의 수레에 실을 정도로 장서가 많음.

吾不關焉오불관언 | 나는 그 일에 상관하지 않음.

臥龍鳳雛와룡봉추 | 아직 때를 못 만나 누워 있는 용과 봉황의 병아리란 뜻으로, 장차 크게 될 인물을 비유한 말.

外柔內剛외유내강 | 겉은 부드러운 듯하지만 속은 곧고 곧음.

欲求不滿욕구불만 | 욕구가 충족되지 않은 상태.

龍頭蛇尾용두사미 | 용의 머리에 뱀의 꼬리라는 뜻으로, 시작은 거창하나 끝이 흐지부지한 것을 말함.

牛耳讀經우이독경 | 소 귀에 경 읽기.

雨後竹筍우후죽순 | 비가 온 뒤에 무수히 솟는 죽순처럼, 어떤 일이 단기간에 많이 일어남을 비유한 말.

鴛鴦之契원앙지계 | 암수가 항상 함께 생활하는 원앙처럼 부부가 서로 화락함을 비유한 말.

遠族近隣원족근린 | 먼 친척보다 가까운 이웃이 낫다는 말.

有名無實유명무실 | 이름뿐이고 실속이 없음.

唯我獨尊유아독존 | 세상에서 나보다 더 높은 것이 없다고 뽐냄.

有耶無耶유야무야 | 있는지 없는지 모르게 함.

流言蜚語유언비어 | 아무 근거 없이 널리 퍼진 소문.

有終之美유종지미 | 시작한 일을 끝까지 잘하여 결과가 좋음.

肉頭文字육두문자 | 상스러운 말.

異口同聲이구동성 | 입은 다르지만 하는 말은 같다는 뜻으로, 여러 사람의 말이 한결같음을 이르는 말.

耳目口鼻이목구비 | 귀, 눈, 입, 코를 중심으로 본 얼굴의 생김새.

二律背反이율배반 | 서로 모순이 되는 사실이나 행동.

一口二言일구이언 | 말을 이랬다저랬다 함.

一場春夢일장춘몽 | 한바탕의 봄꿈처럼 헛된 영화나 덧없는 일.

一朝一夕일조일석 | 하루 아침, 하루 저녁과 같은 짧은 시일.

一觸卽發일촉즉발 | 조금만 건드려도 곧 폭발할 상태.

日就月將일취월장 | 나날이 발전함.

自然淘汰자연도태 | 환경에 맞지 않는 것은 자연적으로 없어짐.

張三李四장삼이사 | 장씨의 셋째아들과 이씨의 넷째아들이란 뜻으

로, 성명이나 신분이 분명하지 않은 평범한 사
람을 이르는 말.

賊反荷杖적반하장 | 도둑이 도리어 매를 든다는 뜻으로, 잘못한 사
람이 오히려 잘한 사람을 나무라는 경우.

電光石火전광석화 | 극히 짧은 순간에 일어난 매우 신속한 동작.

前代未聞전대미문 | 지금까지 들어본 적이 없다는 뜻으로, 매우 놀
라운 것이나 새로운 것을 두고 이르는 말.

坐不安席좌불안석 | 침착하지 못하여 한군데에 오래 앉아 있지 못
함.

知者樂水지자요수 | 지혜로운 사람은 사리에 통달하여 막힘이 없는
것이 마치 흐르는 물과 비슷하므로 물을 좋아
함.

知彼知己지피지기 | 상대를 알고 나를 앎.

知行合一지행합일 | 참다운 지식은 반드시 실행이 따라야 한다는
말.

進退兩難진퇴양난 | 나아갈 수도 없고 물러설 수도 없는 궁지에 빠
짐.

滄海一粟창해일속 | 넓은 바다에 한 알의 좁쌀이라는 뜻으로, 극히
작은 존재를 비유한 말.

天佑神助천우신조 | 하늘과 신령의 도움.

天衣無縫천의무봉 | 천사의 옷은 기운 데가 없다는 뜻으로, 곧 문장
이 훌륭하여 손댈 곳이 없음을 이르는 말.

千篇一律천편일률 | 여러 시문의 격조가 비슷비슷하다는 뜻으로, 여

러 사물이 거의 비슷비슷하여 특색이 없음을 비
유한 말.

初志一貫초지일관 | 처음 품은 뜻을 한결같이 꿰뚫음.

寸鐵殺人촌철살인 | 짧은 경구로 사람의 급소를 찌름.

針小棒大침소봉대 | 사물을 과장해서 말함.

快刀亂麻쾌도난마 | 어지러운 일을 시원스럽게 처리함.

卓上空論탁상공론 | 실현성이 없는 허황된 의논.

破邪顯正파사현정 | 그릇된 것을 깨뜨려 올바르게 바로잡음.

風樹之嘆풍수지탄 | 부모에게 효도할 기회를 잃은 것을 한탄함.

風餐露宿풍찬노숙 | 바람과 이슬을 무릅쓰고 한데서 먹고 잔다는 뜻
으로, 떠돌아다니며 고생함을 이르는 말.

虛心坦懷허심탄회 | 마음에 거리낌이 없이 솔직함.

螢雪之功형설지공 | 반딧불이의 불빛과 눈에 비친 달빛으로 공부하
여 얻은 성과란 뜻으로, 어렵게 공부하여 학업
을 이룬다는 말.

糊口之策호구지책 | 그저 먹고 살아가는 계책.

虎死留皮호사유피 | 호랑이가 죽어 가죽을 남기듯이 사람도 죽은 뒤
에 이름을 남겨야 한다는 말.

惑世誣民혹세무민 | 세상 사람들을 속여 마음을 어지럽게 함.

畵中之餠화중지병 | 형체는 있어도 쓸모가 없는 것을 일컫는 말.

會者定離회자정리 | 만나면 반드시 헤어지게 마련이라는 말.

고사성어

2008년 7월　5일 1판 1쇄 인쇄
2009년 2월 10일 1판 4쇄 펴냄

편　저 | 차평일
기　획 | 김정재
표　지 | 하명호
영　업 | 홍의식
펴낸이 | 하중해

펴낸곳 | 동해출판
등　록 | 제302-2006-48호
주　소 | 경기도 고양시 일산동구 장항1동 621-32호(우 410-380)
전　화 | 031)906-3426
팩　스 | 031)906-3427
e-mail | dhbooks96@hanmail.net

ISBN 978-89-7080-181-0